暗殺

柴田哲孝

幻冬舎

目次

暗殺

この物語はフィクションである。

序文

二〇二二年七月八日——。

時刻は午前一一時三一分と記録されている。

日本の、元内閣総理大臣が奈良県の近鉄大和西大寺《やまとさいだいじ》駅前で演説中に凶弾に倒れ、死亡した。享年六七だった。

絶対に、起きてはならない事件だった。

おそらく日本の近代史において、国の内外にこれほどの政治的な偉業を成し遂げ、国民に愛され、世界に信頼された首相は他にいなかっただろう。

日本のみならず全世界に衝撃が疾《はし》り、国民は動揺と共に悲しみに暮れた。

この事件には不審なことが多い。

遺体から致命傷となった銃弾が消えてしまったにもかかわらず、警察は深く調べることもなく捜査を打ち切った。なぜなのか——。

しかも三カ所の銃創の中には、壇上に立つ被害者を低い位置から撃った凶漢によるものとは別に、逆方向の高い位置から右前頸部に着弾したものがあった。この単独犯では有り得ない解剖所見を警察は無視し、事実を握り潰した。なぜなのか――。

政府要人暗殺という重大事件であるにもかかわらず、警察による現場検証は事件の五日後まで行なわれなかった。なぜなのか――。

事件のすべてを知る唯一の人物、四一歳の狙撃犯の男はその場で取り押えられ、警察の管理下に置かれた。だが、動機や事実関係がほとんど明らかにされぬまま鑑定留置がなされ、以後の情報はおよそ半年間にわたり遮断されてしまった。

なぜなのか――。

プロローグ

一九八七年五月三日――。

五月の三連休初日らしく、穏やかな日曜日だった。

午前中まで雨が降っていたので大気は僅かに湿気を含んでいたが、そのせいか夜風はかすかに肌に冷たく、心地好かった。

この日、兵庫県西宮市の阪神甲子園球場では五万人の大観衆を集め、阪神タイガース対横浜大洋ホエールズのナイターが行なわれていた。午後七時を回っても空は薄《うっす》らと明るく、街から人が引く気配はなかった。

その阪神甲子園球場からおよそ二・五キロ離れた同じ西宮市の住宅街を、一人の男が歩いていた。

男は中背の痩せ型で、年齢は二〇歳から三〇歳くらい。黒いハイネックのシャツに黒いズボン、黒縁の眼鏡を掛けて、足にはやはり黒いゴム長靴を履いていた。それ以外にはこれといって特徴もなく、目立たない男だった。

時刻は午後八時を過ぎていた。

男は手に風呂敷包みを持って、目の前にある四階建ての建物――『朝日新聞　阪神支局』――に入っていった。

建物の一階は〝阪神朝日会〟の事務所と駐車場になっていた。だが、連休中の日曜日の夜ということもあり、社用車が何台か駐《と》まっているだけで人の気配はなかった。

男は事務所とエレベーターの前を通り過ぎ、建物の奥の階段を上った。一度、途中の踊り場で立ち止まり、そこで風呂敷包みの中から茶色の目出し帽を出して被《かぶ》り、黒縁の眼鏡を掛けなおした。

さらに、男は階段を上った。

二階まで上がると、男は風呂敷包みの中から銃身を切り詰めた上下二連12番口径の散弾銃を取り出した。

男は散弾銃を構え、暗い廊下を進んだ。

建物の二階は、阪神支局の編集部になっていた。

記者たちのデスクの上には電話器や吸い殻でいっぱいになった灰皿が、資料や書類の山に埋もれていた。

だが、普段は雑然として活気に満ちたこの空間も、日曜日の夜のいまの時間は閑散として静かだった。

支局の当番記者の犬飼兵衛《いぬかいひょうえ》は、ちょうど編集部の中央左手のソファーとテーブルを置いた応接スペースで夕食中だった。

この時、犬飼は四二歳。他に同僚の小尻知博《こじりともひろ》記者、若手の高山顕治《たかやまけんじ》記者がいた。もう一人、しばらく前までデスクの大島《おおしま》支局長もいたのだが、原稿を本社にファックスで送った後、所用で外出していた。

三人は午後七時ごろからビールを飲んですき焼きの鍋を囲み、雑談しながら飯を食った。書き上げた原稿の校閲を待つこの時間が、当番記者の憩いのひと時でもある。

食事もそろそろ終わりに近付いていたころだった。三人の前のテレビでは、ＮＨＫの大河ドラマ『独眼竜政宗』が始まっていた。

犬飼記者はビールのグラスを片手にショートホープに火をつけ、煙をくゆらせながら、ぼんやりとテレビの画面を眺めていた。向かいの席では小尻記者が、左手のソファーに座る後輩の高山記者との話に夢中になっていた。

その時だった。タバコの煙の向こうの片隅に、何となく人が立っているような気配を感じた。

犬飼は、何気なく視線を向けた。入口から少し入ったところ、小尻記者の左斜め後方に目出し帽を被って黒い服を着た男が立っていた。

男と、視線が合った。手には、散弾銃のようなものを握っていた。

まさか……。

犬飼がそう思うと同時に、男が無言で散弾銃の引《ひ》き鉄《がね》を引いた。

轟音と共に犬飼は胸と腹部に散弾を浴び、ソファーの上に崩れ落ちた。

何をバカなことを……。

男はさらに、向かいに座る小尻記者に歩み寄った。振り返る小尻記者の腹部に銃口を向け、至近距離から二発目の散弾を撃ち込んだ。

轟音と共に、小尻記者の体がソファーの上で跳ね上がった。


この時、まだ二五歳だった高山記者は、すべてを目撃していた。

左斜め前方で、何かが動いたような気配を感じた。視線を移すと、編集部の入口から少し入ったところに茶色の目出し帽を被った男が立っていた。

男が、歩み寄る。

最初、高山は、支局の誰かが冗談で覆面を被っているのかと思った。

男の身長は一六五から一七〇センチくらい。痩せ型で、体型や身のこなしから若い男のように見えた。その視線は、高山の右手に座る犬飼記者に向けられていた。

その時、高山は異様なことに気付いた。

この男、銃を持っている……。

その瞬間だった。男が犬飼記者に向けて、発砲した。

轟音！

犬飼記者の体が叫び声と共に吹き飛ばされ、ソファーの上に崩れ落ちた。続けて男は振り返った小尻記者に向けて二発目を撃った。

高山は何が起きたのかわからず、呆然とした。体が固まったかのように、ソファーの上から動けなかった。男が手にしていた銃の銃口から、白い煙のようなものが立ち昇るのをぼんやりと見つめていた。

だが、男は三発目を撃つことなく、踵《きびす》を返して編集部から出ていった。

高山は男がいなくなると我に返り、デスクの上の受話器を摑んだ。

プッシュホンで一一〇番を押し、電話が繋がった相手に必死で叫んだ。

「こちら、朝日新聞社の阪神支局です！　いま、銃を持った男に襲われました！　二人、怪我をしています！　至急、救急車を呼んでください！　そうです、銃を持った男に編集部が襲われ、記者が二人撃たれたんです！」


犬飼記者はソファーの上に倒れたまま、背後の高山記者が電話をする声を聞いていた。

テーブルの上では、すき焼きの鍋がぐつぐつと煮立っていた。自分の手を顔の上に掲げると、右手の小指がなくなり、中指と薬指は皮一枚でぶら下がっていた。腹と胸からも、かなりの出血があった。

電話を終えた高山記者が、横になった視界の中に戻ってきた。

「なあ……高山君……。この右手の、止血をしてくれ……」

「はい」

高山がタオルを取ってきて、右手を縛ってくれた。

「それから、火事になるといけない……。すき焼きのコンロの火を止めてくれ……」

「はい……」

向かいの席では、やはり撃たれた小尻記者が体を丸めて苦しそうに呻《うめ》いていた。脇腹のあたりから、酷い出血があった。

おそらく彼は、助からないだろう……。

ふと、そんなことを思った。


男は銃身を切り詰めた散弾銃を風呂敷に包むと、ゆっくりとした足取りで階段を下りた。

朝日新聞阪神支局の一階を横切り、阪神朝日会の事務所の前を通過する。

建物の外に出ると、右手から白いライトバンが走ってきて、男の前で止まった。運転席のほかに助手席にも人が乗っていた。

男が後部座席に乗り込み、ドアを閉めた。

ライトバンはタイヤを軋《きし》ませ、夜の街に走り去った。


一九八七年五月三日、午後八時一五分〝朝日新聞阪神支局襲撃事件〟――『警察庁広域重要指定116号事件』――発生――。

銃撃された小尻知博記者は12番口径の七・五号散弾約四〇〇粒が入ったカップワッズを腹部

に受け、翌四日午前一時一〇分、関西労災病院で手術中に心停止し、死亡。享年二九だった。

同じく銃撃された犬飼記者は右手、腹部、左腕、左胸などにおよそ二〇〇粒の散弾を受け、右手の小指と薬指を失った。だが、大手術の末に、奇跡的に一命を取り留めた。

一方で〝事件〟は、意外な展開を見せる。

発生から三日後の五月六日、『時事通信社』と『共同通信社』の両社に〝赤報隊一同〟の名で犯行声明が送りつけられた。

〈——告

われわれは　ほかの心ある日本人とおなじように　この日本の国土　文化　伝統を愛する。

それゆえにこの日本を否定するものを許さない。

一月二十四日　われわれは朝日新聞東京本社東がわに数発の弾を発射した。

だが　朝日は　われわれが警告文をおくった共同　時事と共謀して　それを隠した。

われわれは本気である。

すべての朝日社員に死刑を言いわたす。

きょうの関西での動きはてはじめである。

警告を無視した朝日には　第二の天罰をくわえる。

ほかのマスコミも同罪である。

反日分子には極刑あるのみである。

われわれの最後の一人が死ぬまで処刑活動を続ける。

二六四七年　五月三日

赤報隊　一同――〉

犯行声明は当時売り出されたばかりのシャープ製のワープロによるもので、プリントしたものが封書により両社に送られてきた。消印の日付は事件翌日の五月四日、当日の夜に阪神支局の近くで投函されたことがわかった。

日付が西暦ではなく、皇紀（初代神武《じんむ》天皇が即位した年を元年とする暦）で書かれていたことが、いかにも民族派の右翼活動家の犯行であることを示唆していた。

実は、〝赤報隊〟を名告《なの》る犯行は、これが初めてではなかった。

犯行声明にも書かれているとおり、同年の一月二四日の夜にも朝日新聞東京本社が同一と見られる犯人によって銃撃される事件が起きていた。その時は本社一階外の植え込みから二階の窓に向けて発砲されたが、社員の何人かが音を聞いただけで実害がなかったために発覚が遅れ、報道されなかった。

この最初の事件の時にも赤報隊は、時事通信社と共同通信社に犯行声明を送り付けてきた。

朝日新聞阪神支局襲撃事件の時と同じシャープ製のワープロで打たれたもので、声明文の末尾には次のように書かれていた。

〈――日本民族独立義勇軍別動　赤報隊　一同――〉

この〝日本民族独立義勇軍〟は、

別名〝民独〟――

一連の〝赤報隊事件〟と前後して〝神戸米総領事館松明《たいまつ》投擲《とうてき》事件〟（一九八一年一二月八日）、〝横浜元米海軍住宅放火事件〟（一九八二年五月六日）、〝大阪ソ連領事館火炎瓶投擲事件〟（一九八三年五月二七日）など五つの〝事件〟に関与、声明文を出しており、警察もある程度はその実態を把握していた。実際に〝朝日新聞阪神支局襲撃事件〟の重要捜査対象者九人の中に、〝民独〟の関係者と思われる者が五人含まれていた。だが警察は、その五人の内一人も逮捕できなかった。

赤報隊による一連の事件は、この一九八七年一月二四日の『朝日新聞東京本社銃撃事件』、五月三日の死者一人を出した『朝日新聞阪神支局襲撃事件』、九月二四日に起きた『朝日新聞名古屋本社社員寮襲撃事件』、翌一九八八年三月一一日の『朝日新聞静岡支局爆破未遂事件』、同日の『中曽根《なかそね》・竹下《たけした》両元首相脅迫事件』、八月一〇日夜の『江副《えぞえ》元リクルート会長宅銃撃事件』、一九九〇年五月一七日夜に発生した『愛知韓国人会館放火事件』など計七件に及んだ。すべての事件に犯行声明が出されたが、その後、赤報隊の消息はぷっつりと途絶えてしまった。

そして二〇〇三年三月、一連の『赤報隊事件』は全事件が未解決のまま、公訴時効となった。

〝赤報隊〟とは、いったい何者だったのか。犯行声明に書かれているように、本当に民族派の右翼活動家、いわゆる〝新右翼〟の一派による犯行だったのか――。

だが、この推論に、疑問を投げ掛けざるを得ない出来事があった。五月三日の朝日新聞阪神支局襲撃事件の三日後、五月六日に東京本社に届いた一通の脅迫状である。

この脅迫状は赤報隊からではなく、渋谷区内に本部のあるキリスト教系新興宗教団体の名で送られてきたものだった。消印も、〈――渋谷・62・5・5――〉（渋谷郵便局、昭和六二年五月五日）になっていた。

封筒には、折りたたんだルーズリーフが一枚、入っていた。

そこにはワープロではなく、赤い判子を押したような文字で、たった一行こう書かれていた。

〈――×××きょうかいの　わるくちをいうやつは　みなごろしだ――〉

この脅迫状には、日本でライセンス生産されたレミントン・ピータース社の使用済み七・五号散弾の空ケースが二個、同封されていた。

警察は、この脅迫状に惑わされた。

なぜなら朝日新聞阪神支局の銃撃に使用された散弾がレミントン・ピータース社の七・五号散弾であることは、五月六日のこの時点ではまだ、マスコミにさえまったく知らされていなかったからだ。

つまり、この脅迫状を書いた者は、犯人しか知り得ない事実を把握していたことになる——。

第一部　影の男

1

二〇一九年四月一日——。

それはエイプリルフールでは済まされない馬鹿ばかしい出来事だった。

午前一一時半——。

テレビの画面には、報道陣に囲まれる中、壇上に向かう原芳正《はらよしまさ》官房長官の姿が映し出された。

原は、登壇する前に一礼し、さらにマイクの前に立って恭《うやうや》しく一礼した。そして固唾《かたず》を呑む数十人の報道人と各社のテレビカメラに向かい、落ち着いた口調でこう切り出した。

——先程、閣議で、元号を改める政令および元号の呼び方に関する内閣告示が閣議決定されました——。

向かって右手から額を持った者が歩み寄り、それを壇上の原に手渡した。

原は、額を両手で支えて報道陣に掲げ、こう宣言した。

——新しい元号は〝令和〟であります。この新元号については本日、元号に関する懇談会と衆議院および参議院の議長および副議長のご意見をうかがい、全閣僚において協議のうえ閣議において——。

『日本皇道会』の総裁、高野《たかの》晃紀《あきのり》は、神奈川県大磯にある自宅の居間で呆然とテレビの画面を見つめていた。

何ということだ……。

老醜の滲み出た左手が、ソファーの肘掛けの上で震えていた。

あれだけ〝令和〟だけはやめろと釘をさしておいたのに、〝あの男〟はなぜ、あえてそれを選んだのか……。

高野はかつて日本民族派右翼の巨魁とまでいわれた男だった。

早稲田大学在学中には一九六〇年の安保闘争に参画するなど新左翼の闘士として頭角を現わすが、翌六一年に逮捕、拘留。出所後の六三年に五・一五事件（一九三二年五月一五日に起きた犬養毅《いぬかいつよし》総理大臣殺害事件）に加わった国家主義者の三上卓《みかみたく》元海軍中尉に出会って影響を受け、右翼に転向した。その後、一九七〇年一一月二五日に作家の三島由紀夫が起こした『三島事件』（三島が憲法改正のために自衛隊に決起を呼び掛け東京の市ケ谷駐屯地で割腹自殺を遂げた事件）に感銘を受け、その行動に心酔。亡き三島が主宰した民間防衛組織『楯の会』の意志を継いで一九七三年四月、政治結社『日本皇道会』を創設した。

以来、高野は『日本皇道会』総裁として政治活動の傍ら、民族派右翼の論客、思想家、作家としても活躍。その影響力を行使して長年にわたり政財界のフィクサーとして暗躍してきた。

その高野にとって、〝令和〟という年号は絶対に許し難いものだった。

テレビではなおも、原官房長官が言葉を続ける。

――新元号の典拠について申し上げます。〝令和〟は、万葉集の梅花の歌三十二首の序文にある〝初春〟の令月にして、気淑《きよ》く和《やわら》ぎ、梅は鏡前の粉《こ》を披《ひら》き――。

万葉集からの引用だと？

馬鹿な。そんなことはこじつけの屁理屈だ。

本来の〝令〟の意味は、〝律〟と共に〝掟〟である。総じて〝言いつけ〟であり、格下の者に対する〝令旨《りょうじ》〟、〝命令〟の旨意を表わす。

対して〝令和〟の〝和〟は、〝穏やか〟、〝和む〟、総じて〝調和〟の意味を持つ。だが、この〝和〟にはもうひとつ、重要な旨意があることも忘れてはならない。

〝和人〟、すなわち〝日本人〟である。

この〝令〟と〝和〟を組み合わせ、〝令和〟とした元号に隠された意図は明らかだ。

日本を支配する他民族の主導者が、日本人を〝掟〟で縛り、〝言いつけ〟、〝令旨〟を下すという旨意を含んでいる。

原はこの〝令和〟という元号について、考案者自身が氏名の秘匿を希望しているとしてその名を公表しなかった。

当然だろう。考えるまでもなく、どの筋の者による策謀なのかは明らかだ。

あの忌まわしき教団──『世界合同基督教教会《せかいごうどうキリストきょうきょうかい》』──現『世界平和合同家族教会』──の上層部か、もしくはその息がかかった国文学者によるものだろう。そうでなければ、氏名の公表はともかく、現内閣のフィクサーの一人である高野にまで考案者の身元を伏せるなどということは有り得ない。

〝世界合同教会〟は、一九五四年に朴天明《パクチョンミョン》という男が韓国で創設した新興宗教団体だった。その朴天明は自らをメシア（救世主）と名告り、日本を韓国の〝僕《しもべ》〟と位置付けた。そして日本の、日本国民統合の象徴であられる天皇に対し、土下座して謝罪せよとまでいった男だ。

その朴天明は、二〇一二年九月三日に死んだ。だが、その死から七年が経ったいまも、支配力を日本に行使し続けている。

〝令和〟という元号で、朴天明は日本民族だけでなく、天皇までも自らにかしずかせようというのか。これもすべて、〝あの男〟に起因する厄災だ。

〝世界合同教会〟と三代にわたって蜜月の関係を保ち、利用し、利用され続けてきた〝あの男〟──。

上皇陛下を憲政史上初の譲位にまで追い込んだ〝あの男〟──。

自由憲民党の党首、現内閣総理大臣の田布施博之《たぶせひろゆき》の罪科によるものだ。

元々、今回の元号は田布施首相が一人で決めたわけではないのだが、高野はその事実を冷静に受け止められなくなっていた。

テレビでは原官房長官に代わり、その田布施首相の談話が始まっていた。

――悠久の歴史と香り高き文化、四季折々の美しい自然、こうした日本の国柄をしっかりと次の時代へと受け継いでいく。一人一人の日本人が明日への希望と共に、それぞれの花を大きく咲かせることができる。そうした日本でありたいとの願いを込め、令和に決定いたしました。

五月一日に皇太子殿下が御即位され、その日以降、この新しい元号が用いられることとなりますが――。

高野はテレビの画面に見入りながら、怒りで体を震わした。

そうだ、その〝五月一日〟だ――。

年号が〝令和〟に決まったにもかかわらず、第一二六代天皇陛下の即位は一カ月後の皇紀二六七九年五月一日まで持ち越される。

なぜ〝五月一日〟なのか。

その日は〝世界合同教会〟の、まさに創設記念日ではないか……。

田布施博之の大罪、万死に値する。

元来、高野と田布施は、世代を超えて〝盟友〟であった時期もあった。

かつて田布施が第一次内閣の首相であったころに提唱した〝戦後レジームからの脱却〟は高野らの民族派右翼の垂訓であり、〝改憲〟に関しても価値観を共有していた。だが、高野が第二次田布施政権の成立にフィクサーとして関与して以降、田布施は急速に〝親米〟に転換。特にトランプが米大統領に就任してからは世界の首脳に先んじてホワイトハウスに駆け付け、取り入った。

改憲に関してもそうだ。田布施が提唱する改憲草案は高野ら民族派右翼の意に反し、同じ右翼でも対立する『日本神道連議会《にほんしんとうれんぎかい》』など神道系右翼の指導に準じたものだ。国が国防軍を持つのはいいが、この改憲草案では日本民族はアメリカの犠牲となって衰退する。

それでは改憲の意味を成さない。だから高野は、いまや反改憲の論陣を張っている。そのようなこともあって、高野はここ数年、自分が首相に推した田布施に対して忸怩たる思いがあった。

そこへきて、今回の年号の問題だ……。

田布施にすれば自らの史観に基づいてのことであったとしても高野は自分の言いなりにならないことがどうしても許せなかった。

リモコンで忌々しげにテレビを消し、テーブルの上にあるアイフォーンを手に取った。震える手で操作し、着信履歴の中から相手の名前を探す。どうも、この〝スマホ〟というやつは使い辛くていけない。

名前を見つけ、タップする。呼び出し音が二度鳴ったところで、電話が繋がった。

「山道《やまみち》君か。〝私〟だ……」

――高野先生ですか。電話が掛かってくるころだと思ってましたよ――。

山道は高野と同じ民族派右翼の若手の有力者であり、神道系新興宗教団体の副総裁でもある。

「田布施の会見は見ていたかね？」

高野が訊いた。

――はい、いまテレビで見ていました――。

「〝あれ〟をどう思う？」

――どうもこうもありません。田布施さんは、何を考えているのか――。

「あれだけ私が〝令和〟だけはやめろといったのに、あの男、無視しよった……」

――私も、驚きました――。

「しかも令和元年の即位後朝見の儀を、〝あの男〟は五月一日に合わせてきた。その日は、〝世界合同教会〟の創設記念日だろう……」

――官房長官からは、選挙の日程を考慮した上での偶然だと聞いていますが――。

「そんな訳はない。田布施は、五月一日が何の日か、よくわかっているはずだ。偶然の訳がなかろう！」

――確かに、そうかもしれません――。

「〝あの男〟はなぜそこまで〝世界合同教会〟のような教団のいいなりになるのか、理由がわからん……」

――まあ、〝あの男〟も元はといえば〝向こう側〟の人間ですから。ところで高野先生は、今回の件でどうするおつもりですか。何か、行動を起こしますか――。

「当然だろう。明日の夜、東京の〝澤乃《さわの》〟にメンバーを集めてくれ。警視庁ＯＢの戸塚《とつか》君に、防衛省の倉田《くらた》君……。神社本庁の〝日本神道連議会〟の連中には内密にな。あの連中は、田布施と同じ穴の狢《むじな》だ」

――承知しました。それで、戸塚さんと倉田さんには、何といいましょう。この集まりの理由は？――。

「私が田布施に〝禁厭《きんえん》〟を発令したといえばいい。それでわかるはずだ」

〝禁厭〟と聞いて、山道の返事に少し間があった。

――わかりました……。そのように、伝えます――。

「頼んだよ」

高野はそういって、電話を切った。

翌四月二日、夜――。

東京・赤坂見附の料亭『澤乃』の個室で、小さな会合があった。

出席者は〝日本皇道会〟の高野晃紀、神道系教団〝神の守人〟副総裁の山道義長《よしなが》、警視庁OBの戸塚正夫《まさお》、防衛省統合幕僚監部の倉田康誠《やすまさ》の四人――。

当日はささやかな料理を囲み、多少の酒を飲みながら、四人の間で次のような会話があった。

「それで、高野先生は本当に〝あの男〟を〝除〟するおつもりですか」

「当然だろう。ここまで日本が愚弄されて、黙っている訳にはいくまい」

「それは、私も同感ですな。今回の〝令和〟の問題だけではない。〝あの男〟の家系が手引きし、これまでに〝世界合同教会〟を通じて韓国に流れた金は、小国の国家予算に匹敵するほどの莫大な額になるといわれている。このままでは経済的にも、日本は破綻してしまう」

「問題は、どのような手段を取るかですね。田布施だけでなく、教団にもダメージがある方法が望ましい」

「それならば、田布施が教団のために殺された、もしくは教団に殺されたと誰にでもわかるような方法を取るべきでしょう」

「私も、それに賛成だ。そうすれば田布施だけでなく、同時にあのカルト教団も日本から排除することができる」

「しかし、田布施と教団を排除することを、〝アメリカ〟が承知するかどうか……」

「現段階では難しいでしょうね。大統領のドナルド・トランプも、〝世界合同教会〟の傀儡《かいらい》です。それに田布施首相とも、莫大な額の米国製兵器の購入を通じて蜜月の仲ですからね……」

「しかし来年、二〇二〇年の大統領選挙でトランプが勝つとは限らんだろう。あれだけスキャンダルが多い大統領では、再選は難しい。共和党よりも、むしろ民主党の候補の方が有利だ」

「民主党の候補はジョー・バイデンになるでしょう。もしバイデンが勝てば、田布施と教団を日本から排除する追い風にはなりますね」

「そういうことだ。二〇二一年の一月に民主党の大統領が誕生していれば、〝あの男〟の排除はそれほど難しくない」

　全員が、頷いた。

「話は戻りますが、〝手段〟はどうしますか。病死に見せかけて、薬物を使うのもいいですが、もしくは自殺に見せかけるとか……」

「病死だとか、自殺だとか、事故に見せかけるとかはダメだ。だいたい厚顔な〝あの男〟が自殺などするわけがない。どうせならば、できるだけセンセーショナルな〝方法〟がいい」

「例えば？」

「アメリカの〝ケネディ〟のような〝方法〟だよ……」

高野の口から〝ケネディ〟という言葉が出て、他の三人が顔を見合わせた。

「なるほど……。〝銃を使うテロ〟ということですね……」

「そうなると当然、〝公衆の面前で〟という〝方法〟になるんでしょうね。その方が確かに効果的だ……」

「難しいかもしれんが、手段を考えてもらいたい」

上座に座る高野が、他の三人を見渡しながらいった。

この時、高野の脳裏には、明確に一九三二年の『五・一五事件』や、一九七〇年の『三島事件』の幻影があった。

それが昭和という時代の半世紀以上も前の偏った感覚であることに、高野は気付いていなかった。

会合は午後七時前に始まり、八時半には終わった。

四人はそれぞれが別々の迎えの車に乗り込み、赤坂見附の街から姿を消した。

2

二〇一九年九月、奈良県――。

遥か眼下に、十津川《とつかわ》渓谷の壮大な眺めが広がっていた。

白い河原の砂の上に一匹の青竜が這うように、十津川が蛇行する豊かな流れを滔々《とうとう》と運んでいる。

その頭上には美しくカーブを描く国道168号――通称〝十津川道路〟――の巨大な滝ランプ橋が、山から山へと天空を越えて対岸の山腹のトンネルの入口へと消えている。

測量技師、上沼卓也《かみぬまたくや》は十津川村側のトンネルの出口に立ち、三脚に立てたレベルを覗きながら、対岸の五條市方面のトンネルの入口を見つめていた。足下に、目も眩《くら》むような断崖が奈落の底まで続いていた。

間もなく、この長らく工事が続いた滝ランプ橋も竣工する。上沼がこの場所に立って測量を行なうのも、今日が最後となるだろう。そして一センチ――いや、数ミリの誤差もなければ、この十津川道路は最後の一・七キロの部分が開通し、五條から十津川までの全線――五條新宮《しんぐう》道路――が完成することになる。

上沼はレベルを見つめる。

だいじょうぶだ……僅か一ミリの狂いもない……。

レベルの数値を測量ノートに書き留め、上沼はほっと息をついた。

あらためて、眼下の渓谷に視線を向ける。

この壮大な景色を眺めるのも見納めになるのかと思うと、技師としての達成感と同時に、一抹の寂しさを覚えた。

三脚とレベルを片付けて、バンの荷室に載せた。

十津川の現場事務所に戻る。

今日はこの後、橿原《かしはら》市の測量事務所に帰って報告書を作成しなければならない。まだ昼前だが、プレハブの休憩室で一人テレビを見ながら早めに仕出し弁当を食った。

ニュース番組の画面には、来年の米大統領選の民主党の有力候補者、ジョー・バイデンの顔が映し出されていた。

――米スタンフォード大学が一〇日に発表した二〇二〇年米大統領選挙に関する世論調査によりますと、民主党の予備選の支持率は一位がジョー・バイデン氏で二八パーセント、二位がエリザベス・ウォレン氏の二六パーセント、三位にバーニー・サンダース氏と続いており――。

上沼は弁当を頬張りながら、来年の米大統領選挙について予想を立てた。

民主党の候補は、はっきりいって誰でもいい。アメリカの民衆は、あのスキャンダルまみれの利己主義者、共和党のドナルド・トランプに嫌悪感を抱きはじめている。バイデンでも、ウォレンでも、どちらが候補になっても民主党が勝つだろう。そうなれば日本の田布施政権も、後ろ盾を失うことになる。

楽しみだ……。

その時、休憩室のドアが開いた。

それまで上沼だけしかいなかった部屋に、人が入ってきた。

「ああ、上沼さん。ここにいたのか……」

顔見知りの男だった。

この十津川道路の滝ランプ橋を施工する土木建設会社、長野県の『鯉活《こいかつ》建設』の現場監督、飯田《いいだ》である。

「どうも……」

普段から口数の少ない上沼は、そういって頭を下げた。

「上沼さん、この現場は今日までだって？」

飯田が上沼の向かいに座り、テーブルの上に自分の弁当を置いた。

「はい……今日、橿原に戻ります……」

「いままで、ご苦労様でした。それで、これから先、どうするの。一六日の開通式には来られるのかな？」

飯田が弁当を食いながら、話しかけてくる。

「これからのことは、まだ何も……。滝ランプ橋の開通式には、できるだけ来たいと思っていますが……」

上沼は、この二年間のほとんどを、滝ランプ橋の現場とその周辺の測量に費やしてきた。ひとつの現場が終わればそこで働く仲間や土地との縁が切れるのもいつものことで、馴れている。だが、橋に最初の車が走る瞬間くらいは見ておきたいというのが、正直な気持ちだった。

「うちも間もなく、ここを引き上げるよ。一六日の開通式が終わったら、この現場事務所も畳むことになる……」

後にはあの巨大な橋だけが残り、時が過ぎれば、ここに何十人もの人間が寝起きした現場があったことも忘れられていくのだろう。

「そういえば上沼さん、さっき事務所の番号に電話が掛かってきたな……」

飯田が思い出したようにいった。

「誰からですか？」

上沼が訊いた。

「確か、ミツイとかいってたな。いまは現場に出ていて、今日の午後には橿原の本社の方に帰るはずだといっておいたが……。どうせ、会社の人間だろう……？」

「そうだと思います。後で、確認しておきます……」

だが、上沼は〝ミツイ〟などという人間は記憶になかった。

どうせ、偽名だろう。会社の人間が用があれば、持たされている業務用の携帯に連絡があるはずだ。現場事務所の番号に電話が掛かってくることはない。

「それじゃあ、これで。社に帰って報告書を書かなければならないので……」

上沼はそういって、パイプ椅子から立った。

き上げた。

奈良県橿原市の測量会社――『(株)楠田《くすだ》測量設計』に戻り、上沼は最後の測量報告書を書き上げた。

それを上司の杉山《すぎやま》課長に提出し、一週間分の荷物をまとめ、ロッカールームで私服に着替えた。

午後五時四〇分、タイムカードを押して退社し、裏の駐車場に向かう。久し振りに自分の車――黒いスズキワゴンR――に乗ろうとすると、その前に男が二人、立っていた。

上沼は瞬時に、二人を観察した。

一人は五十代のなかばくらい。スーツの下に実用的な筋肉を秘めていることがわかる。

もう一人は二十代の後半から三十代の前半くらい。背は高くないが、やはりタクティカルジャケットの下の筋肉は鍛え上げられている。さらにちょっとした身のこなしや目つきで、二人が特殊な組織の関係者であることを察した。

おそらく、上沼が以前所属していた、〝組織〟の者だろう。そしてこの二人のうちのどちらかが、十津川の現場事務所に電話をしてきた〝ミツイ〟に違いない。

「上沼卓也さんですね」

若い男の方が前に進み出た。

「はい、上沼です……」

上沼は思わず、以前の習慣で敬礼しそうになった。

「〝上〟から君に指令だ。そこの公園で少し話そう」

後ろに立つ年配の男がいった。

「承知しました……」

来るべき時が来たか……。

自分の前にいつの日か〝使者〟が現われることは覚悟していたが、いざその時が来ると、胃の中から苦いものが込み上げてくるような重圧を感じた。

これで、いずれにしても、九月一六日の開通式には出られなくなるだろう……。


一時間後――。

自衛隊奈良地方協力本部の白いライトバンの事務車輛が一台、京奈和《けいなわ》自動車道を奈良から京都へと向かっていた。

後部座席には、二人の男が肩を並べていた。

一人は防衛省統合幕僚監部の倉田康誠、もう一人は倉田の部下であり、海上幕僚監部運用支援・情報二課の三井《みつい》俊彦《としひこ》一等海尉だった。二人はこれから京都駅で新幹線に乗り換え、今日中に東京に戻らなければならない。

制服を着用したまだ若い三曹が運転するライトバンは、交通量の多い夕刻の道路を淡々と走り続けている。

「倉田さんはいまの上沼という男、どう思われますか……」

三井が意外と大きな業務車輌のエンジン音を気にして、倉田の耳元に口を寄せて声を潜めた。あまり大きな声を出して、運転手に話を聞かれてもまずい。

「まあ、頭は良さそうだな……。それに、小柄で眼鏡を掛けた目立たぬ風貌も、この任務には適している……」

倉田がそういって、少し考え込む素振りを見せた。

「何か、問題がありますか？」

三井は訊いた。

「経歴を見ると、上沼は二〇〇二年に海自に入って、二〇〇五年の八月に任期満了により除隊となっているようだが……」

「はい、そのとおりです」

「しかし、除隊の少し前に、駐屯地内で自殺未遂をやっているね……」

上沼は除隊の半年前の二〇〇五年一月、呉《くれ》市内の自衛官用の宿舎でベンジン五〇ミリリットルとアルコールを服飲し、自殺未遂騒ぎを起こしている。

「まあ、上沼にそのような過去があることは事実です。しかし、そのことも含めて、今回の任務にはあの男が適役ではないかとも思いますが……」

「確かに、そうかもしれんな……」

その自殺未遂事件が切っ掛けとなり、海自が貴重な事情聴取の記録を残していた。

そこには、こう書かれていた。

〈――私が幼少のころ、母親は世界合同教会に熱中するあまり家庭を顧みず、お金をつぎ込む毎日で、父親も自殺し、兄と妹と共に貧しい生活に耐え続けていた。こうした特殊な家庭環境に置かれる中で、私は小学生のころからずっと、漠然とした自殺願望があったのかもしれない――〉

「上沼の母親は、〝合同教会〟にいくら貢いだといったかな……」

「父親の生命保険金の六〇〇〇万円を含めて、一億円以上という報告がありますね。私共が把握しているのはそこまでですが、寄付だけでなく、〝合同教会〟の韓国の聖地などにも頻繁に出向いていたようですね……」

一億円か――。

父親が自殺した母親と兄妹三人の母子家庭にとって、あまりにも莫大な、そして残酷な金額だ。あの上沼という男が〝合同教会〟を恨むのも当然だろう。

「あの男の〝合同教会〟に対する私怨も、今回の〝任務〟の原動力に成り得るということか……」

「そういうことだと思います。あとはあの男の〝合同教会〟に対する怨みを、うまく〝標的〟に向けることができれば……。その意味でも、あの男ほどの適役は、他にいないと思います」

「確かに、君のいうとおりかもしれんな。今回の件でリー・ハーベイ・オズワルドの役を演じてもらうには、理想的な男なのかもしれん……」

それに今回の〝任務〟が本当に実行されるか否かは、まだ決まってはいないのだ。

3

上沼卓也は〝使者〟が訪れた翌日、二〇一九年九月五日付で三年間勤めた測量会社を退社した。

退社の理由は〝一身上の都合〟としたが、楠田測量設計の社長、楠田実《みのる》は特に上沼を引き止めることもせず、ただ深く頷いて退職届を受理した。

考えてみればこの測量会社も〝組織〟の紹介で入社した職場だった。それに社長の楠田も、元はといえば〝組織〟の出身者だと聞いていた。

上沼は職を離れてからしばらくの間、ただひたすらにJR奈良駅近くの八階建てマンション最上階のワンルームの自室に引き籠もり、来《きた》るべき〝任務〟遂行のための事前準備に時間を費やした。

無職になっても、生活には困らなかった。特に手続きをすることなく失業給付のようなものが銀行口座に振り込まれていたし、〝組織〟からも定期的に支度金のようなものが入るからだ。

一人で部屋に引き籠もっていると、自然と少年時代の思い出や、辛かった出来事の記憶が甦り、胸が押し潰されそうになった。

上沼は一九八〇年九月、三重県でごく普通の夫婦の次男として生まれた。父親は大手土木建設会社の技術士、母親も建築会社社長の子女で、どちらかといえば裕福な家庭の出身だった。

だが、上沼には、幸せだった幼少時代の記憶はほとんど残っていない。覚えているのは上沼が四歳の時、父親が仕事上の重圧による鬱とアルコール依存症により自殺した後の、禍々《まがまが》しい日々だけだ。

原因は、母親だった。

父親の死後、上沼の妹を産み落とした母親の亜季子《あきこ》は、三人の子供の生活を顧みることなく、ある韓国発祥のカルト宗教に夢中になった。それが『世界合同基督教教会』――通称〝合同教会〟――だった。

亜季子は夫の生命保険の全額は元より、当時母子家庭を援助してくれていた伯父の毎月の仕送りに至るまで、すべてを〝寄付〟として教団に注ぎ込んだ。その何かに取り憑《つ》かれたような宗教への帰依は、まだ子供だった上沼の目から見ても異常だった。

家は、貧乏だった。満足に食べる物もなく、服も買えなかった。

母の亜季子は教団の宗教活動に夢中になるあまり、家を留守がちにした。三人の兄妹だけが取り残された部屋は、食べ残しのゴミと、まだオムツも取れていない妹の汚物にまみれていた。そしてその状況は、上沼が小学校から中学に上がるにつれてさらに悪化していくことになる。

上沼の記憶に残る当時の光景は、漆黒のタールに沈められたように暗く、冷たくて、鉛のように重い。いまでもその時の記憶が甦ると、頭が万力で締め付けられたように痛くなる。

だが、今回の〝任務〟が実行され、目的を達成できれば……。

上沼にとって田布施は、本来の敵ではない。だが、田布施の知名度と存在感をうまく利用すれば、〝合同教会〟と母への積年の恨みを晴らすことができる。自分の失った過去を、取り戻すことができるのだ……。

たとえその後、この上沼卓也という存在が、この世から消え失せることになったとしても……。

上沼が会社を辞めた後も、連絡係の〝ミツイ〟から何度か指令があった。

彼らはけっして、手紙やメールで指示を出すことはない。必ず、上沼の前に姿を現わすか、電話によって伝言する。後に、双方のやり取りの物証を一切、残さぬためだ。

〝使者〟との最初の接触からおよそ一カ月が経ったある日、上沼は初めて〝ミツイ〟から具体的な行動の指示を受けた。

一〇月一三日、上沼は愛知県に向かい、現〝合同教会〟総裁――創設者の故・朴天明の妻――の金英子《キムヨンジャ》の集会に出席。その席で教会トップの暗殺をシミュレーションした後、奈良への帰路の電車内で〝ミツイ〟からの指示どおり新しいツイッターのアカウントを開設した。

その最初の投稿に、金英子の説教を評して次のように書いた。

〈――silentbird333
そんな事で変わるつもりは日本人には毛頭ない事を未だに理解できない合同教会の信者のレベルの低さ――〉

上沼はさらに、まだフォロワーがいないアカウントにこう投稿した。

〈――silentbird333
戦乱の中世における天皇の実質とは何か。既に過去となった天皇の専制君主制であり、(細《ほそ》川《かわ》)政元《まさもと》は統治者である武士として「(自分達でさえ既に有名無実である現代に)天皇の即位礼などどうでもよい」と言っているに過ぎない。では現代の天皇の実質とは何か。象徴としての神性であり宗教性に他ならない――〉

当日はこの二本に加えて、さらに日本の天皇制に関する論評のようなツイートなど数本を投稿。さらに翌一四日には、早くもその投稿の中で、教団と田布施博之総理大臣の関係についても言及、敵意を露《あら》わにすることになる。

〈――silentbird333
神道(つまり天皇制)と合同教会は絶対に相容れない。韓国語が英語に代わる共通語になると豪語し手前味噌の天皇代理に臣下の礼を取らせて「救ってやった」と悦に入っていた朝鮮民族主義の極右である合同教会は全世界の敵であり、当然日本の不倶戴天の敵である――〉

〈――silentbird333
合同教会のおぞましさに比べれば多少の政治的逸脱などは可愛いものだ。田布施政権に言いたいこともあろうが、合同教会と同視するのはさすがに非礼である――〉

〈――silentbird333
オレが憎むのは合同教会だけだ。結果として田布施政権に何があってもオレの知った事ではない――〉

こうして上沼卓也は誰もフォロワーのいないツイッターを通じ、〃合同教会〃への批判と朝鮮民族に対する差別的な主張を展開。自分が右翼的な思想を持つ危険分子であるという既成事実を積み重ねていく。

さらにその投稿によって教団と田布施首相が切っても切れない関係にあることを印象付け、自分の言動を通じて後に〃理想的なテロリスト〃となる一人の男の肖像を作り上げていくことになる。

時計の針はゆっくりと、時を刻みはじめた。

4

二〇二〇年一月――。

まだ新年の浮き立った空気も消えぬ世界に、不穏なニュースが駆け巡った。

一月七日、中国武漢市で前年に発生した原因不明の肺炎が新種のコロナウイルスによるものと専門家グループが確認。九日、中国中央テレビのニュースサイトが伝えた。

さらにコロナウイルスによる肺炎は、二日後の一月一一日に中国で初の死者を確認――。

一月一三日、中国国外では初となるタイで中国人の感染者を確認――。

一月一五日、日本で初の感染者を確認――。

一月一九日、韓国で中国人の感染者を確認――。

一月二一日、台湾とアメリカでも初の感染者を確認――。

以後、新型コロナウイルスはＣＯＶＩＤ－19と名付けられ、全世界をパンデミックへと巻き込んでいくことになる。

上沼卓也は、この人類史を揺るがすような重大ニュースを、どこか他人事《ひとごと》のように傍観していた。こうして奈良駅前の単身者用マンションの一室に引き籠もっていれば、どんな伝染病であれ感染する可能性はゼロに近い。それよりも、あの〝合同教会〟の連中がばたばたと新型コロナウイルスで死んでいくことを夢想すると、楽しくて思わず笑いが洩れた。

もしお前らのいう神が嘘偽りなく万能ならば、いまこそその教えにすがるがいい。神の教えが正しいことを、ＣＯＶＩＤ－19を受け入れて証明してみるがいい。

上沼は部屋に引き籠もり、飯を食い、酒を飲んだ。

そしてほとんど観客のいないインターネットの世界で、むしろ本性を押し殺しながら、やがてテロリストに変貌する自分のために〝合同教会〟に私怨を抱く危険な人物像を演じ続けた。

〈――silentbird333

オレが14歳の時、家族は破綻を迎えた。合同教会の本分は、家族に家族からの窃盗、横領、特殊詐欺で巻き上げさせたアガリを全て上納させることだ。70を超えてバブル崩壊に苦しむ祖父は母に怒り狂った。いや絶望したと言う方が正しい。包丁を持ち出したのもその時だ――〉

〈――silentbird333

祖父はオレ達兄妹を集め、涙ながらに土下座した。（母の）自分の育て方が悪かった。父と結婚させたことが誤りだった。本当にすまないと――〉

〈――silentbird333

オレはあの時、何を思えばよかったのか、何を言うべきだったのか、そしてそれからどうするべきだったのか。

まだわからない――〉

一方で上沼は、後の自分の行動に社会的な説得力を持たせるために、理論武装を怠らなかった。

まずは自分が〝合同教会〟と田布施首相の関係について、完璧に理解しておくことが重要だった。そのためにネット上のあらゆる情報を収集、分析して、知識を貪った。それが偏った情報だとしても、上沼は識別する能力を欠いていた。

〝合同教会〟――『世界合同基督教教会』が教祖の朴天明によって韓国に創設されたのは、一九五四年五月一日――。

当初はキリスト教系の新興宗教という位置付けで、国内だけでなく日本、アメリカ、イギリスなどにも布教の輪が広げられ、ごく自然に受け入れられた。

これに目を付けたのがＫＣＩＡ――『大韓民国中央情報部』――だった。ＫＣＩＡは政治的意図をもって朴天明に接近、〝合同教会〟の再組織化に着手した。以来、〝合同教会〟は政治工作を行なうＫＣＩＡ傘下の一機関として、世界に勢力を広げていくことになる。

その〝合同教会〟の日本進出の手助けをしたのが、田布施博之の祖父、一九五〇年代から六〇年代初頭にかけて日本の内閣総理大臣を務めた島義夫《しまよしお》だった。

島は首相引退後の一九六四年七月一五日、第三次新改造内閣発足（七月一八日）までの混乱に乗じ、〝合同教会〟を宗教法人として正式に認証。翌一六日に設立させた。この時、島は教団の本部を、渋谷区にあった自宅の隣に置かせるほどの熱の入れようだった。

さらに島は、KCIAの主導により朴天明が一九六八年に設立した反共政治団体『世界共倒連盟』にも賛助。国会内に〝国家秘密法制定促進国民会議〟を作らせ、朴天明のいいなりに〝国家秘密法〟の成立を目指したこともある。だが、これは「国民主権と民主主義の根幹が脅かされる怖れがある」とする世論に屈し、廃案に追い込まれた。

こうした〝合同教会〟と島との蜜月の関係は、教団の信者で島の娘婿の田布施章一郎《しょういちろう》、さらに孫の田布施博之へと引き継がれていくことになった。

田布施博之は、違法な霊感商法が社会問題となっていた教団に対し、系列の団体の集会に祝電を送るなど便宜を図ったこともある。さらに首相時代の二〇一五年には、一八年前に申請され懸案となっていた教団の名称変更を文化庁が承認し、新たな被害者を生む詐欺的な霊感商法が広がる原因となった。

そうだ。

オレの母親は、田布施一族がいたから教団に洗脳され、五〇〇〇万もする壺を買わされた。しかも寄付として、一億円も騙し取られた。

おかげでオレの家族も、家も、人生もメチャクチャになった。

あの男、田布施博之の罪科はそれだけではない。

いわゆる〝田布施派〟と呼ばれる派閥の議員は、大半が〝合同教会〟からの支援を享受している。選挙の度に六〇万人といわれる国内の信者の応援を受け、莫大な組織票の獲得を約束されている。

だから自由憲民党は、選挙に負けない。〝合同教会〟と、連立を組む仏教系宗教団体を基盤とした政党に支えられて、確実に過半数の議席を獲得してきた。こうして見せかけの民主主義の日本で、事実上の独裁政党として政権与党の座に居座り続けている。

しかも〝合同教会〟の協力によって当選した議員は、次の選挙を見据えて教団に忠誠を尽くす。教団側から送り込まれた信者たちを、無給の議員秘書として受け入れる。その秘書たちが政策案にまで口を出し、国会の運営に影響を与えているのだ。

考えるまでもなく、これは一人の日本人として怖ろしいことだ……。

いまや日本の国会は、純粋な意味で日本人のものではない。アメリカや、韓国のキリスト教系の宗教〝合同教会〟に支配されているも同然だ。

総理大臣も、内閣も、おそらく一〇〇人以上の国会議員は〝合同教会〟の信者も同じだ。しかもその教団のバックには、日本を〝仮想敵国〟とする韓国のＫＣＩＡが付いているのだ。

国会だけではない。教団の信者はテレビ局や新聞社などメディアの上層部や、警察、自衛隊にまで喰い込んでいる。

だから〝合同教会〟は、いくら違法な霊感商法で金集めをしても訴追されない。マスコミの追及も、手心を加えたものになる。

以前、もう三〇年以上も前に、当時の『朝日新聞社』だけがまっ向から〝合同教会〟に立ち向かったことがあった。

〝朝日新聞〟は〝合同教会〟が推進する国家秘密法について、「時代錯誤の国家秘密法」として一大キャンペーンを張り、廃案に追い込んだ。さらに週刊誌〝朝日ジャーナル〟では徹底的に霊感商法を追及した。その結果、一九八七年五月三日、朝日新聞阪神支局が襲撃を受け、社員一人が死亡、一人が重傷を負うというテロが起きた。

〝事件〟はのちに〝赤報隊〟を名告る右翼組織から犯行声明のあった一連のテロと共に〝赤報隊事件〟と呼ばれたが、未解決のまま現在に至っている。

だが、上沼は頑なに信じていた。

〝赤報隊事件〟は、日本の右翼の仕業などではない。あの〝事件〟の実行犯は、〝合同教会〟だ。いかにもと思わせる〝赤報隊〟を名告り、日本の右翼の犯行を装っただけだ。

〝合同教会〟は犯罪集団だ。田布施や自由憲民党と組んで、やりたい放題にやっている。極論すれば、日本とすべての日本民族は、〝合同教会〟と韓国に支配されているのと同じだ。

〝合同教会〟はその教義の中で韓国を、他民族に優越する「選民の国」と位置づけ、日本を逆に悪の象徴「サタンの国」と卑しめる。それでも無知な日本国民は、ハリガネムシに寄生されて脳を侵されたカマキリのように、〝合同教会〟の傀儡にせっせと投票し続ける。

上沼は酒を飲みながら、不条理な妄想の世界に遊んだ。

この〝合同教会〟と田布施首相の欺瞞に真の神――八百万《やおよろず》の神――が天罰を下すのはいつのことか。

公衆の面前で田布施首相が倒れる時、この日本に何が起きるのか。日本民族は目を覚ますのか——。

オレがこの目で見届けてやる。

5

新型コロナウイルスは、世界で猛威を振るい続けた。

一月三一日、中国で感染者一万人を突破。各地で医療物資が不足——。

二月三日、中国は新型コロナウイルスで新たに六四人が死亡したと発表。これで死者は四〇〇人を超える——。

二月一三日、日本国内で初の新型コロナウイルスによる死者を確認——。

二月二八日、新型コロナウイルス、日本国内の重症者五二人に。北海道知事は独自に「緊急事態宣言」を発令——。

三月二日、韓国の新興宗教団体「新天地イエス教会」で集団感染発生。新型肺炎の感染者は中国と日本以外に五九の国と地域で、七三七六人を記録——。

三月一〇日、日本政府は新型コロナウイルスの流行を「歴史的緊急事態」に初指定。感染拡大と死者の増加に歯止めがかからないイタリアでは、全土で移動制限が始まる。前日、NYのダウ平均株価は一時二〇〇〇ドル超下落——。

三月一一日、WHOのテドロス事務局長は、ジュネーブで開かれた定例記者会見において、新型コロナウイルスの感染を初の「パンデミック」と認定――。

三月一七日、フランス全土で外出制限始まる――。

三月二二日、米ニューヨーク州、外出制限開始――。

三月二三日、東京都知事が〝ロックダウン〟（都市封鎖）に言及――。


日本皇道会総裁の高野晃紀は手にしていた新聞をテーブルの上に放り、溜息をついた。

「これでは、どうにもならんな……」

大磯の高野邸の居間では、神道系教団〝神の守人〟副総裁の山道義長、警視庁ＯＢの戸塚正夫、防衛省統合幕僚監部の倉田康誠、さらに新しく〝メンバー〟に加わった自由憲民党〝反田布施派〟の豊田《とよだ》敏雄《としお》議員の四人が全員白いマスクを着けてソファーに座り、テーブルを囲んでいた。

戸塚は周囲に気遣ってマスクを少しずらし、冷めた玉露をすすった。

確かにこれでは、どうにもならない。新型コロナウイルスの感染拡大により、今年の夏に予定されていた東京オリンピックとパラリンピックは一年の延期となり、春のセンバツ高校野球は中止が決まった。

まるで時間が止まったように、社会が動かなくなった。これでは〝禁厭〟を実行しようにも、やりようがない……。

本当は昨年の四月に東京の赤坂で、豊田以外のここにいる〝メンバー〟を招集した時が、最初で最後の会議になるはずだった。だが、コロナ禍で、再度全員の意思確認が必要になった。

「先生は、あの〝禁厭〟をやはり〝実行〟するおつもりですか？」

山道が、高野の顔色を窺《うかが》った。

もし田布施が死ねば、日本は特に外交の分野において、取り返しのつかない損失を被《こうむ》ることになるだろう。

だが、高野は頑なだった。

「当然だろう。あの男の大罪は、万死に値する。それに今年の一月に閣議決定された〝法改正〟を見てみろ。あの男は自分の不始末から逃れるために、日本が明治以降に培ってきた民主主義の根幹でもある〝三権分立〟を踏みにじろうとしている……」

高野がそういって、このメンバーに新しく加わった衆議院議員の豊田を一瞥《いちべつ》した。

豊田は俯き、黙って頷いた。

話に出た〝法改正〟とは、一月三一日に田布施博之が閣議決定を強行した〝検察庁法改正〟を指す。この法改正により二月七日に定年を迎える予定だった東京高検検事長の吉川浩信《よしかわひろのぶ》の退官が、半年後の八月七日まで延長されることが決まった。

「確かに田布施は、苦しまぎれにやってはならないことに手を出しましたね……」

山道がいった。

田布施は二件の学園設立に不正に便宜を図ったとされるスキャンダル、もしくは自らが主催した〝花見の会〟に関連する公職選挙法、政治資金規正法への抵触疑惑などで、報道や世論に追い詰められていた。それをここまで逃れてこられたのは、田布施が首相の権限を最大限に行使して東京高等検察庁の検事長に任命した吉川の存在によるところが大きかった。

だが、吉川が定年で退官してしまえば、田布施の立場は一気に危うくなる。そこで田布施は、検察庁法を改正してまで吉川の任期を延長させた。

「そういうことだ。こうなれば何が何でも、あの男を〝排除〟しなければならん。我々が実行を先延ばしすればするほど、日本の状況はますます悪くなる。元凶は一刻も早く、取り除かなくてはならん……」

最早、猶予はない。

高野の身勝手な主張を容認するかのように、他の四人が頷いた。

「ところで戸塚さん、倉田さん、計画案の方は進展してるんですか」

山道が、二人に振った。

名指しされた戸塚が、倉田の方を見る。

倉田が頷き、小さく手を上げて山道の問いに応じた。

「このようなことは何分《なにぶん》時間が掛かりますので、この一年で少しずつ動いております。まず、例の〝オズワルド〟の件ですが、田布施の地元の山口と、奈良の方で候補を二人、育成しています。その内の奈良の方の男が、現在のところは有力ではないかと……」

「その〝奈良の男〟というのは、どのような素性の者ですか」

山道が訊いた。

「上沼卓也、現在三九歳。元海自の自衛官です。現在は隊員ではありませんが、我々の指揮下の者とお考えください。父親と兄が自殺、自身にも自殺未遂の過去があります……」

防衛省の統合幕僚監部では、予備自衛官、陸自の別班、その他さまざまな個人的な方法を通じて除隊した元自衛官を監視下に置き、連絡を取っている。それを有事の際に、いつでも作戦に使えるように準備している。

「なぜ、その男を〝オズワルド〟に？」

「はい、ひとつは元自衛隊員ですので、銃の取り扱いに馴れているということ。もうひとつはその男の母親が例の〝合同教会〟の信者で、教団に並々ならぬ遺恨を抱いているということです。我々が命じなくとも、想定どおりの役割を果たしてくれるでしょう」

「つまり、〝オズワルド〟の役には理想の人材という訳か……」

戸塚がいうと、倉田が頷いた。

「まあ、そういうことですね。現在その男は失業中ですが、我々の監視下にいます。インターネット上で、いわゆる〝ネトウヨ〟といいますか、社会的には〝危険分子〟の役割をうまく演じさせています。もしこの男が今回の件で凶行に走っても、世論は単独犯として十分に納得するでしょう」

「犯行後は逮捕させて、鑑定留置に持ち込めば、何も問題は残りませんね……」

警視庁ＯＢの戸塚がいった。

「そういうことですね。わかりました、倉田さん。今後〝オズワルド〟はその元自衛官一本に絞って育てましょう。何人も候補を作って下手に手を広げるよりも、私もその方がいいと思う」

「わかりました。そのように進めます」

山道と倉田、戸塚のやり取りを、高野は時折頷きながら黙って聞いている。

「〝オズワルド〟の件はそれでいい。それで、肝心の〝影の男〟の方はどうなりましたか。候補は挙がってるんですか」

山道がいうと、今度は戸塚が倉田の方を見て、小さく挙手をした。

「その件に関しては、私から。倉田さんと調整して何人か候補は挙げてますが、いろいろと難しい問題がありまして。ひとつは倉田さんの指揮下の自衛隊のネットワークを使うか。もしくは、信用できるプロを選ぶか……」

「〝プロ〟というと？」

山道が訊いた。

「まあ、そのようなリストは警視庁にいくらでもありますので。しかし、今回の場合、ＣＩＡ系の〝プロ〟は使いにくい……」

現場で目立たないためには、人種は東洋系の方が適している。

「もしくは、〝オズワルド〟の仕掛けが見破られた時に備えて〝教団〟の関係者を使うという手もありますね……」

今回のような大掛かりな策謀では、世論をミスリードする罠を二重、三重に仕掛けておく必要がある。もし〝オズワルド〟という第一の仕掛けが破綻しても、第二の罠で〝合同教会〟にミスリードすれば、追及の手がこちらに及ぶことはない。

〝合同教会〟は、元来〝右派〟という性格が強い教団でもあった。

教団系の政治団体『世界共倒連盟』が、その配下に〝特殊部隊〟と呼ばれる破壊工作部隊を持っていたことは公然の事実だ。さらに〝合同教会〟は韓国で銃器製造工場を経営し、そこで生産した銃を日本支部が大量に輸入。日本の教団支部と『世界共倒連盟』の武装化を計画していた事実もある。

「まあ、〝赤報隊事件〟のこともありますからね。私がいま自衛隊のネットワークといったのは、その〝合同教会〟の〝特殊部隊〟という可能性を含んでのことです」

戸塚の説明に、倉田が頷いた。

かつて〝合同教会〟の〝特殊部隊〟の訓練が自衛隊内で行なわれていたことは、防衛省内では公然の秘密だ。中には本当に自衛隊員だった信者もいた。

「いま、あの教団は真っ二つに割れていますね。それをうまく利用するのも、ひとつの手ではあるでしょう」

倉田がいうのは、こういうことだ。

二〇一二年九月、〝合同教会〟の開祖、朴天明が死去。この時、妻の金英子と二人の子をはじめとする一部の教団幹部が後継権を奪い合い、〝合同教会〟に内紛が勃発した。その結果、金英子が総裁を務める〝合同教会〟の主流派と、「相続権を侵害された」とする六男の朴天進《チョンジン》がアメリカに創設した『世界神域教会』の二大勢力に分裂することになった。

中でも〝神域教会〟はその教義として「全能の神が与えし権利により武器を手にし、民が互いと人類の繁栄を守る平和の兵士の王国」を主張し、信者の銃の所持を賛美する。

教祖の朴天進は「ヨハネの黙示録」に登場する〝鉄の杖〟は銃を意味するとして、AR‐15アサルトライフルを肌身離さず持ち歩く奇妙な男だ。アメリカでは有名な銃マニアで、トランプ支持者として知られ、ニューファンドランドに教団本部を置く。日本や韓国にも何カ所か支部を持っている。

かつての〝合同教会〟の〝特殊部隊〟のメンバーは、教団が分裂した際に一部が六男側の〝神域教会〟側に合流したが、大半は脱会して潜伏したといわれている。

「その〝特殊部隊〟の残党は、本当に使えるのかね？」

高野が訊いた。

「何人かは私どもの方で所在は確認しています。連絡は可能でしょう」

戸塚が応じる。

「中には、私どものネットワークの者もいます」

防衛省の倉田が補足した。

「元自衛隊員ということかね？」

高野が訊く。

「はい、そう考えていただいて、差し支えありません。コードネームは〝シャドウ〟……。

〝民独〟の関係者という〝噂〟のある人物といえば、高野先生にもお心当りがあるかもしれませんが……」

〝民独〟と聞いて、高野の眉がかすかに動いた。

かつては高野も〝民独〟――『日本民族独立義勇軍』の関係者として警視庁の公安に目を付けられ、一九八七年五月の『朝日新聞阪神支局襲撃事件』では重要捜査対象者のリストに名前が載った過去がある。

確かに〝元自衛隊員〟、〝民独〟の関係者といえば、まんざら思い当らないではない。

「しかし、〝民独〟に関わっていたとなると、年齢もかなりいっているのではありませんか?」

山道がいった。

「そうですね。手元のデータでは六十代前半、といったところでしょうか。しかし今回のような難しい〝ミッション〟では、若い者よりも老巧したベテランの方がミスが少なく、確実です」

実際に現在、世界で単独で大きな〝仕事〟を引き受けるアサシン(暗殺者)、特にスナイパー(狙撃手)は五十代以上から六十代前後が中心になる。

「その〝シャドウ〟という男は、今どこにいる?」

高野が訊いた。

「手元の資料では、韓国に潜伏しているようです」

倉田が答える。

「韓国ですか……。しかし韓国から手配するとなると、急ぐ必要がありますね……」

山道が溜息をついた。

日本政府は二月一日、コロナウイルス感染症を「指定感染症」に指定。日本に入国申請を行なう外国人で、新型コロナウイルスの感染者とみなされた者は、出入国管理及び難民認定法により上陸拒否事由に該当するとした。さらに三月一九日、COVID－19の感染流行地域——中国の各都市やイラン、イタリア、アイスランド、スイス、スペインの一部など——に上陸申請日前の一四日以内に滞在歴がある外国人は、日本に上陸することを許可しない旨を通達した。

このまま新型コロナウイルスのパンデミックが世界中で進行すれば、近い将来すべての国が国境や空港を閉鎖し、世界中の渡航が不可能になる日が来るだろう。

そうなればアメリカや韓国からも、誰も日本に入国できなくなる……。

「〝それ〟に決めよう。すぐに手配しなさい」

高野がいった。

6

四月一四日、午前一〇時——。

一人の男が、ソウル仁川《インチヨン》国際空港発の大韓航空KE5741便で成田国際空港に降り立った。

男は新型コロナウイルスの検疫を受け、特に問題もなく、韓国の緑色のパスポートを提示してイミグレーションを通過した。

男の名は安道允《アンドユン》、韓国人。一九六一年六月、釜山《プサン》広域市生まれの五八歳——。

少なくともその男が所持していたパスポートには、そう記されていた。

パスポートは確かに韓国政府が発行した〝本物〟だった。だが、名前は〝偽名〟であり、その他のデータもすべて〝架空〟だった。

釜山で一九六一年六月に生まれた安道允などという人物は、偶然に同姓同名の男はいたとしても、実際にはこの世に存在しない。

男の素性は、誰も知らない。本名も、年齢も、韓国人か日本人なのかもわからない。

ただ、ある種の闇の世界では〝シャドウ〟——もしくは〝影の男〟——と呼ばれ、認知されていた。

〝シャドウ〟は閑散とした到着ロビーを横切り、誰もいないエスカレーターで地下に下りて、京成電鉄スカイライナーに乗った。車内も、貸し切りのようにがらがらだった。

男は、一見して中肉中背だった。地味な色のコートの下には鍛え上げられた無駄のない筋肉を秘めていたが、灰色のツイードの鳥打ち帽を被り、黒いマスクで顔の半分を隠していたこともあって、目立たない風貌をしていた。その男の姿を記録していたのは空港や駅の構内に設置された防犯カメラだけだ。たまに見かけた空港職員や警察官も、誰も男のことを記憶していない。

〝シャドウ〟は指示されたとおりに、京成スカイライナーを終点の京成上野駅で降りた。韓国を出る前に両眼のレーシックの手術を受けてきたので、駅の案内板の文字がよく見えた。

黒い革のボストンバッグをひとつ提げて、ＪＲ山手線の外回りに乗り換えた。新型コロナウイルスの影響か、上野駅も山手線の車内も人はまばらだった。

椅子には座らず、揺れる車内に立ったまま、〝シャドウ〟は窓の外の風景を眺めた。

感慨があった。こうして日本の街並みを眺めるのは、およそ三〇年振りのことになる。東京も、ずいぶん変わったものだ。

〝シャドウ〟は指示されたとおりに、山手線を東京駅で降りた。一度、八重洲中央口から外に出て、改札横のコインロッカーの前に立つ。

韓国で前日に受け取った鍵をポケットから出して、同じ番号のロッカーを探す。鍵をシリンダーに差し込み、回した。

扉を開ける。ロッカーには、小さな手提げの紙袋がひとつ、入っていた。

紙袋の中身を確認した。

新しいアンドロイドのスマートフォンが一台に、日本人——田中道夫《たなかみちお》——名義の運転免許証、現金一〇〇万円、新幹線のチケット、簡単な指令書などが入っていた。スマートフォンと免許証、新幹線のチケットをポケットに入れ、残りは紙袋ごとボストンバッグに入れてジッパーを閉めた。

〝シャドウ〟は新幹線のチケットを手に、もう一度、八重洲中央口から改札に入り、指定された一三時二七分東京発の〝こだま７２９号〟に乗った。

そして〝シャドウ〟はそれから二年以上もの間、日本に潜伏することになる。

7

夏になっても、新型コロナウイルスの猛威は収まらなかった。

七月一二日、世界の感染者が二四時間で最多の二三万三七〇人——。

七月一八日、世界の死者六〇万人を超える——。

七月二六日、国内の感染者三万人を超える——。

八月六日、世界の感染者一八八一万人超、死者は七〇万人超——。

八月一一日、世界の感染者二〇〇〇万人を突破——。

八月二三日、世界の感染者二三二〇万人、死者八〇万人——。

上沼卓也は日夜流れ続ける新型コロナウイルスのニュースに心を閉ざしながら、鬱々とした日々を過ごした。

本に埋もれたワンルームの家の中で、ただひたすらに酒を飲んだ。

正直なところ、さすがにＣＯＶＩＤ－19という得体の知れない存在が怖ろしくなっていた。

こうして部屋に引き籠もって酒を飲んでいても、新型コロナウイルスという物の怪は窓の隙間やエアコンのダクト、排水口から侵入し、知らぬ間に体を蝕《むしば》んでいくような錯覚があった。

だが、それならそれでよかった。

新型コロナウイルスは、あらゆる人類にとって平等だ。自分のような下層の平民にも、上級国民と呼ばれる特権階級の人間にも、宗教に守られていると信じる者にも、分け隔てなく苦しみを与え、死をもたらす。その意味では今回の新型コロナウイルスこそは、愚かな人類を罰するために降臨した真の神に他ならない。

それとも今回の新型コロナウイルスも、世界の闇の支配層――イルミナティ――が奴隷階級としての人類の人口調整を目的として作り上げた陰謀の産物なのか。間もなくパンデミックの救世主として世に送り出されるワクチンは、支配者のための莫大な利権にすぎないのか。もしそれが事実だとすれば田布施博之を筆頭とする日本の自由憲民党の連中も、誰一人として新型コロナウイルスで命を落とす者はいないだろう。

いずれ、すべてはわかることだ。

上沼は妄想の世界に沈みながら、その鬱憤をツイッターの投稿で晴らした。

〈――silentbird333

オレがJOKERを観たのは金英子（現・教団トップ）がやって来る前日、名古屋でだった――〉

〝JOKER〟――『ジョーカー』――とは、アメリカで二〇一九年に製作され、日本でも同年秋から公開されたR指定の映画のことだ。

監督はトッド・フィリップス。

主役のホアキン・フェニックスが演じる道化師アーサーが、社会の不条理から逃れようとするあまり、偶然手にした銃で地下鉄の乗客を射殺してしまう。その場はうまく逃走したが、それが発端となり、やがて連続殺人鬼にまで堕ちていく。自分の人生が喜劇そのものだと知ったアーサーは、最後に出演した番組の司会者にからかわれ、生放送中に観客とテレビカメラの前でその男を射ち殺してしまう――。

上沼は、この映画『ジョーカー』を観た時から主人公アーサーに共感し、自分自身の運命と重ね合わせていた。

〈――silentbird333
祖父は死後も辱められる事になるが、それを知るのはそれから10年後だ。ＪＯＫＥＲはなぜＪＯＫＥＲに変貌したのか。何に絶望したのか。何に笑うのか――〉

〈――silentbird333
コロナ禍でＪＯＫＥＲも隔世の感がある。今年はおそらく英子は来ないだろう。それはオレにとって吉か凶か――〉

上沼はあくまでも、狙いは教団トップの金英子であるという状況証拠を積み上げていった。

だが、オレが狙うのは、金英子ではない。

〝使者〟が指示した真の標的は、日本の内閣総理大臣、田布施博之だ。

しかもあの〝JOKER〟のように、観衆とテレビカメラの目の前で……。

上沼は酒を飲み、声を押し殺して笑った。


一方で上沼は、昼夜を問わずネット上で情報を収集した。

何とかして、銃を手に入れなくてはならない。

今回の〝指令〟を実行するためには、どうしても銃が必要だ。

しかも一刻も早く、確実な方法で……。

最も簡単なのは、ネットオークションなどで闇市場に流れる〝本物〟の銃を買うことだ。だが、これは高価だし、〝足〟が付く恐れもある。〝使者〟からも、闇市場の銃には手を出すなと命じられている。

そうなると〝作る〟しか方法はない。

若いころに海上自衛隊にいた上沼には、銃の知識があった。射撃訓練を受けていたので取り扱いには馴れているし、毎日のように分解、整備を行なっていたために基本的な構造も熟知していた。

実のところ、銃を自作することはそれほど難しくない。パソコンと3Dプリンターさえあればいくらでも作れるし、一発か二発の有効弾によって標的に銃撃を加えるだけの銃なら、鉄パイプや接続金具などホームセンターで手に入る部品を組み合わせるだけでも可能だ。

問題は、銃の本体よりも火薬だ。

ネットオークションなどで買えないこともないが、これも下手をすれば足が付く。いずれにしても、無煙火薬を入手することは難しい。もし手に入るとすれば、威力のそれほど強くない黒色火薬になるだろう……。

本物の雷管を入手するのは、猟銃の免許でも持っていなければ不可能だ。花火やモデルガン用のキャップ火薬で代用するという方法もあるが、いずれにしても打撃式にするとなると、安全装置を含めて構造は複雑になる。

最も簡単なのは、装薬の部分に導火線を直結し、ライターなどで着火する仕組だ。だが、これでは着火から発射までのタイムラグがあって、タイミングが計りにくい。

それならば、電極を使うという手はどうだろう……?

この方法は、ネット上にもいろいろとやり方が出てくる。装薬に電極を埋め込み、スイッチを介してバッテリーと直結する。あとはスイッチを入れれば装薬が発火して、銃弾が発射されるという仕組だ。

もうひとつの問題は、弾丸だ。鉛を溶かして作ったり、鉄のパチンコ玉を使うという手もある。だが、精度の高い旋盤かライフルカッターがなければ、銃身内にライフリング（銃身内の螺旋状の溝）を切削することは不可能だ。

至近距離から銃撃すると想定するならば、ライフリングは必要ないだろう。それならばいっそのこと、口径を大きくして散弾銃にした方が合理的だ。連絡係の〝ミツイ〟からも散弾銃を入手、もしくは製造するようにという指令がきている。

一発で六粒――もしくは一〇粒以上――の散弾が発射できれば……。

構造の簡単な単発銃、もしくは二連銃でも、〝標的〟に致命傷を与えられる確率は高くなる。

上沼は、妄想を楽しんだ。

インターネットの中で、銃を自作することを考えているだけで、時間が過ぎていくのを忘れることができた。

だが、いまはまだ、銃を手にする時ではない。

ただ来るべき時のために、いつでも行動を起こせるように準備しておけばいい。

上沼はツイッター上で銃のことや田布施の名前は一切出さず、いずれは何かをしでかしそうな〝危険なネトウヨ〟を演じ続けた。

〈――silentbird333

まかり間違って米大統領選でバイデンが勝利すれば、日本はいよいよ中国に屈服するか戦うか、追い詰められる可能性がある。中国は尖閣をあげれば喜んで終わり、のような国ではない。少なくとも軍事的にも経済的にもアジアの覇権を握る意志も能力もある。それの何が問題かは香港を見れば分かる事――〉

〈――silentbird333
自憲党改憲草案に反対するならば、米国が中国に譲歩する可能性があるならば、米国を引き留める集団的自衛権には賛成しなければならない。そこを野党は全く分かっていない――〉
〈――silentbird333
集団的自衛権で戦争に巻き込まれたか？　テロ防止法は治安維持法になったか？　国際関係には民主主義も選挙もない。その点で国内や個人しか見ていない、清廉潔白しか取り柄のないド素人左翼より旧冷戦を戦い抜いた汚い自憲党の方がマシ――〉
〈――silentbird333
全ての生物種は繁栄すると内部での競争に焦点が移り、種としての拡大能力や他種との競争力は低下する、という話か。人類、民族、国家レベルにも当てはまりそうで面白い――〉

だが、そんなある日、思い掛けない出来事が起きた。

八月二八日、夕刻――。

いつものようにネット上で情報収集する上沼の目に、〝まさか〟と思うようなニュースの見出しが飛び込んできた。

〈——田布施首相が辞意発表・持病の悪化を理由に
田布施博之首相（65）が28日夕刻、記者会見を開き、辞意を表明した。持病の潰瘍性大腸炎が再発したと説明し——〉

何だって？

上沼は慌ててテレビのスイッチを入れた。

ニュースの画面には、田布施首相の顔が大写しになっていた。

間もなく、記者会見が始まった。

——今年の六月の定期検診で持病の潰瘍性大腸炎の再発の兆候が見られると医師から指摘を受けまして……薬を使いながら全力で職務にあたってきたのですが……先月の中ごろから体調に異変が生じ……体力をかなり消耗する事態となり……今月上旬には再発が確認されました……。

政治におきまして最も重要なことは、結果を出すことであります……。病気と治療を抱え、体力が万全でないという苦痛の中……大切な政治判断を誤る……結果を出せないということがあってはなりません。

国民の皆様の負託に、自信を持って応えられる状態でなくなった以上、総理大臣の地位にあり続けるべきではないと判断するに至りました……。ここに、総理大臣の職を辞することといたします——。

上沼は、テレビの画面を喰い入るように見つめた。

何が〝大腸炎の再発〟だ。

何が〝体力が万全でないという苦痛〟だ。

何が〝国民の皆様の負託〟だ。

田布施博之が体調を理由に首相を辞任するのは、これが初めてではなかった。

一度目は二〇〇六年九月二六日に戦後最年少の五二歳で内閣総理大臣に就任したちょうど一年後の二〇〇七年九月二六日、第一次田布施改造内閣の所信表明演説の僅か一六日後だった。辞任の表向きの理由はこの時も潰瘍性大腸炎だったが、本当は七月の参院選惨敗や、自殺した農水相の後任人事、従軍慰安婦問題など、山積する重圧から〝逃げた〟のだ——。

上沼は薄々今回の理由を想像できた。

今年の一月、田布施は首相の強権を発動して〝検察庁法改正〟の閣議決定を強行。学園設立に関するスキャンダルや〝花見の会〟の訴追から逃れるために東京高検の吉川浩信の退官を今年の八月七日まで引き延ばそうとした。

だが、五月二〇日、田布施の傀儡だったはずの吉川がコロナ禍の緊急事態宣言中に仲間と賭け麻雀をやっていたことが週刊誌に報じられ、二二日に辞職。これには長年、田布施のいいなりになってきた吉川の、捨て身の背信だったという噂も流れた。

田布施は、法的に頼れる後ろ盾を失って焦っていたのだろう。首相の座から下りれば、訴追や政治的な追及の手も弱まるとでも思ったのか。それとも何らかの支配勢力との間で裏取り引きが行なわれ、首相を辞任することで調整がついたのか――。

もしくは、アメリカの大統領選挙が関連しているのか。

つい一〇日ほど前の現地時間の八月一七日、ウィスコンシン州のミルウォーキーで、一一月三日の米大統領選に向けて前副大統領のジョー・バイデンを候補者に指名する民主党大会が始まった。これには前大統領夫人のミシェル・オバマや敵対するはずの共和党支持者のジョン・ケーシックまで登場し、民主党代表のバイデン支持を呼び掛けた。

その結果、共和党のトランプ大統領の敗色は濃厚となった。

現トランプ米大統領は、田布施と蜜月だった。後ろ盾でもあるその存在を失えば、田布施の立場は急激に危うくなる。それならば、一一月の選挙でトランプが負ける前に、自分も首相の座を放り出して逃げるということか――。

上沼は妄想の中で一方的にそう思い込んでいた。

そしてそのころ、実際にはそれが嘘だと証明する根拠など何もなかった。

まあいいだろう。いずれ裁きが下る時が来る。

だが、上沼の方も、いつまでもこうしてインターネットの世界に引き籠もっている訳にはいかなくなった。

二〇一九年九月、前年に橿原市の測量会社を退社してから半年間にわたり受給し続けてきた失業給付は、六カ月前に切れた。その後も〝組織〟の方から行動費の名目である程度の金は支給されているが、今後はこのコロナ禍でいつ〝計画〟が実行されるかわからない。

〝組織〟からの収入だけで生活していくのは厳しいし、〝ミツイ〟から職を探せという指示もあった。

一〇月一六日、上沼は〝ミツイ〟の指定どおり奈良県内の人材派遣会社に登録した。履歴書の趣味の欄には差し障りなく〈――映画鑑賞、読書、ＰＣゲームなど――〉と書いた。

実際に『ジョーカー』のようなクライムムービー（犯罪映画）を観るのは好きだし、本もよく読む。それにいまの自分の人生は、そのままゲームのようなものだ。

派遣会社に登録してすぐに、フォークリフトのオペレーターを募集していた京都府内にある工場の面接を受けた。面接ではしっかりと敬語を使って話し、採用が決まった。

勤務時間は朝八時から午後五時まで、週五日。上沼は黒い軽自動車で通勤し、自分でも感心するほど真面目に、黙々と働いた。

すべては、自分が〝ＪＯＫＥＲ〟になる日のために――。

8

二〇二〇年一一月三日に投票が終わったアメリカ大統領選の最終決戦は、熾烈《しれつ》を極めた。

共和党の大統領候補は現職のドナルド・トランプ。対する民主党は前副大統領のジョー・バイデンを擁立。新型コロナウイルスのパンデミック対策として郵便投票が行なわれた効果により、その投票率は一二〇年振りに六六パーセントを超えた。

混戦の中で一一月七日、バイデンはペンシルベニア、ミシガン、ウィスコンシンの〝ラストベルト三州〟(アメリカの中西部と大西洋岸中部)で勝利。これにより獲得選挙人の数が過半数に達して、〝当選確実〟の報が全世界に発信された。

バイデンは最終的に三〇六人の選挙人を獲得。また計八〇〇〇万票を獲得した初の候補者となった。

一方トランプは一九九二年のジョージ・H・W・ブッシュ以来、二八年振りに落選した現職の大統領という不名誉な記録を残した。

『日本皇道会』総裁の高野晃紀は、そのニュースを大磯の自宅居間のテレビで見ていた。

ジョー・バイデンの勝利宣言に静かに頷き、テーブルの上のスマホを取った。

電話に出てきた相手と、簡単に次のことを話した。

「ああ、山道君か……。バイデンが、勝ったようだね……。これで、〝例の件〟も支障はなくなったな……。今後、戸塚君や倉田君とも相談して、できるだけ早く日程を調整してくれ……。頼んだよ……」

それだけをいって、電話を切った。

テレビではバイデンの勝利宣言が終わり、いまは負けたトランプが民主党の不正を主張して叫んでいた。

まあ、好きなように吠えればいい。

別に、共和党が我々の〝敵〟で、民主党が〝味方〟という訳ではない。

だが、ドナルド・トランプは、〝合同教会〟側の人間であり、田布施の後見人であることは確かだ。

対してジョー・バイデンは、我々のやることに無関心でいてくれる。

それだけのことだ。

9

珍しく、空に小雪が舞いはじめた。

〝シャドウ〟は暗い空を見上げた。

部屋の中では申し訳程度に灯油ストーブが焚かれていたが、体は死んだ魚のように冷えきっていた。

だが、韓国の教団施設のいたたまれない凍えからすれば、まだ日本の寒さはましな方だ。

二〇二〇年一二月――。

日本に来てからもう八カ月……。

〝シャドウ〟は静岡市にある神道系教団施設に潜伏していた。

教団施設の建物の中で他の信者たちと寝起きを共にしながら、教団の管理人の一人として働いていた。

ここでは所持しているパスポートと免許証のとおり、〝田中道夫〟と呼ばれていた。

だが、誰も〝シャドウ〟の本名を知らない。身元に興味を持つこともない。〝シャドウ〟本人も、いまは自分が本当は誰なのかを忘れてしまったかのようだ。

暮れも押し迫ったある日のこと、静かな生活を送る〝シャドウ〟のもとに一人の〝使者〟が訪ねてきた。

男は〝マエダ〟と名告った。

それが本名ではないことは明らかだったが、〝シャドウ〟はその素性をすぐに察した。身のこなしやごくありきたりなパーカの下に隠れた筋肉の付き方からして、この男もおそらく、自分と同じ軍人の出身だろう。

「あなたは髑髏《どくろ》の眠る場所を知っているか？」

「知っている。ゴルゴタの丘だ」

男はごく簡単な〝合い言葉〟をやり取りし、自分が〝使者〟であることを証明した上で、〝シャドウ〟に荷物をまとめてすぐにここを出る支度をするように命じた。

荷物とはいっても韓国から日本に入国した時に持っていたボストンバッグが一つだけなので、支度は簡単だった。もう二度と、この場所に戻ってくることはないだろう。

その日〝シャドウ〟は、静岡市内の１ＬＤＫのアパートの部屋に連れていかれた。

部屋はすでに市内の食品会社の名前で正規に契約されており、その会社の〝田中道夫〟名義の社員証と預金通帳、キャッシュカード、クレジットカードが用意されていた。通帳にはおよそ三〇〇万円の残高があった。室内にはテレビ、冷蔵庫、洗濯機などの家電製品と、必要最小限の生活用具一式、着替えの衣服まで揃っていた。

窓の外の駐車場には、やはり田中道夫名義のシルバーのトヨタ カローラが一台、駐めてあった。古い型だったが、自分が本当の日本人に戻れた実感を味わうには十分な車だった。

翌日、〝シャドウ〟は、〝マエダ〟に指示されたとおり、カローラを運転して静岡県御殿場《ごてんば》市に向かった。

指定された〝神和銃砲〟という店の駐車場に車を駐めて待っていると、前日の〝マエダ〟が現われた。そこで〝ミツイ〟という若い男が運転するランドクルーザーに乗り換え、御殿場市内の別の場所に移動した。

着いた所は、陸上自衛隊の東富士演習場の入口だった。

〝マエダ〟の部下がゲートの前で車を止め、手続きを終えて演習場の中にある富士学校の敷地に入った。さらに演習場内の原野の荒れた戦車道を走り、〝小銃射撃場〟と書かれた倉庫のような建物の前で車が止まった。

建物を抜けるとその向こうに二〇座ほどの射座がある。五〇メートル先に小口径ライフル用の標的、さらに三〇〇メートル先の丘陵の手前には大口径ライフル用の標的が並んでいた。週末なので、射撃場には誰もいない。

車を運転してきた男がランドクルーザーの荷室からライフル用のハードケースを下ろしてきて、それを射台の上に置いた。

〝マエダ〟がそのライフルケースを開き、中に入っている銃を〝シャドウ〟に見せた。

「この銃を知っているかね」

〝マエダ〟が訊いた。

〝シャドウ〟はその古いエアライフルを手に取り、頷いた。

「ああ……よく知っているよ……」

懐かしい……。

銃の名は、〝鋭和3B〟――。

一九六九年から七〇年代にかけて、『世界合同基督教教会』の関連企業、『鋭和銃器工業』が生産していた民間向けエアライフルである。

作動方式は圧縮空気による単発の25口径で、銃身長は二八・七インチ（七二九ミリ）、全長一〇四九ミリ、重量二六〇八グラム。通常の空気銃弾（四・五～五・五ミリ）よりも大きな六・三五ミリペレット弾を銃口初速一〇〇〇フィート／秒で発射することが可能で、当時は小型～中型獣猟にも有効なエアライフルとして注目された。

日本にも〝合同教会〟配下の銃砲店などによって大量に輸入されたが、32ＡＣＰ拳銃弾を上回る威力が〝危険〟とされ、のちに所持や売買が禁止された。

「よくこの銃が日本に残っていたな……」

〝シャドウ〟が鋭和3Bの美しい木製ストックを撫でながらいった。

韓国では何度か、この銃を撃ったことがある。だが、日本で見るのは、これが初めてだった。

「日本中を探したんだ。あの銃砲店に、たった一挺だけ未使用の銃が残っていた。それをさらにオーバーホールして、スコープを取り付け、調整してきた」

〝マエダ〟が説明する。

銃にはビクセンの三四ミリチューブスコープが取り付けてあった。

「まさか、今回の〝ミッション〟にこの銃を使うのか？」

〝シャドウ〟が訊いた。

「そうだ」

〝マエダ〟が頷く。

「なぜ、こんな古い空気銃を使う？」

〝シャドウ〟がさらに訊いた。

「今回の〝ミッション〟の〝現場〟は、街中の雑踏になる可能性が高い。通常のライフルを使って、銃声を聞かれてはまずい」

「なるほど……」

「それに〝標的〟までの距離は、三〇メートルから最大でも五〇メートルと想定している。射撃の後の退避を考えても、音のほとんど出ないエアライフルの方が有利だろう。それがこの鋭和３Ｂを使う理由だ」

〝マエダ〟の説明に、〝シャドウ〟が頷く。

確かに街中での五〇メートル以内の狙撃ならば、大口径ライフルよりもエアライフルの方が使い勝手がいい。標的の頭部か心臓の〝急所〟に命中させれば、この鋭和３Ｂは十分な殺傷力を発揮する。

それに、もうひとつの理由……。

〝シャドウ〟はこの銃を使う本当の理由を考えた。

もし〝獲物〟の体内に火薬反応の出ない銃創、もしくは六・三五ミリペレット弾そのものが残存していたとすれば、日本の警察はまず鋭和3Bが犯行に使われたことを疑うだろう。

その事実は、〝合同教会〟の事件への関与を疑わせるに十分な〝状況証拠〟となる。

「撃ってみよう。このスコープのゼロインは？」

〝ゼロイン〟とは、照準線と弾道が交差する距離をいう。

「一応、ポンプ一〇回で距離五〇メートルに合わせておきました。あとは好きなように調整してください」

車を運転してきた髪の短い若い男がいった。

この〝ミツイ〟という男も、〝軍人〟のようだ。

「わかった。試してみよう……」

〝シャドウ〟は射台の前に立ち、銃床の脇にあるポンプのロックを外した。最初はレバーでポンピングを三回行ない、弾を入れずに空撃ちを試してみた。

銃口から空気を吐き出す小さな音が聞こえた。だいじょうぶだ。この銃はポンプも、バルブも、トリガーシステムもすべて正常に機能している。

〝シャドウ〟は次に、一〇回、ポンピングを行なった。最後の三回ほどは、レバーの操作がかなり重くなる。この鋭和3Bの一発分の空気を充塡するのは、かなりの重労働だ。

銃身の下のタンクがいっぱいになったところでレバーをロックし、弾倉を開ける。丸い缶の中から六・三五ミリのペレット弾を一発取り、弾倉に装塡する。

〝シャドウ〟は射台の上に肘を乗せ、ガンレストで銃を支えた。木製ストックのグリップを握り、トリガーガードに指を添えて構えた。

スコープのレンズを覗く。倍率は、四倍だ。

レーシックの手術を受けた右目が、五〇メートル先のターゲットを正確に捉える。

スコープの視界の揺れが収まるのを待ち、レティクル（十字線）の交差部分を五〇メートル先の小口径ライフル用ターゲットの中心に合わせる。

息を吸い、四分の三ほど吐き出したところで、止める。

周囲から、音が消えた。

瞬間、〝シャドウ〟は右人さし指をトリガーに移し、引いた。

小さな発射音と、かすかな反動を残し、六・三五ミリのペレット弾はターゲットのほぼ中心に吸い込まれ、着弾した。

〝シャドウ〟は、小さく頷いた。

悪くはない……。

次に〝シャドウ〟は、レバーを起こし、ポンピングを二〇回行なった。

ポンプ内に充塡される空気圧は、さらに高くなる。それが鋭和3Bの、本来の性能だ。

だが、レバーが重い……。

〝シャドウ〟はペレット弾を一発込め、射台の上で銃を構えた。息を止める。ポンピングで筋力を使ったためか、視界の揺れがなかなか収まらない。

スコープのレティクルがターゲットの中心に合ったところで、トリガーを引いた。

だが、撃った瞬間に、銃がブレたのがわかった。

ゼロインの調整の誤差もあり、ペレット弾はターゲットの中心から左斜め上五センチのあたりに着弾した。

〝シャドウ〟は肺に冷たい大気を吸い込み、体を起こした。

「どうだね。その銃は使えそうかね？」

〝マエダ〟が訊いた。

「悪くはない。しかし、いくつか解決しなくてはならない問題があるようだ」

〝シャドウ〟が答える。

「何でもいってくれ」

「まず第一に、今回の〝ミッション〟にこのポンプ式のエアライフルは向かない。連射が利かないし、もし初弾を外せば二発目を射つまでに一〇秒はかかる。それにポンピングで筋力を使えば、弾道もブレる……」

「解決策は？」

「どうしてもエアライフルを使いたいなら、プレチャージ式の方がいい。あらかじめタンクに空気を充填しておけば、三発から五発くらいまでなら連射が利く……」

最新式のプレチャージ式の獣猟用25口径ならば、初弾から五発目くらいまではこの鋭和3Bと殺傷力は大差ないはずだ。中には、鋭和3Bよりも初速の速い銃もある。

「わかった。プレチャージ式の六・三五ミリを探してみよう。他には？」

〝マエダ〟が指示を出し、部下の若い男がメモを取る。

「弾丸も、この鼓型のペレットではストッピングパワーが弱い。できれば、エアスラッグ弾を使いたい……」

通常、狩猟用のエアライフルには、鉛や銅、スチールなどの〝鼓型〟のペレット弾が使われる。これに対して〝エアスラッグ弾〟とは、一般のライフル弾と同じバレット形状のペレットで、先端から中央にかけてホロー（空洞）になっているものをいう。

重心は後方にあるが、ライフリングに接する面が大きいためにジャイロ（回転）が強くかかるという利点がある。着弾すればホローポイント（穴の開いた先端）が潰れて広がり、〝獲物〟の体組織を大きく破壊して殺傷力を高める。

「エアスラッグ弾を使うことは、私も賛成だ。しかし我々は、〝ミッション〟の当日に、ある特殊な弾丸を使うことも想定している」

〝マエダ〟がいった。

「〝特殊な弾丸〟とは？」

〝シャドウ〟が首を傾げた。

「水銀弾だ……」

〝水銀弾〟と聞いて、〝シャドウ〟は首を傾げた。

「水銀弾が〝存在〟するのか？」

〝シャドウ〟が訊いた。

〝水銀弾〟――マーキュリー・ブレット――はこれまでにも映画や小説の中に再三登場してきたし、実際にその存在が噂になったこともある。だが、水銀は常温で液化する――凝固しない――唯一の金属であり、膨張率が高く、他の一部の金属を腐食、もしくは吸収する性質があるために銃弾として用いることは不可能だとされていた。

「〝存在〟するよ。正確には〝アマルガム〟（水銀と他の金属との合金）銃弾だがね。アメリカではすでに一〇年以上も前に開発に成功し、ある大手の銃器メーカーが政府機関への市販に向けて研究を続けている……」

〝マエダ〟によると素材となるアマルガムは水銀とインジウムの合金で、常温・常圧で凝固する。だが融点は水銀の比率によって、任意に決めることができる。もしこのアマルガム弾の融点を二〇度から三〇度くらいに設定しておけば、人間を撃ったとしても、その弾は体内で溶けてなくなってしまうことになる。

「なるほど……。〝ガリウム弾〟と同じような性質を持つ訳か……」

〝シャドウ〟が頷く。

人間の体内で溶けて消える銃弾としては、これまで融点が二九・七八度のガリウムを使ったものが知られていた。

「そうだ。ガリウム弾に近い。しかし水銀の比重は一三・六と鉛（一一・三五）よりも重い。ガリウムの五・九〇の倍以上もある。それだけ人体に対する衝撃は大きなものになる……」

〝シャドウ〟は、〝マエダ〟の意図を理解した。

もし本当にその〝水銀弾〟——アマルガム弾——を使えるなら、面白いことになるだろう。

「その〝ミッション〟の決行日は？　冬か、もしくは夏になるのか？」

〝シャドウ〟が訊いた。

「冬ということはない。真夏になる可能性もある」

〝マエダ〟が答える。

「それならばなおのこと、この鋭和3Bでは無理だ。水銀弾の比重を考えれば、どうしてもプレチャージ式のエアライフルが必要になる。それもできるだけ、コンパクトなものがいい」

鋭和3Bは、全長が一〇四九ミリもある。市街地の現場に持ち込むにも、証拠を残さずに立ち去るにも大きすぎる。

「銃弾はどうする？」

「そのアマルガム弾でいいだろう。アマルガムでエアスラッグ弾のようなものを作ってもらえれば、理想的だ」

「了解した。我々の〝研究室〟で作れるだろう。他には、何かあるか？」

「ひとつだけ、確認しておきたい。〝ミッション〟の当日、逃走手段について具体的な策は練ってあるのか？」

政府要人を撃った後で、そのまま捕まったのでは笑い話にもならない。

「だいじょうぶだ。今回の〝ミッション〟には、リー・ハーベイ・オズワルド役の男を用意している。その男が騒ぎを起こす間に、君は〝任務〟を遂行してその場から静かに退避すればいい。そのような手筈になっている。他には？」

「いや、それだけだ。ここは寒い。車に戻ろう……」

〝シャドウ〟は踵を返し、駐車場に向かって歩き出した。


同じころ、上沼卓也も着々と準備を進めていた。

ツイッターを使い、少しずつ増えてきたフォロワーを相手に議論を重ねながら、いつの日か「田布施前首相を暗殺する危険人物……」という人格を少しずつ作り上げていった。

〈——silentbird333
その理屈でいうと北朝鮮もポル・ポトも旧東側諸国も何ら問題ない事になるよね。自国民を監視し虐殺し人民の意思を無視して軍事的に支配下に置く。それが祖国と同胞への犯罪だと思わないなら重症——〉

〈——silentbird333

ウチのお袋は子供に自立の芽でも出ようものなら即座に〝合同教会〟にハマって一族もろとも巻き添えにして自爆したね。恐ろしきは女人なり――〉

〈――silentbird333
これで自分が札付きの不良でもあったなら自分が悪かったと思いようがあるが、健気にも母親を支えようとするよく言えば優等生的、悪く言えば自我の希薄な子供だった自分からすれば（幼少時代の記憶は）悪夢としか言いようがない――〉

一方で上沼は、このころからある一人の人物とネット上で連絡を取りはじめていた。

相手の名前は楠本正浩《くすもとまさひろ》、六九歳。カルト宗教の反社会性を追及しながら、〝反カルトのカルト性〟を問題とし、むしろカルト教団の側に立って理論を展開するジャーナリストとして知られていた。

上沼がこの楠本に連絡を取ったのも、自分がいずれ〝合同教会〟に復讐を果たすことを理論的に正当化し、それをのちに世に知らしめるための伏線の一環だった。

上沼はネット上で楠本が管理するブログを見つけ、〝合同教会〟を批判した記事にコメントを入れた。

〈――世界合同基督教教会？ ポル・ポトか？ スターリンか？ ヒトラーか？ どんな地獄

だ？　人の生き血はどんな味だ？――〉

さらに、こう続けた。

〈――こんなものが今の今まで存在する事は人類の恥としか言いようがない汚点だ。（中略）いずれ誰かが殺されるだろう――〉

これが、一二月一五日の投稿だった。

翌一六日に、コメントを〝危険〟と判断した楠本はこう応じている。

〈――まあカッカしなさんな。出発点が狂っている――〉

だが、上沼はさらにこう反論した。

〈――復讐は己でやってこそ意味がある。不思議な事に私も（ポル・ポトやスターリン、ヒトラーと同じように）喉から手が出るほど銃が欲しいのだ――〉

上沼はこの日、初めて、ネット上で〝銃による暗殺〟を暗示したことになる。

第二部　暗殺

1

二〇二一年一月六日――。

間もなく大統領と副大統領選出のために選挙人の投票結果が集計されようとしているアメリカで、あるエポックメイキングな暴動事件が起きた。

この時点ではまだ大統領だったドナルド・トランプの支持者ら約八〇〇人が連邦議会開催中の議事堂を襲撃し、二〇二〇年のアメリカ大統領選挙において「不正があった」と主張して議会を妨害。選挙に勝利した民主党のジョー・バイデンが正式に次期アメリカ大統領に就任する直前に議会が中断され、一時的に政府機能に空白（上院・五時間五三分、下院・六時間四二分）が生じる異常事態となった。

その結果、トランプ支持者側で死者四名、自殺者一名。連邦政府側に死者一名、自殺者四名。双方合わせて数百名の負傷者が出る惨事となった。のちにこの事件は連邦政府に対する反乱、騒乱罪、もしくは〝自国産テロリズム〟であり、現職のトランプ大統領を首謀者とする〝自主クーデター〟とも報道された。

事件から二日後の一月八日――。

〝日本皇道会〟の高野晃紀は、いつものように大磯の自宅で日中から薪ストーブを焚きながらテレビを見ていた。ＣＮＮニュース日本版の画面の中では、連邦議会の建物の前で星条旗を打ち振る群衆が、意味不明の雄叫びを上げて騒いでいた。

いくら民主主義だ、先進国だと宣言しても、アメリカのやっていることは有史以前の蛮国と大差ない。

「アメリカは救いようのない国だ……」

高野は日米関係に関して、独自の歴史観を持っていた。

戦後の日本は事実上の植民地として、ただひたすらにアメリカに隷属して久しい。これでは国民が愛国心を失い、政治家も国士たらんとすることを忘れ、アメリカの傀儡に甘んじるもよしとするのも当然だろう。

「まったく、どうしようもない国ですね……」

それがアメリカのことなのか、日本のことなのか……。

傍らで〝神の守人〟副総裁の山道が応ずるようにいった。

昨年末にジョー・バイデンの勝利が確実になって以来、山道は週に一度はこの家に訪ねてくるようになった。南側の窓からは冬の澄んだ陽光が差し込み、部屋の中は半袖のシャツ一枚でいられるほど暖かい。

「この連邦議会を襲撃した奴らは、どのような勢力なのかね……」

高野が、テレビの画面から目を離さずに、訊いた。

「そうですね。いまのところの情報によると、アメリカやカナダの極右団体として知られるプラウド・ボーイズ、オルタナ右翼、極右民族主義のネオナチ、いずれにしても白人至上主義者たちが中心のQアノンの連中ですね……」

〝Qアノン〟とはアメリカの極右勢力が主張するディープステート（闇の政府）による世界支配と、その陰謀論に基づく政治運動を指す。ドナルド・トランプが一連のディープステートと戦う救世主と位置付けられており、近年は個人崇拝の対象とされている。その意味では〝Qアノン〟そのものが、カルト宗教に近い。

「なるほど、〝Qアノン〟か……」

「今回の〝事件〟も、構造的にはそうなるでしょう。そして今朝の段階で、面白い情報がひとつ……」

「面白い情報……？」

「以前にお話しした〝合同教会〟の分派の〝世界神域教会〟が、今回の連邦議会襲撃の首謀者だったという〝噂〟です」

「ほう……。例の死んだ朴天明の六男、朴天進が創設した〝神域教会〟がか？」

「そうです。例の〝銃の教会〟です」

「なぜ、あの男が。トランプを支持しているのは、母親の金英子の方だと聞いているが……」

現在、〝合同教会〟は、死んだ朴天明の妻の金英子派と、六男の朴天進が教祖を務める〝神域教会〟の派閥に二分され、敵対している。その図式は、日本もアメリカも変わらないはずだ。

「ところが、アメリカではそう簡単にはいかないようです。トランプは、金英子と朴天進の両方を利用しようとしている。だから親子で、トランプの取り合いが起こる。トランプがまた、それを利用する……」

「ほう……」

「しかもガンマニアの朴天進は、共和党のトランプ支持団体のひとつである〝ＮＲＡ〟（全米ライフル協会）の〝シンパ〟ですからね……」

山道が、〝事件〟の背景を説明する。

〝ＮＲＡ〟は、全米最大のロビイスト団体である。設立は南北戦争後の一八七一年。本部をバージニア州に置き、現在では五〇〇万人以上の会員数を誇るといわれている。

だが、もしジョー・バイデンがアメリカの大統領に就任して〝反ＮＲＡ〟の民主党政権が発足すれば、近年の銃乱射事件の増加なども逆風となり、ＮＲＡは大打撃を受けることになる。

「すると、今回の連邦議会襲撃のバックには、ＮＲＡがいると考えていい訳かね？」

高野が訊いた。

「ある意味では、そう考えても無理はないと思いますね。朴天進は、トランプ本人よりもＮＲＡのために動いた可能性もあります。今回の大統領選のバイデンの勝利で、下手をするとＮＲ

Aは破綻するのではないかという噂が出ているほどですからね……」

実際にNRAは二〇二〇年八月、ニューヨーク州司法省から資金の流用問題で提訴されていた。そして連邦議会襲撃事件から九日後の二〇二一年一月一五日、NRAは連邦破産法第一一条（民事再生）の適用を申し立て、登記先をニューヨーク州から銃規制の比較的緩いテキサス州に移転させる手続きを開始した。

「なるほど……。しかし、この〝神域教会〟というのは、うまくすれば今回の件に利用できそうだな……」

高野が腕を組んで考える。

「実はいま、私も同じことを思っていたところです……」

山道が自分の考えを説明した。

この朴天進という男と〝神域教会〟は、良くも悪くも目立つ。しかし朴天進は大の田布施ファンで、異様なほどの愛着心を持っていた。かつて田布施政権時代には朴天進が官邸前で首相を応援する街宣を行なって騒ぎを起こし、問題になったこともあった。

だが、近年は田布施と〝合同教会〟がさらに接近して母親の金英子との親密さが増し、そのことに朴天進が怒りをあらわにしているという情報もある。

今回の一件でも、もし万が一にでも計画が破綻した場合には、〝神域教会〟を〝招待〟することによってうまく囮に使えるかもしれない——。

「なるほど。面白いかもしれん。〝銃の教会〟の教祖がたまたま日本にいたとなれば、誰でも関心の目をそちらに向けるだろう……。まあいい。〝神域教会〟の件は少し考えてみよう。ところで、その他の件は順調にいっているのかね？」

高野がテレビを消し、話を変えた。

「はい、いろいろと。例の〝オズワルド〟の方はうまく危険人物を演じながら奈良市内に潜伏しています。昨年の秋から、京都府内の工場でフォークリフトの運転手として働かせています……」

「もう一人、元〝民独〟の男の方はどうした。前回の報告で、昨年の四月には韓国から日本に入ったと聞いたが……」

「はい、〝影の男〟の方ですね。その男は静岡市内の我々の傘下の教団施設で八カ月の〝クリーニング〟を終えて、昨年末から行動を開始しています。補助に付いている防衛省の倉田さんが、あと半年もあればすべての準備は整うだろうといっています」

山道の説明に、高野が頷く。

「あと半年か……。すると、今年の秋の衆院選には間に合うということか……」

もし計画を〝決行〟するのならば、やはり国政選挙の期間中がやりやすい。

政治家は自分の選挙運動、もしくは応援演説等で街頭に出る機会が多くなり、大衆の目にさらされ、警備に隙ができる。メディアの報道も選挙一色になり、その分だけ〝事件〟のインパクトも大きくなる。

「確かに、今年の秋の衆院選はひとつの山場になるでしょうね。その機会を逃してしまうと、次は来年夏の参院選までチャンスはなくなる……」

「問題は、例の新型コロナウイルスか。オリンピックも一年延期になったことだし、まったく先が読めんな……」

高野がそういって、溜息をついた。

「まあ、国政選挙はオリンピックやパラリンピックのように延期したり、まして中止する訳にはいきませんが。しかし、コロナのせいで街頭演説の機会が減ったり、もしやったとしても観衆の絶対数が少なくなることはあり得るかもしれませんね……」

「とにかく、できれば今年の秋の衆院選に実行できるように、皆にもそう伝えておきなさい。あまり長引くと、関係者の集中力が保てなくなる……」

「わかりました。今年の秋の衆院選、皆にそう伝えておきます……」

「しかし、田布施が首相を辞めて初の国政選挙、いったいどうなるのか……」

ストーブの中で、薪が爆《は》ぜて火の粉が散った。

2

上沼は三月に入って間もなく、住居とは別にアパートを借りた。

〝ハイツ〟と呼ばれている古いアパートの六畳ひと間で、家賃は二万五〇〇〇円。二階の陽当りのいい部屋だった。

目的は〝火薬を作るため〟だった。今後、田布施の〝暗殺〟に銃を使うためには、火薬は絶対に必要になる。

本当は銃の威力を高めるためには、〝無煙火薬〟を用いるのが理想だ。だが、技術的に難しく、自分にはとても作れない。

そこで上沼は、一九世紀に欧米や幕末の日本でも使われていた〝黒色火薬〟に目を向けた。〝黒色火薬〟ならば、素人でも作るのは簡単だ。基本的には木炭、硫黄、硝石（硝酸カリウム）を混合し、よく乾燥させ、粉末状にすればいい。これらの材料はすべてアマゾンやホームセンターなどで普通に手に入る。

上沼は休みの日にホームセンターを回り、園芸コーナーで〝肥料用〟として売っている硝酸カリウムなど、黒色火薬を作る材料と道具を買い集めた。本当は一店ですべて揃うようなものばかりなのだが、何店も回ったのは、まとめて買えば黒色火薬を作ることがバレるからだ。

買い集めた材料と道具を〝ハイツ〟の部屋に持ち込み、黒色火薬を作った。

まず木炭をハンマーで砕き、さらにそれを磁器のすり鉢（乳鉢）に入れ、同じ磁器のすりこぎ棒で大きさが一ミリ以下の粒状になるまですり潰す。銃の装薬用（狩猟用）黒色火薬の場合、一般に硝酸カリウムが七三〜七九パーセント、硫黄が八〜一二パーセント、木炭が一〇〜一七パーセントの割合で、全体の五パーセントの水を加えて混合する。水を加えるのは、暴発を防ぐためだ。

さらにこの混合物を綿の布に入れてよく水分を搾り、比重を高める。これを再度、粒状に粉砕してからバットに敷いた綿の布の上に広げ、窓辺のよく陽の当る場所に置いて一週間乾燥させればでき上がりだ。

この〝ハイツ〟の部屋は、それらの作業をするのにはうってつけだ。

上沼はこの部屋を借りる時に母親の亜季子を保証人にした。

あの女、ここでオレが何をしているかを知ったら驚くだろう。

だが、これであの女も、共犯者だ。

一回に作れる黒色火薬の量は、せいぜい二〇グラム程度だった。

週末の休日の度に作業をしても、一カ月で八〇グラムになるかどうか。だが、できた黒色火薬をガラスの広口瓶の中に溜めていくと、見た目にはけっこうな量になっていく。

上沼は作業をしながら、こんなことを考えた。

もしこの〝ハイツ〟が自分がいない時に火事になったら、どうなるのだろう……。

おそらく火災によって火薬が大爆発を起こし、全一〇部屋のアパートは一瞬のうちに焼け落ちるに違いない。もしそれが深夜ならば、住人が何人も死ぬだろう。

だが、〝革命〟に犠牲は付き物だ。

いくら人が死ぬとはいっても、ポル・ポトやスターリン、あの毛沢東のように何万人も何十万人も、いや何百万人も殺す訳ではない。せいぜい数人の話だ。

国を救う崇高な目的のために人が死ぬことは仕方のないことなのだ。

四月一日——。

日本の各地に桜の咲く季節になった。

〝シャドウ〟は静岡市を流れる丸子《まるこ》川の土手を歩きながら、散りはじめた桜並木を見上げた。

最後に日本で桜の花を見たのは、いつのことだったろう。あれからとてつもなく長い年月が、牢舎の中でひたすら耐えるように過ぎていった。

その年月の中で、いつの間にか、何を見ても感動が湧かなくなった。美しいものを、美しいとも思わなくなった。

だが、この日本の空の下で見る満開の桜だけは、心の底から美しいと感じた。

ポケットの中で、スマートフォンが振動した。電話に出る前から、相手が誰だかわかっていた。

この携帯に電話をしてくるのは、〝あの男〟だけだ。

「はい……」

名前をいわずに、電話に出た。

——〝私〟だ。例の件、準備が整った。明後日の朝〝九〇〇時《きゆうまるまる》〟に、前回と同じ〝店〟に来てくれ——。

〝マエダ〟が、それだけをいった。

〝シャドウ〟は電話を切り、また風に散る桜の花弁の中を歩いた。

その後ろ姿は、どこにでもいる初老の男のように風景に溶け込んでいた。

二日後、四月三日、土曜日——。

〝シャドウ〟はすでに乗り馴れた二〇一四年式のシルバーのカローラを運転し、前回と同じ御殿場の銃砲店に向かった。

店の前の駐車場には、すでに〝ミツイ〟という若い男が運転するランドクルーザーが待っていた。ここで車を乗り換え、〝シャドウ〟は〝マエダ〟と共に陸上自衛隊の富士学校に向かった。

前回と同じ演習地内の駐車場に着くと、〝マエダ〟と〝ミツイ〟がライフルケースと機材の入った箱を運んだ。そのプラスチック製のケースは、中にエアライフルが入っているとは思えないほど小さかった。

〝マエダ〟が射台の上にケースを置き、シリンダーキーの番号を合わせて開けた。

「これだ……。この銃を手配するのに、少々手間取った……」

「ヒュウ……」

ケース内のスポンジのクッションに横たわる漆黒の銃を見た瞬間、〝シャドウ〟は思わず口笛を吹いた。

「君がいっていた、プレチャージ式のエアライフルだ。口径は鋭和３Ｂと同じ六・三五ミリ、しかもブルパップ式なので、全長も八五センチほどしかない。それに、何よりも発射音が〝静か〟だ……」

「わかっている。この銃のことはよく知っている……」

〝シャドウ〟はその小型軍用銃のようなエアライフルを手に取り、シンセティック素材の黒いストックを撫でた。

ＦＸワイルドキャットＭＫⅢ――。

スウェーデンの天才銃器デザイナー、フレデリック・アクセルソンが一九九九年に創設した『ＦＸエアガンズ社』が開発した最新式のプレチャージ式エアライフルだ。

口径は22、25（六・三五ミリ）、30の三種類。最新の軍用アサルトライフルと同じブルパップ式の構造を持つために、全長は三三・七五インチ（八五・七二センチ）に抑えられている。それでいて、銃身の長さは七〇〇ミリもある。

最新のシンセティック素材のストックを使用するために、重量も約三キロ（六・七五ポンド）と軽い。アルミ製の三〇〇ccのエアシリンダーにはポンプによって２３０ｂａｒ（三三三五・八六八重量ポンド毎平方インチ）の空気を充填でき、六・三五ミリ弾ならば連続で五五発を発射可能で、銃口エネルギー七〇フットポンドにまで加速させる。エアライフルでありながら弾倉には五発装塡することができ、バイアスロン式レバーの操作により、熟練した射手ならば僅か三秒で全弾を撃ち尽くすことができる。

「まさかこの銃が日本で手に入るとは思わなかった……」

〝シャドウ〟は韓国やアメリカで、〝特殊部隊〟の工作員として専門的な軍事訓練を受けてきた。ＦＸ社のエアライフルは韓国でも撃ったことはあるが、その最新型のＦＸワイルドキャットＭＫⅢを手にするのはこれが初めてだった。

「我々の〝組織〟が動けば、不可能なことはない。この銃でアマルガム弾を〝標的〟に撃ち込めば、少なくとも日本の警察は、〝鋭和３Ｂ〟が使われたと思うだろう。状況証拠に矛盾は生じないし、他の銃が使われたという物証は何も残らない」

〝マエダ〟がいった。

「素晴らしい……。スコープは前回と同じビクセンだな？」

〝シャドウ〟が訊いた。

「そうです。ビクセンの三四ミリライフルスコープを四倍にセットし、今回も距離五〇メートルにゼロインを調整してあります」

運転手の若い男が答えた。

「今回のところは、水銀弾は間に合わなかった。しかし、君がリクエストした市販の六・三五ミリエアスラッグ弾は用意してきた。撃ってみてくれ」

「試してみよう……」

〝シャドウ〟は射台の上に銃を置き、ペレット弾の箱の中からＰＴＰ包装シートを取り出した。シート一枚に、一〇発の25口径エアスラッグ弾が包装されている。

プラスチックのカバーを押して裏のアルミ箔を破り、五発を射台の上に並べた。エアライフルからドラム型の弾倉を外し、その五つの穴に五発のエアスラッグ弾を込める。それをまた銃にセットする。

「空気の充塡には、このエアタンクを使ってください」

若い男が、エアタンクを射台の上に置いた。

〝シャドウ〟はエアタンクのホースを銃のシリンダーに繫ぎ、バルブを開けた。

シリンダーに空気が入る心地好い音……。

シリンダーのメーターが１３０ｂａｒを超えたところでバルブを閉めた。このＦＸワイルドキャットＭＫⅢには発射気圧を一定に保つレギュレーターが装備されているので、シリンダーには空気を半分も入れておけば十分だ。

〝シャドウ〟はエアタンクのホースをシリンダーから抜き、射台の上の砂袋の上に銃を載せ、黒いシンセティックストックのグリップを握った。

右手でバイアスロン式のレバーを操作し、初弾をチャンバーに送り込む。

ピクセンの三四ミリライフルスコープで五〇メートル先の小口径ライフル用の標的を狙った。

息を吐いて、止める。

スコープのレティクルが標的の中心に重なった瞬間、〝シャドウ〟は髪の毛のように軽いトリガーを引いた。

一発！

圧縮空気を吹き出す小さな発射音がして、六・三五ミリのエアスラッグ弾は標的の中央に着弾した。

レバーを操作して、二発！

さらに三発！

四発！

五発！

およそ七秒で五発を撃ち尽くし、全弾が標的の中央の五〇〇円玉ほどの円内に命中した。

〝シャドウ〟は息を吸い、静かに頷いて銃を立てた。

「素晴らしい……」

射撃を見ていた〝マエダ〟が、感嘆の息を洩らした。

「完璧だ。この銃ならば、牛のような大男でも倒せることだろう」

〝シャドウ〟がそういって、もう一度、頷いた。

「納得がいくまで、テストしてくれ。弾は、いくらでもある」

「そうしよう……」

〝シャドウ〟が銃から弾倉を外し、そこにまた新しく五発のエアスラッグ弾を込めた。

弾倉を銃に戻しながら、〝シャドウ〟が訊いた。

「ところでひとつ、質問がある」

「何だね？」

〝マエダ〟が首を傾げる。

「なぜ今回の〝ミッション〟に、そこにいる若い男を使わないんだ。彼は十分に銃の扱いに精通しているし、おそらく射撃の腕も私と同等以上のはずだ」

〝シャドウ〟が視線を向けても、その屈強な若い男はただ黙って後ろ手を組み、〝マエダ〟の傍らに立っていた。

「彼は我々の〝組織〟の正式な成員だ。もし今回の〝ミッション〟に何らかのアクシデントが起こり、実行犯として彼の身分が明るみに出れば、日本は国が揺らぐほどの大混乱に陥る。それに彼は、経験がない。このような難しい〝ミッション〟には若すぎる。だから我々は大金を支払って韓国から君を呼び寄せた。この回答で、納得してもらえるか」

〝マエダ〟がいった。

「その答えで十分だ」

〝シャドウ〟が頷き、かすかな笑みを浮かべた。

射台の上に銃を置き、五〇メートル先の標的を狙ってトリガーを引いた。

3

夏——。

新型コロナウイルスのパンデミックは、第二段階に入っていた。

六月三〇日、サッカーのヨーロッパ選手権中に、スコットランドで約二〇〇〇人のクラスター発生を確認——。

モデルナワクチンは、新しいデルタ株にも有効と発表——。

七月二日、米の複数メディアがこの夏に延期された東京五輪での行動制限について、組織委に抗議――。

七月八日、東京に四回目の緊急事態宣言発令――。

七月一三日、コロナワクチン、イランなど一五カ国に計一一〇〇万回分提供へ――。

七月一六日、都内で東京五輪の中止を求めるデモ、組織委の入るビル周辺などを行進――。

七月一七日、英国の一日の感染者、半年振りに五万人超――。

七月一九日、五輪前に感染拡大で医療現場に危機感――。

だが、そんな新型コロナウイルスのパンデミックが収まらぬ中で、七月二三日、『東京2020オリンピック』（第三二回オリンピック）は各方面からの政治的圧力により強行された。

上沼卓也は、政府や五輪組織委のなりふりかまわぬやり方を、テレビやインターネットを通じて笑いながら静観していた。

何が、〝オリンピズム〟（クーベルタンが唱えたオリンピック精神）だ。

――スポーツを通して心身を向上させ、さらには文化・国籍など様々な差異を超え、友情、連帯感、フェアプレーの精神をもって理解し合うことで、平和でよりよい世界の実現に貢献する――だって？

そんなことは上っ面の建前にすぎない。

オリンピックの本来の目的は、〝金〟だ。スポーツのためではなく、〝利権〟を持つ政治家や組織委員、大手広告代理店や協賛企業の利益のために強行されるのだ。

たとえ、このコロナ禍でいくら人が死んだとしても。利権は、人命にすら優先される。自らの人生と名誉、時には命を賭して戦うアスリートたちは、支配階級の金儲けのための単なる道具にすぎないのだ――。

このころの上沼は、京都府内の工場で派遣社員として働いていた。

週五日、奈良の自宅から職場に軽自動車かバイクで通勤し、フォークリフトのオペレーターとして黙々と働く。一方で上沼の妄想は、ツイッターを通じてさらに激化していった。

〈――silentbird333
この国を見ていると必要なのは国防警察消防、インフラ関係だけで、他は存在しない方がマシではないかと思う――〉

〈――silentbird333
国も自治体も気分が昭和なので矛盾した請求書を頼みもしないのに平気で送り付けて払いたくなければお願いしろと言う。どう考えても革命が足りなかったのではないかと思う――〉

〈――silentbird333
派遣会社からだろう年金徴収の個宅訪問に年金受給者としか思えないジジイが来たので一瞬

殴ろうかと思ったが、老人自ら己が為に年金を回収しに回り世間の風当りに晒されるのはいい傾向なのかもしれない。五輪のように無給ボランティアなら尚いい。多分本当にぶん殴られるだろう――〉

〈――silentbird333
いっそ全て消えて無くなるべき。必要なものを自分達でゼロから作り出す建国の思想と過程が絶対的に欠けているんだよこの国は――〉

〈――silentbird333
この国の政府が人民の幸福の為に存在したことは有史以来一度もない。明治においてはより強者だったアメリカの制度に順応するため。より強い者に従うために作られた政府がより弱者である人民の為に働く事を自ら理解する事はない――〉

上沼は無秩序な社会批判をネット上で繰り返しながら、自分の理論展開と論調に悦に入っていた。

自分の主張は、すべて正論なのだ。この理屈がわからない奴は、ただの社会の奴隷……つまり、馬鹿なだけだ。

一方で上沼は、もうひとつの目的、〝銃を手に入れる〟ことも忘れてはいなかった。

毎日のようにインターネット上で、銃の作り方を研究した。さらにユーチューブで検索し、東南アジアやロシア、アメリカなどで個人が銃を製作して射撃する映像を探し、それを何度も繰り返し視聴した。

週末になると、近所のホームセンターに出掛けた。様々な工具や金具、鉄パイプ、ネジや電設資材コーナーを回り、使えそうな物を探して回った。高額な電動工具なども、少しずつ買い集めた。

それは想像していた以上に充実した、楽しい時間だった。自分は、おそらく、銃を作ることができる。それさえ手に入れれば、〝あの男〟を殺すことができる——。

この国で人民を騙し続けてきた政府の奴らは、度肝を抜かれるだろう。〝合同教会〟とその糞馬鹿ばかしい教義に執着する信者たち、そしてオレを産んだ諸悪の根源のあの女は、腰を抜かして驚愕するだろう。

八月八日——。

東京オリンピックが終わった。そして続くパラリンピックも閉幕した九月五日からちょうど一週間後の九月一二日、のちの上沼の運命を左右するひとつの出来事があった。

この日、田布施博之前首相は、〝合同教会〟系のＮＧＯ団体、『世界合同連盟』（ＷＪＦ）の招聘《しょうへい》を受け入れ、韓国で開催された「合同韓国のための希望集結大会」にビデオメッセージを寄せ、基調講演を行なった。

同じ〝ＷＪＦ〟の大会ではすでにアメリカのドナルド・トランプ前大統領もメッセージを送

ることを決めており、〝断れない〟という理由があっての、やむを得ずの選択だった。

問題はこのビデオメッセージの冒頭で、田布施がこう挨拶したことだ。

——朝鮮半島の平和統一に向けて、長年にわたり努力されてきた創設者の故・朴天明氏、ならびに現総裁の金英子氏をはじめ、ここに集まる皆様に心より敬意を表します——。

田布施にしてみれば、祖父の代から付き合いのある教団の要望を断りきれないが故のメッセージだったのだろう。

上沼がこのビデオメッセージの一件を知るのは、まだ半年以上も先、翌年の四月になってからのことになる。だが、いずれにしてもこの田布施の発言が「自分は教団側の人間……」であることを認めた既成事実となり、のちに暗殺者となる上沼に「自分が殺される表向きの理由……」を与えてしまったことになる。

田布施は自分自身で、運命の時限装置のスイッチを押してしまったのだ。

何も知らぬ上沼は、翌日の月曜日の仕事に備え、いつもよりも少し早くベッドに入った。

だが、銃のことを考えると、いつまでも寝付けなかった。

4

そのころ、田布施の辞任により自憲党総裁となった原芳正の任期は、九月末に迫っていた。

だが、新型コロナウイルス対策の不備やオリンピック強行開催などの影響により、この年の七月下旬ごろから原内閣の支持率は低迷。これを受け、原は九月初旬には次期自憲党総裁選への不出馬を表明した。その結果、九月二九日の総裁選で木田邦男《きだくにお》が新総裁に選出され、一〇月四日の衆参両院本会議で首相に選出され就任した。

さらに木田は、同日の記者会見において、「一〇月一四日に衆議院を解散、一九日に公示、三一日に総選挙を行なう」旨を発表した。

折しも新型コロナウイルスのパンデミックが、ワクチン接種率の増加などにより沈静化する中での選挙日程となった。

一〇月一日、緊急事態宣言等解除――。

一〇月二日・三日、宣言解除後初の週末、各地で前四週よりも人出が増加、飲食店街など若者でにぎわう――。

一〇月四日、東京都は八七人の新型コロナ感染を確認。今年になって初めて一〇〇人を下回った――。

・

選挙戦が始まった一〇月一九日、高野晃紀は自憲党の反田布施派、豊田敏雄から送られてきた衆院選の演説会の日程表を見て、溜息をついた。

元首相の田布施博之の街頭演説会は、一〇月二一日、神奈川県本厚木《ほんあつぎ》駅北口……埼玉県新越谷《しんこしがや》駅前……同、大宮駅西口……。

二二日、長崎県諫早《いさはや》公園芝生広場……同、長崎市浜町アーケード前……。

二三日、新潟県ＪＡえちご上越駐車場……愛知県八事《やごと》南交差点……同、道の駅立田ふれあいの里……。

二四日、東京都石神井《しやくじい》公園駅ロータリー……同、田無《たなし》駅北口三井住友銀行前……同、武蔵《むさし》境《さかい》駅南口……同、豊田駅北口……同、中野駅北口……。

二五日、三重県しんみち商店街伊勢市駅側入口虎屋ういろ前……京都市百万遍交差点……大阪府JR高槻《たかつき》駅南口……同、りんくう野外文化音楽堂……。

二六日、大阪府泉ケ丘駅前……同、近鉄河内《かわち》天美《あまみ》駅前……同、近鉄八尾《やお》駅北側ロータリー……同、近鉄若江岩田駅前……。

二七日、茨城県シビックセンター新都市広場……福島県メガステージ白河……同、福島エスタビル前……。

田布施は首相を辞めた後も支持層が厚く、集票力がある。特に当落線上にいる候補者は、まるで神頼みのように田布施の威光にすがろうとする。だからだろう、選挙戦期間中は投票日の前日まで、田布施の応援街頭演説の日程は休みがないほどびっしりと組まれている。

だが、日程表を最初から最後まで何度読み返しても、豊田に指定した奈良県内の街頭演説の予定が入っていない。

「これは、どういうことなんだ……」

高野はそういって、プリントアウトされた予定表をテーブルの上に放った。

「今回の選挙の場合は、仕方がなかったかもしれません。奈良二区から出る政務調査会長の高《たか》村芳江《むらよしえ》は自力で当選するだけの確固とした地盤を持っていますし、三区の多田野《ただの》満浩《みつひろ》も安定しています。この二人には、元より田布施の応援など必要ありますまい……」

山道が、溜息をつきながら説明する。

「一区の大森秀樹《おおもりひでき》はどうだ。この男は、当落線上にいるはずだろう」

高野がいった。

「確かに……。しかし、今回の選挙では、二区の高村芳江が応援に入るようです。自憲党の執行部は、大森は小選挙区で敗れても比例で復活すると踏んでいます。それに大森は、〝田布施派〟の候補者ではありませんので……」

「豊田がそういったのかね」

「先程、豊田先生の秘書の渡辺《わたなべ》さんと電話で話しました。しかし、今回は、諦めるしかないようです……」

「ならば、次の機会は？」

高野が訊いた。

「可能性があるとすれば、来年夏の参院選でしょう……。まだ各党とも候補者も決まっていないので、田布施の街頭演説の日程もまったく読めませんが……」

「次回は何としても、田布施に奈良県内での応援演説を入れさせるように。もしそれができなければ、我々〝日本皇道会〟は今後一切〝豊田派〟に力添えはしない。そういっておきなさい」

「承知しました。そのように伝えておきます……。しかし高野先生は、なぜそれほどまでに

〝奈良〟にこだわるのですか……?」

山道が訊いた。

「いうまでもない。元より奈良は、仏教と神道の聖地ではないか。中でも仏教は、奈良の歴史とは切っても切れぬ縁がある」

「確かに……」

「その神聖な奈良に、あの〝合同教会〟は土足で入り込んできた。田布施に〝禁厭〟をかけるには、奈良をおいて他にあり得ぬだろう……」

何かに取り憑かれたように高野がいった。

5

晩秋――。
一一月に入り、静岡県の各地で猟期が始まった。

〈――令和3年度の鳥獣保護管理法に基づく静岡県内の「狩猟期間」
令和3年11月15日(月曜日)から令和4年2月15日(火曜日)まで。
解禁猟法――網猟(むそう網、はり網、つき網、なげ網)、わな猟(くくりわな、はこわな、はこおとし、囲いわな)、銃猟(ライフル銃、散弾銃、空気銃)。

※ニホンジカとイノシシの狩猟期間は延長されています。
延長期間――令和3年11月1日（月曜日）から令和4年3月15日（火曜日）まで。
可能猟法――銃猟、わな猟。
対象鳥獣――ニホンジカ、イノシシ。
区域――県内全域、捕獲頭数制限なし――〉

〝シャドウ〟は一一月一五日の一般猟期に入ってから、週に一度か二度の割合で静岡県内の猟場に出向いた。

すでに〝マエダ〟という男から預かった口径六・三五ミリのエアライフル――FXワイルドキャットMKⅢ――は、静岡県公安委員会発行の〝田中道夫〟名義の正規の所持許可証と共に〝シャドウ〟のものになっていた。静岡県知事発行の狩猟免許もある。

あの〝マエダ〟という男はこういっていた。

――我々の〝組織〟が動けば、不可能なことはない――。

あの男のいったことは、本当だ。少なくともあの男の裏には、日本の警察を含む政治力が控えているということだ。

〝シャドウ〟はトヨタ カローラのトランクにエアライフルを積み、富士山麓の御殿場市の原野に通った。このあたりは、良い猟場だった。特に蕎麦畑《そば》の近くには、いつも蕎麦の実を食べにくるヤマバトが群れていた。

上下迷彩服を着て、ジャングルブーツを履き、セーフティーオレンジの狩猟ベストを着込む。やはり迷彩柄のキャップを被り、エアライフルを肩に掛けて猟場を歩けば、誰が見ても普通のハンターだと思うだろう。

実際に〝シャドウ〟は、ヤマバトをよく獲った。

原野の灌木《かんぼく》や茂みの中に気配を消して潜んでいると、どこからか蕎麦の実を食べて満腹になったヤマバトの群れが飛んでくる。開けた場所を見つけて舞い下りてきて、早朝の穏やかな日射しの中で羽を休める。

〝シャドウ〟は、それを待っていた。

距離は、七〇メートルから一〇〇メートル。時には一五〇メートル以上という時もある。ゼロインを七〇メートルに調整したビクセンのスコープでヤマバトを狙い、さらに目測で距離を合わせ、静かに引き鉄を引く。

一〇〇メートル以内ならば、ヤマバトという小さな標的をまず外すことはない。FXワイルドキャットMKⅢから発射された六・三五ミリエアスラッグ弾は、スコープの視界の中で山型のゆるやかな弧を描き、およそ一秒後に獲物に着弾する。

羽毛が破裂するように舞い上がり、ヤマバトが枯れ草の中にころがる。他のヤマバトが着弾音に驚き、群れは青空に飛び去って消える。

〝シャドウ〟は獲物に歩み寄り、足でころがす。六・三五ミリのエアスラッグ弾をまともに食らったヤマバトは、ほとんどが食べたばかりの蕎麦の実と内臓を撒き散らして死んでいる。

胸で十字を切り、祈りを唱える。

アーメン――。

だが、ヤマバトはあまり美味くない。若い雌鳥がヘッドショットで獲れた時だけは持ち帰ることもあるが、それ以外は捨てていく。運のいいキツネかタヌキが見つければ、喜んでありつくことだろう。

時には雄のキジが獲れることもある。若いキジなら、これも持ち帰る。

とにかくいまは、生きている物を撃つことだ。銃によって命を奪う感覚を、少しでも取り戻すために。

一二月に入り、〝マエダ〟から電話があった。

――頼まれていたものが用意できた。試してみてくれ――。

「わかった。日時を指定してほしい」

――今週末、一二月二六日の日曜日の朝九時に、銃を持っていつもの銃砲店の駐車場に来てくれ――。

「承知した。楽しみにしている……」

そういって、電話を切った。

当日の御殿場市は、雲ひとつない快晴だった。

朝九時に駐車場に行くと、〝マエダ〟と例の〝ミツイ〟という若い男が待っていた。

いつものようにランドクルーザーに乗り換えた。だが、この日はいつもの富士学校ではなく、北富士演習場の中に入っていった。着いた所は、空挺団の古い降下訓練用の施設だった。

年末の日曜日ということもあって、施設には誰もいない。

鉄骨を組んだ柱の上に、輸送用のヘリコプターの胴体を輪切りにしたような台を載せた塔が聳《そび》えていた。パラシュート降下塔だ。

塔から五〇メートルほど離れた所に杭が打たれ、そこに白い牡の山羊が一頭、ロープで繋がれている。山羊はこれから自分の身に起こることを何も知らず、ただ物憂げに、火山灰土に生えた痩せた枯草を食《は》んでいた。

〝シャドウ〟はこの配置を見て、予定されている〝ミッション〟がどのような場所で行なわれるのか、その状況を察した。

つまり、ビルの三階以上の窓、もしくは屋上から路上に立つ〝標的〟を狙い、撃つということだろう。

「塔の高さは、地上から床までが約一一メートルだ。塔から山羊までの距離は、約四五メートルある……。実際の現場では、高さは一五メートルくらいになるだろう……」

〝シャドウ〟は、すばやくゼロインを計算した。

$a^2 + b^2 = c^2$——つまり計算上の距離は四七・四三メートル、およそ五〇メートル弱ということになる。

だが、実際には上から下に向かって二〇度ほどの角度で射撃することになるので、弾はほとんど重力の影響を受けない。それなら、ゼロインは三〇メートルくらいに合わせておけば十分だろう。

「今日は、アマルガム弾は？」

〝シャドウ〞が訊いた。

「用意してきた。ここにある」

〝マエダ〞が缶ビールが半ダース入るような小さな保冷ボックスを出し、それを開けた。中には敷き詰められた保冷剤と一緒に、小さなプラスチック製のタックルボックスがひとつ。さらにその小分けされたスペースの中にスポンジが敷かれ、数十発のエアスラッグ型のアマルガム弾とＦＸワイルドキャットの予備弾倉が入っていた。

〝シャドウ〞はその中から、アマルガム弾をひとつ手に取った。

手の中で、しばらく弄ぶ。それはどこから見ても、美しく、精度の高いエアスラッグ弾そのものだった。

だが、指の先で触れ、手の平の上をころがし、握って温めたり指でつぶしたりするうちに、アマルガム弾は突如として形状を失いはじめた。見る間に変形し、液化してしまった。

手の平に純粋な水銀のように液化した金属と、カプセル薬の容器に似た、半透明の小さなプラスチックケースのような物が残った。

〝シャドウ〞はそれを地面に落とし、手を払った。

「いい出来だ。このプラスチックケースのようなものは？」

「プラスチックではない。正確にはポリエステル樹脂のカプセルだ……」

〝マエダ〟が説明する。

これまで水銀弾（アマルガム弾）が実用化されなかった最大の要因は、水銀を弾頭形状に保つためのケースの安定した素材が存在しなかったからだった。アルミや銅といった既存の金属は水銀によって腐食されてしまうし、ステンレスやタングステンなど硬度の高い金属を使えば銃本体の銃身の方が摩耗してしまう。

だからといって通常のプラスチックやガラスでは、弾頭としての強度そのものが足りない。その問題を解決したのが、ペットボトルに使われるＰＥＴ（ポリエチレンテレフタレート）などのポリエステル樹脂だった。ＰＥＴでケースを作ってその中に水銀、もしくはアマルガムを封じ込めることにより、〝水銀弾〟の製造は可能になる。

ＰＥＴの融点は二六〇度と、通常弾頭に使われる鉛の三二七・五度よりも二割ほど低い。だが、そのままでも圧縮空気で銃弾を発射するエアライフルには問題なく使用することができる。

「弾頭のケースはポリエステルでできているのか……」

〝シャドウ〟が感心したようにタックルボックスの中に並ぶアマルガム弾を見つめる。

「そうだ。しかも今回は、日本の化学メーカーが開発したＺ－２２１という特殊な水溶性ポリエステル樹脂を使用し、表面にテフロン加工が施してある……」

「つまり？」

〝シャドウ〟が首を傾げる。

「このＺ－２２１というポリエステル樹脂は、水に溶けるということだ。つまり、人体の中に入って四〇度近い血液に触れれば液体化してしまう。しかも今回弾頭に使ったアマルガムは、水銀の比率を高くして融点を二七度に設定してある。人体の中で溶けるといわれる金属、ガリウムよりも三度も低い。この弾頭にテフロン加工を施してFXワイルドキャットMKⅢで発射し、人体に命中すれば、何が起こるのかは考えるまでもない……」

〝シャドウ〟は〝マエダ〟にいわれたことを空想した。

アマルガムの大半を占める水銀の比重は一三・六、混合するインジウムの比重は七・三……。合金の比重にもよるが、おそらくこの弾頭のアマルガムの比重は鉛と同じ一一・三五以上。ポリエステルの薄いケースの分を差し引いても同じくらいはあるだろう。

そのアマルガム弾が、テフロン弾(KTW弾)と同じ理屈で銃身内の摩擦と空気抵抗を軽減され、通常のFXワイルドキャットMKⅢの銃口初速を遥かに上回る弾速で飛んでいく。着弾と同時に標的への貫通が始まり、熱によってアマルガムが液化。ポリエステルのケースを破壊しながら人体の中に飛散し、生体組織に決定的な損傷を与える。目的を達成した後は水溶性のポリエステルケースは血液の中に溶け、四〇度近い体温によって液化したアマルガムも血管に浸透して消える。あらかじめ水銀弾のようなものが使われたことを想定して精細な解剖が行なわれなければ、発見されることはない。

〝マエダ〟が続ける。

「もうひとつ……。アマルガムは以前、虫歯の治療の充塡にも使われていた金属で、温度差による膨張や収縮が少ない。融解さえしていなければ、大きさや形状はきわめて安定している。

だから弾頭としては、通常の鉛のものよりも精度が高い……」

「なるほど……。実によくできている……」

〝シャドウ〟が頷く。

「試してみるか？」

〝マエダ〟が訊いた。

「やってみよう。少し、試射をさせてくれないか」

〝シャドウ〟がいうと、若い男が小口径ライフル用の標的を用意した。それを塔から山羊と同じくらいの距離に置いた。

〝シャドウ〟は空気を充塡したＦＸワイルドキャットＭＫⅢとアマルガム弾の入ったプラスチックケースを持ち、ジグザグに折り返す鉄の階段を上った。

パラシュート降下塔の上に立つ。一一メートルの高さから見下ろす下界の風景は、なかなかいい眺めだった。左前方に、白く戴冠した富士山が聳えていた。

〝シャドウ〟はライフルから弾倉を抜き、タックルボックスの中のアマルガム弾を五発装塡してある予備弾倉と入れ換えた。

降下塔の柵で銃を支え、レバーを操作して初弾を弾倉に送り込む。

ビクセンのスコープで、五〇メートル先の小口径ライフル用の標的を狙い、セーフティーを外す。

息を吐き、引き鉄を引く――。

風の中に消え入るような小さな発射音と共に、六・三五ミリのアマルガム弾は標的のほぼ中央――中心よりも二センチほど下――に着弾した。

素晴らしい……。

弾の精度の高さがわかる感触だった。

〝シャドウ〟はスコープのゼロインを調整し、二発目を撃った。今度は、標的の中心に着弾した。

素晴らしい……完璧だ……。

四発目まで撃ったところで、〝シャドウ〟は下で待つ〝マエダ〟と〝ミツイ〟に手で合図を送った。

〝マエダ〟が頷くのが見えた。

〝シャドウ〟は一度、息を大きく吸い、ライフルの銃口を杭に繋がれている体重およそ六〇キロの山羊に向けた。

山羊は物憂げに、草を食んでいた。だがその時、何かを察したのか、草を食むのを止めて塔の上の〝シャドウ〟を見上げた。

〝シャドウ〟は銃の装弾レバーを操作し、弾倉のアマルガム弾の最後の一発をチャンバーに送り込んだ。

スコープのレンズの中で、山羊と目が合った。

山羊がひと声、メェェ……と鳴いた。

息を吐き、スコープのレティクルが山羊の右頸部の付け根に合ったところで引き鉄を引いた。

静かな発射音……。

精密な弾頭が風を切る心地好い音……。

山羊の頸部に、アマルガム弾が着弾した。

体重およそ六〇キロの山羊の体が一瞬、宙に跳ね上がった。四肢がもつれ、数歩ふらついた後に、山羊は地面に前肢の両膝を突いて崩れ落ちた。

横倒しになった体はしばらく四肢を痙攣《けいれん》させていたが、やがてその動きも止まった。

〝シャドウ〟は小さく頷き、銃を立てた。

それを肩に掛け、パラシュート降下塔の階段を下りた。

倒れた山羊の傍らに、〝マエダ〟と〝ミツイ〟が立っていた。

そこに、〝シャドウ〟が歩み寄る。

「どうだ?」

二人の横に立ち、山羊を見下ろした。輝くような陽光の中に山羊の血が大量に流れ出し、火山灰土の上に広がり、周囲をどす黒く染めていく。

「もう死んでいるよ。六・三五ミリ口径のエアライフルに、これほどの威力があるとは……」

〝マエダ〟がいった。

「弾道は右頸部から入って、心臓に達しているはずだ」

〝シャドウ〟が答える。

おそらくアマルガム弾は山羊の体内で無秩序に液化し、心臓とその周囲の組織を完全に破壊していることだろう。

「もし体重七五キロの人間の男に、そのエアライフルでこのアマルガム弾を撃ち込んだとしたら……」

〝マエダ〟が呟く。

「動物の体の構造は、山羊も人間もあまり変わらない。対象が人間でも、起こることは同じだ」

つまり、この山羊と同じように、ほぼ即死するということだ。

そして心臓に入ったアマルガム弾は、およそ四〇度の血液の中ですでに溶けているだろう。証拠は何も、残らない。

「それで、〝ミッション〟の日程は決まったのか？」

〝シャドウ〟が訊いた。

「おそらく、来年夏の参院選に合わせることになるだろう」

〝マエダ〟がいった。


六日後——。

令和四年の年が明けた。

〝事件〟発生まで、あと一八八日——。

6

年が明けて二週目の日曜日、一月九日――。

〝ミツイ〟から久し振りに電話が掛かってきた。

〝指令〟だ……。

上沼卓也はしばらくスマホに表示された文字を見つめ、息を整え、電話に出た。

「はい、上沼です……」

――〝ミツイ〟です。仕事の調子はどうですか？――。

まず、仕事のことを聞かれた。

「何とか真面目にやっています……」

それは上沼の小さな嘘だった。実のところ、前年の秋ごろから、職場では人間関係が上手くいっていなかった。上司とも、ぶつかる機会が多い。

――そうですか。それは良かった。ところで今回は、まずその仕事のことです。五月ごろまでに、何らかの理由を作って辞める方向で事を運んでください。その後のことは、何も考えなくていい――。

「承知しました……」

上沼はそれだけで、例の〝ミッション〟が今年の五月以降のそれほど遠くない時期に決行されることを理解した。

——もうひとつは、銃のことです。製作の準備は進んでいますか？——。

「はい、すでに設計はでき上がっています。あとはホームセンターなどで最終的な工具と材料を買い集め、作るだけです……」

——それはいい。では、銃の方も五月までには使えるように準備してください——。

「了解しました。しかし、銃を作るに当って問題がひとつ……」

——どんなことでしょう？——。

「はい、費用をどうしようかと……。最近はカードでキャッシングをしているのですが、そろそろ限度額に近付いているので……」

——わかりました。費用の方は、こちらで何とかします。また連絡します——。

そういって、電話が切れた。


二日後、仕事から帰ってマンションの郵便受けの中を覗くと、中に茶封筒がひとつ入っていた。

部屋に持ち帰り、茶封筒を開けた。中に、一〇〇万円の札束がひとつ。金は、これだけあれば十分だ。

上沼は翌日から、行動を開始した。

京都府の勤め先で仕事を終えると、車で奈良の自宅マンションに帰る途中にあるホームセンターに毎日のように立ち寄った。店内を歩き、何か銃の製作に使えるものはないかと物色する。まとまった金が入ったので、足りなかった電動工具はほとんど揃えた。電動ドリル、電動ドライバー、ディスクグラインダー、それに金属用のノコギリやヤスリ、材料を固定するためのバイスも少し高価なものを買った。部屋は見る間に、ちょっとした工場のようになった。

問題は、材料だ。特に銃身用の金属パイプを、何にするか……。

アルミのパイプは簡単に手に入り、精度が高く、軽くて加工も楽だ。だが、黒色火薬を使って殺傷力のある銃を作ろうとした場合には、強度的に問題がある。

真鍮製やステンレス製のパイプも同じだ。肉厚のあるものは手に入りにくいし、特にステンレス製のものは材質が硬すぎて加工し辛いという欠点がある。

その中で上沼は、まず給湯機などに使われる給水管用の金属パイプに目を付けた。サイズは外径が二一ミリ、内径が一七ミリ。長さは一〇センチほどのものから二〇センチ、三〇センチと二・五センチ刻みでいろいろなサイズが揃っている。

内側に溶接による継ぎ目がなく、錆びないようにクロームメッキが施されていて、精度が高い。しかもパイプの両側にはネジが切ってあり、そこに被せるキャップまで別売されている。

上沼は最初のホームセンターでその給水管用金属パイプを見つけた時、頭の中にイメージが閃いた。

これは、手製の散弾銃の銃身に使えるかもしれない……。

パイプの片側を専用のキャップで塞ぎ、もう一方をナットで補強すれば、そのままマズルローダー（先込め式）銃の銃身になる。肉厚は、二ミリある。あとは起爆装置用の小さな穴を、キャップ側にドリルで開けてやればいいだけだ。

それを二本、束ねれば、二連銃になる。内径一七ミリは散弾銃の16ゲージと20ゲージのちょうど中間くらいなので、口径としても理想的だ。

上沼はこの給水管用の金属パイプを見つけた日に、三〇センチのものを二本、ネジ込み式の金属キャップを二個、それに先端の補強用ナットを二個購入した。家に着くまで、気分が高揚するほど嬉しかった。

これでやっと、銃が手に入る……。

部屋に着いて、取るものも取りあえず部品を組んでみた。悪くない。

翌日は土曜日だったので、朝早くから作業に没頭した。給水管用の金属パイプは予想以上に精度が高く、見た目も美しかった。肉厚のためか重量もあり、感触もいい。

だが、キャップを組んだパイプをバイスに挟み、ドリルで起爆装置用の穴を開けた瞬間、意外なことが起きた。クロームメッキをされたいかにも硬度がありそうなパイプの表面に、直径一・五ミリのドリルの刃がいとも簡単に入っていく……。

メッキ加工されているのでわからなかったが、これは〝鉄〟ではない。迂闊《うかつ》だった。

ドリルの穴から出てきた切粉の色からするとこれは黄銅——真鍮——だ。どうりで太さの割に、重量がある訳だ……。

当然のことだが、真鍮は鉄よりも強度は低い。ネットで検索してみると、確かに一五〇年ほど前までは真鍮製の銃身を持つ銃は存在した。日本の幕末にも、ドンドル銃というのがあったそうだ。

だが、そのような銃の銃身は肉厚にして強度を確保し、装薬（火薬）の量も少なく、概して威力も弱かった。

この肉厚が二ミリしかない真鍮製のパイプで、〝目的〟を達成するための銃を作れるのかどうか……。

装薬を少なくすれば殺傷能力は限定的なものとなる。そうかといって装薬を多くして重い散弾を撃てば、パイプ自体がもたない。破裂してしまうだろう。

そうなれば、死ぬのは自分だ……。

上沼は、試行錯誤を繰り返した。

次に選んだのは、〝白ガス管〟と呼ばれる亜鉛メッキ鋼管だった。見た目はクロームメッキの給水管用パイプよりも劣るが、鋼管なので真鍮製よりも強度は高いだろう。サイズはいろいろあるが、外径二一・七ミリのものが内径およそ一七ミリほどなので、これがちょうどいい。

問題は、パイプの片側をどうやって塞ぐかだ。単なるパイプでは、銃身としては使えない。だが、加工に関しては亜鉛メッキ鋼管専用の〝パイプねじ切り器〟が市販されているので、それを使えば何とかなりそうだ。

銃身に比べて、弾丸の方は入手が簡単だった。

鉛ならば釣り用シンカーの鉛玉を使うか。それをバーナーで溶かしてちょうどいい大きさの散弾かスラッグ弾を作るか。もしくは鉄ならばパチンコ玉か、ホームセンターで売っている八ミリか六ミリのボールベアリングを使えばいい。

もうひとつの問題は、装薬の黒色火薬にどうやって着火させるか、そしてその起爆装置の作り方だ。これもネットで海外の情報を集めて研究した。

一番いいのは昔の銃のように先込め式にして、雷管を用いた撃発装置を作ることだ。操作が簡単だし、引き鉄を引いてから弾が発射されるまでがほぼ同時で、タイムラグが少ない。当然のことながら、命中率が上がる。

だが、何度か試作してみたが、やはり難しすぎた。仕掛けのロジックはユーチューブの関連動画などを見て理解しているのだが、町工場レベルの金属加工機械とそれを使いこなす高度な技術がなければ撃鉄や引き鉄などのパーツは作れない。

上沼は早々とこの方法を諦め、最初に考えていたとおりの電極式に切り替えた。この方法は引き鉄——スイッチ——を入れてから発射までに多少のタイムラグは生じるが、作るのはそれほど難しくない。

起爆装置用の穴を開けた給水管用のパイプに、リード線とニクロム線、市販の小型スイッチを繋いで配線を施す。電源は9V形のアルカリ乾電池を使った。この乾電池は小型の割に電圧が高く、＋と－の電極を専用のクリップコネクターにセットするだけで配線が完了するので使いやすいことがわかった。

配線したコードやスイッチ、乾電池をパイプと一緒に黒いガムテープで板に固定し、撃発装置の試作品を作った。パイプに少量の黒色火薬を入れ、ティッシュを丸めて詰め、火薬と弾の間に挟む〝ワッズ〟のかわりに直径に合わせて切った段ボールで蓋をして木の棒で底まで押し込む。

二月、上沼は休日になるのを待って軽自動車に乗り、正倉院の裏手の山の森に向かった。あのあたりの山中のことはよく知っているし、撃発装置と自作の黒色火薬のテストに適した場所はいくらでもあるだろう。

奈良奥山ドライブウェイから以前も走ったことのある林道に入る。しばらくして鶯塚古墳の近くの廃屋で車を停めた。

車を降りて、荷室のショルダーバッグの中から撃発装置を取り出す。

周囲に誰もいないことを確かめ、スイッチを入れた。

次の瞬間、火薬の炸裂音《さくれつ》が鳴った。同時に、パイプの先端からティッシュや段ボールのワッズの破片が凄まじい勢いで噴き出した。

森の静寂は一瞬にして破られ、驚いた野鳥の群れが狂ったように飛び立って消えた。

硝煙の臭いが、つんと鼻をつく。

凄い……。

自作の黒色火薬が、ちゃんと爆発した……。

火薬は少量にしたつもりだったが、想像していたよりも大きな音がした。

上沼はもう一度パイプの中に火薬を入れ、ティッシュと段ボールのワッズを詰めた。そして引き鉄――スイッチ――を入れた。

森の中に、心地好い炸裂音が鳴った。

撃発装置は、最初の発火で壊れなかった。それに、スイッチを入れてから撃発までのタイムラグが、思っていた以上に短い。

これなら十分に、銃の撃発装置として使えそうだ。

そうとわかれば、ここに長居は無用だ。いまの音を誰かが聞きつけ、様子を見に来られても厄介だ。

上沼は撃発装置を車の荷室のショルダーバッグの中に放り込み、その場を立ち去った。

銃を作る合間にも、上沼はツイッター上での発信を続けた。

このころになると、その矛先はロシアのウクライナへの軍事侵攻から、自然と田布施元首相に向かいはじめる。

〈――silentbird333

ロシアの侵攻で露呈「田布施政権」重すぎる負の遺産――〉

〈――silentbird333

最後まで根拠不明の4島一括返還論から離れていない。日ソ共同宣言は「平和条約締結後の2島返還」明記。

その後の日米安保条約によってソ連は「外国軍駐留基地の撤去」を条件に追加、全てはここで止まっていたはずだ。田布施の2島先行返還論が旧来から後退しているとは思えない――〉

そして四月――。

上沼の周囲に、いくつかの小さな――それでいて決定的ともいえる――変化があった。

ひとつは一年半以上にわたり派遣で勤めていた京都府内の工場を、翌月の一五日で辞めることが決まった。それまでに上沼は職場で少しずつ問題を起こし、他の従業員とのトラブルを抱え、仕事を辞めざるをえないように自分の立場を追い込んできた。

だが、それでいい。

会社を辞めた後は、もうどこかに勤めることもない。いずれ〝事件〟を起こせば、「あいつはいかにもやりそうだった……」ということになるだろう。

もうひとつは、あの男――田布施博之――に関するある事実を知ったことだ。

田布施元首相は前年の九月、〝合同教会〟系のNGO団体〝WJF〟(世界合同連盟)が韓国で開催した集会でビデオメッセージにより講演を行ない、そこで〝合同教会〟と創設者の朴天明、現総裁の金英子を、賞讃していた。

この情報を知らせてきたのも、〝ミツイ〟だった。

上沼はネット上でその動画を探し、日本の元首相が韓国の宗教団体とその一族を賛美する姿を見て愕然とした。日本人としての誇りはないのか。

だが、この一件で、改めて田布施博之を〝殺《や》る〟大義名分が立ったことになる。

そして、最後にひとつ……。

二カ月以上にわたって試行錯誤を繰り返してきた手製の銃が、いよいよ完成した。

銃身にはやはり外径二一・七ミリの亜鉛メッキ鋼管を用いた。金属ノコギリで長さ三〇センチに切断し、一方にネジを切って鉄のキャップで塞ぐ。それを二本束ねて電極の撃発装置と共に木製の銃床に固定。同じ木を加工して握りやすいようにグリップを取り付け、黒いガムテープを巻いて補強した。

全長はおよそ四〇センチ、重さ約二キログラム——。

完成した銃は最初に想定していたよりも大きくなってしまったが、現実的な殺傷力を得るためには最低限のサイズだった。これでも、いつも使っているショルダーバッグに入れて持ち運べば何とかなるだろう。

この二連銃の他に、銃身が三本の三連銃、五本の五連銃も作ってみた。

いまは「銃を手に入れる」という本来の目的よりも、「銃を作る」という行為そのものの方が楽しかった。完成した銃はどれも拙く、どう見ても不格好だったが、逆に人を殺せる武器としての凄味を感じさせた。

手に持った時の重量感と、その握り心地に、得もいわれぬ愉楽を覚えた。

この銃さえあれば、何も怖くはない。何者にも負けない……。

そう思った。

上沼はゴールデンウィークに入ったある日、作った銃の内の二連銃、三連銃を軽自動車に積み込み、以前と同じ正倉院の裏手の森に向かった。

連休中ということもあり、観光地は前に来た時よりも混んでいた。だが、山の奥深くに分け入ってしまえば平日も連休も変わらない。

前回、撃発装置のテストを行なった廃屋の周辺にも人の気配はなかった。あの時と同じように森に木漏れ日が差し込み、野鳥がさえずっていた。

上沼は車を林道から目立たぬように木立の奥に駐め、荷台からショルダーバッグ二個の荷物を下ろして廃屋に運んだ。古いステンレスの台を見つけてその上に荷物を置き、中から二挺の銃を出して自作の黒色火薬や弾と共に並べた。

板が割れ、草が生えた床を歩きながら、空缶や板切れ、空瓶などの的になりそうな物を拾い集める。それを、崩れかけた壁の上に並べた。

荷物を置いた場所に戻り、銃の準備に取り掛かる。

まずは、二連銃を手にした。スイッチが切れていることを確認し、二つの銃口から黒色火薬を入れる。量は銃身一本につき、二・五グラム。家を出る前に計量したものをプラスチック製の試験管に小分けにしてきたので、量を間違える心配はない。

火薬を入れたらワッズ代わりのフェルトとカット綿を詰め、木の丸棒で強く押して圧縮する。

これをしっかりやらないと黒色火薬は爆発が起こらず、電極で着火したとしてもただ燃えるだけだ。

その上から銃身の口径に合わせて丸く切った段ボールで蓋をして、圧縮。さらに鉛の玉——直径八ミリのシンカー——を二本の銃身にそれぞれ六発ずつ入れ、フェルトのワッズで蓋をしてしっかりと圧縮する。

これで準備完了だ。

上沼は両手で銃を保持し、目の高さに構えた。

距離はおよそ五メートル。壁の上に置いたビール瓶を狙った。

このまま撃発装置のスイッチを入れたら、何が起こるのか……。

海上自衛隊にいた時には銃など日常的に撃っていたはずなのに、胸が苦しくなるほど緊張した。

息を整える。

撃った！

瞬間、轟音と共に強烈な反動が襲った。

銃口から火と白煙が噴き出し、狙ったビール瓶がバラバラに吹き飛んだ。

スゲエ……！

胸の高鳴りが収まるのも待たずに、次は雨水が溜まったドラム缶に銃を向けた。

スイッチを押した。

轟音！

ドラム缶に穴が開き、水が吹き出した。

スゲェ！　スゲェ……！

銃を右手に提げて、的に歩み寄る。

ビール瓶は、瓶底の一部が壁の上に残っているだけで、跡形もなく砕け散っていた。

ドラム缶は大きく歪み、前面に六発中四発の散弾が当っていた。四つの穴からはまだ赤い錆に染まった水が流れ出ていた。その内の二発は缶を貫通し、裏側にも穴が開いていた。

スゲェ……。

この銃で同じ距離から人間を撃てば、この缶と同じようになるということだ。

体が震えた。急に、叫びたくなった。

「うおぉぉぉ……！」

オレはついに銃を手に入れたのだ。


その日、上沼は家の近くの少し高級な焼肉屋で夕飯を食った。肉と一緒に生ビールと酎ハイを飲み、銃の完成と試射の成功を一人でささやかに祝った。

夜は家に戻り、自衛隊にいた時と同じように銃を整備しながら静かに過ごした。

やがて時計の針が深夜零時を回り、月が変わり五月になった。

事件発生まで、あと六八日——。

7

六月一五日――。

この日、第二〇八回通常国会が閉幕した。

木田内閣は同日に開催された臨時閣議において、『第二六回参議院議員通常選挙』を六月二二日に公示。七月一〇日に投開票と決定した。

各立候補者はこれを受けてすみやかに選挙区に〝お国入り〟し、二二日の公示日を待って、各地で熾烈な選挙戦が始まることになる。

その中で最も注目されたのが田布施博之の動きだった。

田布施は歴代の首相の中で随一の人気を誇るだけでなく、実際に第二次内閣以降は九期、八年にわたり政権を維持した実績を持っていた。

当然のことながら、この参院選でも各候補者の応援演説のために、全国を駆け回ることとなった。その街頭演説は初日の東京都千代田区、有楽町駅前での女性タレント候補の応援を皮切りに、三重県四日市市、石川県小松市、宮城県仙台市、東京都新宿区、埼玉県さいたま市、愛知県名古屋市、岡山県岡山市、福井県あわら市など計五〇カ所以上に上った。さらに今回は奈良県内でも、奈良市と生駒《いこま》市で街頭演説を行なう予定になっていた。

奈良県内での街頭演説は、近鉄奈良駅前、生駒駅北側、大和西大寺駅南口広場の三カ所。候補者はいずれも自由憲民党の現職、藤田潔《ふじたきよし》四三歳。今回の選挙では参議院二期目の当選を目指すが、日本維新の会の候補者との間で接戦が予想されていた。

公示を翌日に控えた六月二一日――。

警視庁ＯＢの戸塚正夫は現職の職員、蓮見《はすみ》忠志《ただし》を帯同し、秘かに奈良に向かった。

蓮見は警備部警備運用課に籍を置く四二歳。

主に、今回のような警視庁警備部内の機密事項の案件を担当する。風貌にも特徴がなく、こうして戸塚と二人で奈良周辺を歩いていても旅行者然として目立つことはない。

東京から新幹線に乗り、京都で近鉄京都線に乗り換え、特急でおよそ三五分――。

世界遺産の神社仏閣や文化財が点在する古都奈良の入口にある近鉄奈良駅は、日本有数の観光地の交通要所でもある。

駅に着いて東改札口を抜け、土産物屋が並ぶ地下通路を歩き、奥の階段で地上に出る。そこから二番出口で大屋根の付いた広場に出る。

「ここが、近鉄奈良駅前です……」

スマホと街頭演説の予定表を手にした蓮見が、戸塚に耳打ちした。

「なるほど。〝良い場所〟だな……」

戸塚が答える。

別名〝行基《ぎょうき》広場〟――。

広場の中央にある噴水の中に、奈良の大仏の建立にも携わった行基菩薩の像が立っていることから、そう呼ばれるようになった。一般に〝近鉄奈良駅前〟といえば、この二番出口の前の〝行基広場〟のことを指す。

「六月二八日の午前中に、田布施元首相はここで藤田潔議員の応援演説に入る予定になっています……」

蓮見があたりを気にして、声を潜める。

戸塚は頷き、周囲を見渡した。確かに〝良い場所〟だった。

火曜日の午前中にもかかわらず、人通りが多い。広場の上はアクリルの透明な大屋根で被《おお》われているので、多少の雨なら心配もいらない。この場所で支持層の厚い田布施元総理が街頭演説をやれば、かなりの聴衆が見込まれることだろう。

「演説の人員配置は？」

戸塚が声を潜めて訊いた。

「はい……。通常ですと、そのロータリーに入る道路沿いに選挙カーを駐め、その手前に小さな演説台が置かれます。高さは四〇センチほどです。演説者はその上に、駅の方に向かって立ち、広場に集まる聴衆に向かって演説します。その西側に応援を受ける候補者と秘書、ＳＰたちが演説者を取り囲むように立ちます。今回も、元首相の街頭演説の当日はそのような配置になるかと思います……」

蓮見が説明する。

だが、どこから撃つ？

自衛隊の倉田から、「距離は三〇メートルから最大七〇メートル、斜め上からエアライフルで標的を狙える場所……」と指定されている。

しかし、この広場はほぼ全面を大屋根で被われている。〝斜め上〟からは、狙いようがない。それに田布施の後ろに選挙カーを駐められたのでは、〝オズワルド〟が近付くことも難しい……。

「ここは、無理だな。蓮見君、次に行こうか……」

戸塚は踵を返し、駅に向かった。


次の生駒駅までは、普通列車でおよそ一五分——。

駅の〝北側〟に出ると、二カ月前にオープンしたばかりの『ベルテラスいこま』という五階建ての複合商業施設と、その前に整備された広場——〝ベルステージ〟——があった。広場はその商業施設の建物にL字形に囲まれている。

戸塚は駅を出て広場を横切り、街頭演説の当日に田布施元総理が登壇するであろう場所に、自分も立ってみた。

正面と左手に商業施設の建物があり、右手にも大きなスーパーが建っている。できたばかりの大型ショッピングセンターということもあって、人出は多い。ここで田布施元総理が街頭演説に立てば、一〇〇〇人以上の聴衆が見込まれるという。

だが、この場所も、無理だ……。

周囲は三方を建物や歩道橋に囲まれているので、狙撃手はどこからでも狙える。だが、逆にいえば、狙撃手はどこからでも丸見えということになる。

たとえ狙撃に成功しても、聴衆に見られたのでは「〝オズワルド〟の単独犯――」という設定は成立しなくなる。しかもこれだけの衆人環視の中で〝事件〟を起こせば、逃走するのはまず不可能だ。

それに、これだけ十分な広さがあれば、田布施はやはり背後に候補者の選挙カーを置き、盾にするだろう。

「蓮見君。当日、田布施元総理が応援する候補者の選挙カーの車種と仕様はわかるか？」

「はい、藤田候補の選挙事務所が手配した車はトヨタの１００系ハイエースのロングハイルーフ車で、長さ四・九メートル、高さ二・二八五メートル。その屋根の上に候補者の名前を書いた看板を載せるので、実際の高さは二・六メートルほどになると思われます……」

警視庁の警備部では、選挙運動中の警備のために、各候補者が使用する選挙カーの車種と仕様をほとんど把握している。

それにしても、およそ五メートル×二・六メートルの壁か……。

そのような盾に守られていたのでは背後から狙撃するのは絶対に不可能だし、〝オズワルド〟が襲うルートも確保しにくい。

やはり、街頭での演説会を狙うのは無理なのか……。

むしろ市町村の公会堂のような場所を使った演説会の方が、今回の〝ミッション〟はやりやすいのかもしれない。だとすれば、七月七日に女性候補の応援演説会が行なわれる予定が入っている岡山市民会館か……。

「蓮見君、一度、京都に戻ろう。それから、岡山に行ってみよう」

「はい……でも戸塚さん。せっかく奈良に来たんですから、もう一カ所の演説予定地も見てみませんか。同じ近鉄沿線の駅なので、ここからそう遠くありません」

「そうだな。見るだけ見てみるか……」


戸塚が蓮見に連れて行かれたのは、生駒駅から奈良方面に五つ戻った大和西大寺駅だった。

二人は、まず駅の南口に出た。

駅前は前年の三月に整備が終わったばかりの広大な広場になっていた。バスターミナルとタクシー乗り場があり、周囲にマンションや商業ビルが点在する。人通りも近鉄奈良駅や生駒駅ほどではないがそこそこ多い。

「この場所で、六月二八日と七月八日に藤田候補の演説が行なわれます。田布施元首相の応援演説は、二八日の方に入る予定になっています……」

蓮見のいわんとしていることはわかる。

六月二八日か……。

だが戸塚は、この場所に立ってもやはりあまりピンとこなかった。

周囲には古い建物が何棟かあるので、その空室を当れば狙撃拠点は確保できるかもしれない。

だが……。

「君のいわんとしていることはわかるが、難しいだろう。バス通り側に選挙カーを置かれて壁を作られたら、こちらは動きようがない……」

「はい、私もそう思います。では、こちらに来てください……」

蓮見がそういって、駅の方に戻っていく。

戸塚は仕方なく、その後についていった。

駅の階段を上り、二階の連絡通路を歩く。蓮見はそのまま左手の中央改札口には入らずに、通路を直進。反対側の階段を下りた。

出た所は、やはりバスターミナルのある北口駅前広場だった。

いわゆる私鉄駅の〝旧中心市街地〟といった一画だ。

〝広場〟とはいっても、先程の南口のように再開発は行なわれていない。これまで見た近鉄奈良駅や生駒駅のどの予定地と比べても狭く、面積も南口側の五分の一ほどしかない。広場の前に片側一車線の交通量の多い県道が横切り、どことなく雑然としていて、そもそも選挙演説をやるような活気を感じない。

蓮見が広場の周囲の歩道に沿って歩きながら、戸塚に説明する。

「この大和西大寺駅は近鉄沿線の選挙運動の要所のひとつですが、南口の工事が終わる昨年まで、街頭演説はほとんどこの北口駅前広場でやっていました。今回の選挙でも六月二八日に、自憲党の柏田《かしわだ》幹事長の応援演説が組まれています……」

バス停の前を通り、広場を出て、交通量の多い県道を渡る。変則のT字路だ。ここで左に折れ、駅前広場に真っ直ぐ突き当る広い道を渡る。

長い横断歩道の途中で、蓮見が立ち止まった。

「ここです……」

蓮見が、左手のガードレールで囲まれた、小さな空白を指さした。車は入れないが、もし駐めたとしても、選挙カーが一台でいっぱいになってしまうほどの広さだ。中はT字路の導流帯を示す〝ゼブラゾーン〟になっている。

「ここで、街頭演説をやるのか？」

戸塚が訊いた。

「はい」

蓮見が頷く。

「このT字路の交差点の中洲でか？」

「そうです。演説者はこのゼブラゾーンの中に立つんです……」

蓮見が説明する。

演説者はこのゼブラゾーンの中に置かれた演説台の上に、駅の北口広場と車道を背にして立つ。聴衆は正面からT字路に向かってくる道の両側の歩道に集まり、演説を聞く。

「前方の道路はそれほど交通量が多くないので、街頭演説が行なわれる時には交通規制がかけられることもあります。一見、街頭演説をやるような場所には思えませんが、右の角に銀行、左側に〝キョウワタウン〟という古い商業施設があるので、聴衆は毎回そこそこは集まります……」

説明を聞きながら、戸塚はゼブラゾーンに入って駅に背を向け、聴衆が集まる側の道路を正面に見てその場に立ってみた。

街頭演説をやる場所としては異例だが、確かに面白い……。

道路の右側にある銀行の建物からは無理だが、左の角にある六階建ての古い商業ビル――〝キョウワタウン〟――と、その先に見える立体駐車場の建物は狙撃地点として理想的だ。商業ビルの四階から上にはカーテンの掛かっている窓も多く、道路側の半分は空き部屋のようだ。

「演説者がこのゼブラゾーンの中に立つとしたら、選挙カーはどこに置くんだ。ガードレールの後ろの県道の路上に駐めるのか?」

戸塚が訊いた。

「いえ、演説者の背後の路上には、置きません。その道路は片側一車線で交通量も多く、ここはT字の交差点の中なので法律上も〝駐車できない〟んです。選挙カーは、この正面の道の三〇メートルほど先に駐めることになると思います……」

蓮見が答える。

「それじゃあ、背後はガラ空きじゃないか……」

「はい、そういうことになります。まあ、強いていえば、その背後の幹線道路を走る車が〝壁〟になるということでしょうが……」

確かにこの道路は、交通量が多い、だが、その車の流れの隙間を縫って、背後から演説者に近づくことは難しくない。

戸塚はもう一度、正面を向き、周囲を見渡しながら、いずれここで起こるべき歴史的な〝事件〟の光景を想像した。

このゼブラゾーンの中に、田布施元総理が立っている。斜め左角の商業ビルの四階か五階の空き部屋、もしくはその先の立体駐車場の五階あたりに、〝シャドウ〟と呼ばれるスナイパーが潜伏する。そしてもう一人、駅北口の広場の方角から、手製の銃を持った〝オズワルド〟が田布施元総理の背後に忍び寄る。

田布施の両側を守るSPたちは、〝オズワルド〟の存在に気付かない。なぜなら、正面の聴衆の動きを注視するように訓練されているからだ。

〝オズワルド〟が背後から、田布施を銃撃する。

一発か、二発か。それが当るかどうかは、わからない。

だが、同時に〝シャドウ〟が別の場所からエアライフルを使って狙撃する。その銃弾が確実に、田布施を仕留める——。

「ここは、いけそうだな……」

戸塚がいった。

「はい、私もそう思います。もし六月二八日か七月八日の候補者の演説に田布施元首相が応援に入り、場所も南口から、この北口広場に変更できたとしたら……」

蓮見が、戸塚の顔色を窺う。

「そうだな……。不可能ではない……」

戸塚は、考えながら、自憲党の大物議員の一人、豊田敏雄の顔を思い浮かべた。

あの男を動かせば、田布施元総理の応援演説の日程を組み替えることは難しくないだろう。

今回の〝組織〟も、元よりそのようなケースを想定して豊田を仲間に引き入れたのだから。

「それも、できればぎりぎりに予定を変更した方がいいかと思います。もし可能ならば、前日に」

蓮見がいった。

「なぜだね？」

「はい。前日に予定が変更されたら、ＳＰの手配が間に合わないからです。そうなれば、私が現場を担当することもできます。県警の方も混乱するでしょうし、そこに隙が生じます」

「わかった。やってみよう。他には？」

「ありがとうございます。もうひとつ、お見せしておきたいものがあります。こちらです……」

蓮見が横断歩道を戻り、線路に沿って幹線道路を歩いていく。戸塚は意味もわからず、その後に付いていった。

やがて道は線路から離れ、車がやっとすれ違えるほど狭くなる。しばらくして住宅地の中に入り、前方に小さな踏切が見えた所で蓮見が立ち止まった。

「ここです。あの建物が、この大和西大寺駅を〝現場〟に選ぶべき本当の理由です」

戸塚は、蓮見が指さす路地の奥の建物を見て、呆然とした。

「これは……」

正にそれは、〝合同教会〟の支部の建物だった。

「そうです。これと同じような支部が、この先の線路脇のマンションにも入っています。つまりこの大和西大寺の周辺は、〝合同教会〟の奈良の本拠地なんです……」

そういうことか……。

その時、戸塚の頭に明確なイメージが浮かんだ。

〝ミッション〟を決行するのは、この大和西大寺しか有り得ない……。

「戸塚さん、駅に戻りましょう。誰かに見られるとまずい」

「そうだな。蓮見君、至急この大和西大寺駅北口の見取り図を作って、防衛省の倉田さんの方に回してくれ」

戸塚は蓮見と共に踵を返し、駅へと足を速めた。


その夜、戸塚は夜遅い新幹線で東京に戻り、〝神の守人〟の副総裁、山道義長に連絡を取った。

そして電話で、こう伝えた。

――〝現場〟は近鉄の大和西大寺駅にしましょう。自憲党の豊田さんに、こういってください。七月八日の午前中、大和西大寺駅でやる藤田潔の街頭演説に田布施元総理の応援を入れてほしい。場所も、大和西大寺駅南口から北口に変更させてください。しかもできれば、そのすべての予定変更を、前日の七月七日にやってほしい――。

それだけをいって、電話を切った。

日付が変わり、六月二二日――。

全国で第二六回参議院議員選挙の熾烈な選挙戦の幕が切って落とされた。

〝事件〟発生まで、あと一六日――。

8

第二六回参議院議員選挙が公示されたこの日、特にメディアの話題になることもなく、アメリカから一人の男が来日した。

男は数人の警護や付き人と共に羽田空港に着き、日本の信者の一団の出迎えを受け、用意されたリムジンに乗って東京の街に消えた。

男の名は朴天進――。

『世界合同基督教教会』の創設者、故・朴天明の六男。アメリカで〝銃の教会〟ともいわれる『世界神域教会』――〝リザーブ教会〟――の教祖だった。

朴にとって、これが一〇年振りの来日だった。今回は六月二二日から七月一三日まで滞在し、支部の信者や反〝合同教会〟のシンパを対象に、日本縦断の講演会ツアーを実施する予定になっていた。

朴は、日本が好きだった。

宿泊するホテルはどこも快適で、食事が美味しく、女も美しい。たったひとつだけ不満があるとすれば、この国では神の象徴である〝鉄の杖〟――AR‐15アサルトライフル――を持ち歩けないことだ。

だが、今回の来日には、重大な用件があった。

この滞在期間中に、日本で歴史的な〝大事件〟が起きるという情報があるからだ。日本にいれば、世界で最も早くそのニュースに触れることになり、歴史の目撃者となるだろう。

あの男、田布施博之……。

かつて私があれほど支持し、官邸前で街頭宣伝をしてまでその業績を讃えるほど応援していたのに。

それにもかかわらず、あの男は私を裏切った。昨年の九月に〝合同教会〟系のNGO団体〝WJF〟（世界合同連盟）の集会にトランプ前大統領と共にビデオメッセージを送り、あの女――私の母親の金英子――を祝福した。あの出来事は、「自分たちは〝リザーブ教会〟ではなく、〝合同教会〟側の人間……」であると改めて宣言したに等しい。

あれほど私がお前を慕っていたのに。それを、わかっていたはずなのに……。

その大罪を、神はけっしてお赦しにならないだろう。

甘んじて、〝鉄の杖〟の雷《いかずち》を受けるがいい……。

六月二五日――。

朴天進は東京新橋のホテルにおいて、来日して初の演説となる〝二代王帰還歓迎勝利報告大会〟を行なった。

いつものようにトレードマークともなった銃弾のカートリッジを束ねた王冠を頭に被った姿で壇上に立った朴は、集まったおよそ四〇〇〇人の信者を前に両手を広げ、こう宣言した。

――いまここに、二代王朴天進が戻ってきたぞ！――。

司会者が同時通訳し、拍手が起きるのを待って、こう続けた。

――聖書の黙示録第六章にあるように、赤い馬が暴れまわる中国、北朝鮮。白い馬が暴れまわるグローバリスト、黒い馬のディープステート（闇の政府）、そして灰色の馬のイスラム圏。さらにコロナ。これは中国の生物兵器だ――。

通訳が終わるのを待ち、続けた。

――その生物兵器に感染しても、九九・七パーセントの人間は免疫力で勝つことができる。それが科学だ。なのに、マスクを着けろという。マスクを着けた者たちは、政府の奴隷になるだけだ――。

通訳が入り、さらに続ける。

――共産主義者たちがツイッターによってワクチン批判に圧力を掛け、ファイザーやモデルナはそのワクチンを世界に売って八〇〇兆ウォンも儲けた。ロビー活動で世界中の政治家に金をバラ撒いた。

ワクチンを三回接種したら、自分の免疫システムは九〇パーセント壊れてしまう。若い者たちも突然、心臓発作で死んでいく。世界経済も破壊され、この日本もガソリン代、食料費が高騰し、世界供給ラインも寸断されている。それは中産階級の人々を殺す謀略だ！　それが共産主義だ！　政治サタン主義だ！——。

およそ四〇〇人の聴衆は、朴天進の危険な演説に静かに耳を傾けていた。

〝事件〟発生まで、あと一三日——。

9

公示から最初の週末の選挙戦は、全国で激戦となった。

市街地、農村部を問わず各地で選挙カーが声を張り上げて走り回る。

ＪＲ、私鉄の主要駅の駅前広場には候補者とその応援者が街頭演説に立ち、自らの主張と公約を掲げて舌戦を繰り広げた。

週が明けて六月二七日、月曜日——。

〝シャドウ〟は静岡市のアパートを出てタクシーを拾い、静岡駅から新幹線に乗った。

京都駅で近鉄京都線に乗り換え、観光特急で二つ目の大和西大寺駅で降りた。

〝シャドウ〟は駅の北口に向かい、広場のロータリーを迂回して横断歩道を渡った。

すでに〝マエダ〟から送られてきた見取り図を見て、〝現場〟の配置は頭に入っていた。

駅の南側の広場からは選挙の街頭演説の声が聞こえてくるが、北口駅前広場は閑散として静かだった。ただ、広場の前を走る片側一車線の幹線道路に、ひっきりなしに車が走っているだけだ。

〝マエダ〟に指示された〝T字路のゼブラゾーン〟は、すぐにわかった。

〝シャドウ〟は実際に〝標的〟が立つ位置に自分も移動した。ガードレールに囲まれたゼブラゾーンに入り、周囲を見渡す。

右手に銀行のビルがあり、左手に〝キョウワタウン〟という六階建ての商業ビルがある。その先の左手に、立体駐車場の建物。背後の幹線道路には、いまも車が走っている。

〝マエダ〟から聞いたとおりの配置だった。狙うとすれば左側の〝キョウワタウン〟ビルの四階か、五階か。もしくは屋上からでもいいだろう。

その先の立体駐車場からでも、狙えなくはない。四階あたりの壁際に窓にフィルムを貼ったバンを駐め、車内から狙えば聴衆の死角になる。逃走も、そのまま車で駐車場を出て北に向かえばいい。

だが、エアライフルで狙撃するには少し距離がありすぎる。狙撃点から標的まで、九〇メートル近くはあるだろう。そうなるとやはり、手前の〝キョウワタウン〟ビルが最も狙いやすいということになる。

それにしてもここは、銃による狙撃で暗殺を行なうにはまったく理想的な場所だった。偶然か必然かは別として、すべての条件が揃っていた。

もし本当に、こんな場所に一国の元首相という大物が、のこのこ出てきてくれるならばの話だが。日本以外の先進国ならば、まずそんなことは有り得ないだろう。

〝シャドウ〟はゼブラゾーンを出て横断歩道を渡り、道路の左手にある〝キョウワタウン〟ビルに入っていった。

面白い建物だった。

交差点の歩道側の角が凹むようにえぐれていて、その部分が一階から六階まで全面ガラス張りになっている。中央にエレベーターがあり、最上階のみが半円状の帽子のひさしのように前方に突き出している。入口はその真下の、エレベーターの右側にある。

ビルに入ってすぐに、地下と階上に分かれるエスカレーターがあった。

〝シャドウ〟は二階に上がる前に、入口にあったビル内の店舗案内図の前で足を止めた。

B1はレストランスペースで、居酒屋や寿司屋、肉バルなど五店舗が入っていたが、三区画が空き店舗になっていた。

いま〝シャドウ〟がいる1Fは携帯電話会社やチェーン店のカフェ、カメラ屋、有名ドラッグストアなど八店舗……。

2Fは都市銀行のATM、法律事務所、ブライダルコンサルタントなど七店舗が入り、一室が空き店舗……。

3Fはクリニック・エステフロアーになっていて、内科、耳鼻咽喉科、婦人科、歯科、眼科などの各医院が一一店舗……。

４Ｆはカルチャーオフィスで、大手進学塾が三区画を使用し、他にも予備校や英会話スクールなど四校……。

５Ｆから上はこのビルを所有する不動産会社や同系列の商事会社、その他一般企業のオフィスになっているが、空きが多い……。

〝シャドウ〟は〝マエダ〟に指示されたとおり、エスカレーターで五階に向かった。

どうやらこのビルではエスカレーターを中心にして、すべて逆Ｕ字形に店舗が並んでいるようだ。

駅周辺が再開発されて南口側に中心地が移ったためか、平日の午前中とはいえビル全体が異様に閑散としていた。人をほとんど見かけない。唯一、三階のクリニック・エステフロアーの待合所に、老人たちがソファーに座って診察を待つ姿を見かけたくらいだった。

このビルは、終わっている……。

エスカレーターは、三階までだった。

〝シャドウ〟はフロアーの入口側に戻り、エレベーターに乗った。四階を通り過ぎ、〝マエダ〟の指示どおりに五階で降りた。

出た所は、先程ビルの下から見上げた、交差点に面したガラス張りの三角形のフロアーだった。

窓際に立ち、外を見下ろした。すぐ右手に大和西大寺駅の北口ロータリーがあり、ほぼ真下に例のT字路のゼブラゾーンが見えた。

〝シャドウ〟は振り返った。

床が市松模様に色分けされた五階を歩く。

廊下の入口のインフォメーションパネルの前で立ち止まった。

このフロアーは、廊下を中心にして左右にオフィスが並んでいる。道路側、右手の奥から①番、②番、③番。左手の手前から④番、⑤番、⑥番。その奥にトイレと、もうひとつの階段がある。

〝シャドウ〟は誰もいない市松模様の廊下を歩き、③番の部屋のブルーの鉄の扉の前に立った。

〝マエダ〟がいっていたのは、この部屋だ。

防犯カメラの位置を確認する。あった。もし〝マエダ〟がいったことが確かならば、このフロアーのカメラは電源が切られていて作動していない。

もう一度、周囲に誰もいないことを確認し、〝シャドウ〟はポケットから鍵を取り出した。鉄の扉の鍵穴に差し込む。左に回すと、カムが外れる金属音がして、鍵が開いた。

〝シャドウ〟は鉄の扉を引き、部屋の中に体を滑り込ませた。

部屋は窓が広く、カーテン越しに陽光が差し込み、明るかった。広さは、三〇平方メートルくらいだろうか。左の壁際に折り畳み式の長テーブルやパイプ椅子が寄せてあるが、それ以外はがらんとして何もない。

〝シャドウ〟は窓に歩み寄り、カーテンを開け、外開き式の窓を少し押した。

眼下に、先程のガードレールで囲まれたゼブラゾーンが見えた。手前に横断歩道、その向こうに幹線道路と、バス停のある北口ロータリーも一望できた。

〝シャドウ〟はポケットから携帯型レーザー距離計を出し、窓から一歩下がり、ゼブラゾーンまでの距離を測定した。

角度は斜め下方に、およそ三五度……。距離は四三・四メートル……。

実際は〝標的〟には身長があり、自分は部屋の奥の物陰から狙撃することになる。だが、両方の数値を計算に入れて誤差を修正しても、ほとんど距離の差は出ないだろう。ライフルスコープのゼロインを合わせるのは、難しくない。

〝シャドウ〟はレーザー距離計から目を外し、腕のG・ショックを確認した。

時刻は、午前一一時一五分……。

当日は、ほぼ同じくらいの時間に応援演説が始まるはずだ。

空を見上げる。太陽はいま、ほとんど真上にある。厳密にいえば僅かに逆光ではあるが、狙撃の障害になるほどではない。

〝シャドウ〟は右手の人さし指を引き鉄を引くように構え、ゼブラゾーンに立つ〝標的〟の狙撃をイメージした。聴衆に向かって話し始める〝あの男〟の頸部に、狙いを定める。

〝バン！〟

〝標的〟は倒れ、死んだ……。

この部屋からならば、絶対に外すことはない。それに〝標的〟の背後から近寄る〝オズワルド〃の動きも、手に取るようにわかるだろう。

あとは、二種類の高さの脚立が必要だ。それさえあれば、ここは狙撃のための〝完璧な場所〃になるだろう。

〝シャドウ〃は窓とカーテンを閉じた。

後ろに下がり、部屋の影の中に消えた。

〝事件〃発生まで、あと一一日——。

10

六月二二日の公示日以来、田布施博之は連日、精力的に街頭に立ち続けた。

初日には元タレントの女性候補の応援に二回、有楽町駅前に移動して元スポーツ選手候補の応援を一回。その後、埼玉県に移動して地元の候補者の応援を二回——。

二日目の二三日は新潟県に飛び、上越市と糸魚川《いといがわ》市で各候補者の応援。次の二四日は福岡県選挙区に飛び、党内の盟友が支持する若手候補を北九州の小倉駅前の街頭で応援。直後に下関市に折り返し、地元の山口県選挙区で自分と同じ〝合同教会〃シンパの候補者を応援。翌二五日も長門《ながと》市で同候補者を応援——。

二七日は石川県まで北上し、小松市と能美《のみ》市で地元選挙区の当選三回の中堅候補者を応援。この候補者も〝合同教会〃の関係者だった。午後は東京に戻り、千代田区、文京区、墨田区で再び元タレント候補を応援――。

翌二八日は関西に移動し、河内長野駅、富田林《とんだばやし》駅の街頭で外務省出身の右派の女性議員を応援。その後奈良県に移動し、生駒駅と大和西大寺駅南口でこの選挙区の藤田潔を応援。藤田も、〝合同教会〟系の議員だった――。

毎日が、このような状況だった。

正に、八面六臂《ろっぴ》の活躍である。

元来、田布施は、人前で話すことが得意であり、好きでもあった。

それに、〝人の好い〟ところがあった。誰かに何かを頼まれると、絶対に嫌とはいえない。特に田布施を慕う若手の候補に応援を求められると、つい無理を承知で引き受けてしまう。

聴衆にしてみれば、田布施は政界のスターである。応援演説ではその姿を実際に目の前で見て、声を聞き、ともすれば握手もできる。当然のことながら聴衆の数は増すし、候補者を当選させる力もある。

今回の選挙の街頭演説のスケジュールにも、そのような事情があった。各地の街頭演説の回数は、選挙前に予定していた回数では収まらずに、日を追うごとに増えていった。

当然、現場は混乱する。駅や空港に着いても迎えの者とすれ違いになったり、会場を間違えたり、時にはSPや県警の護衛の手配が遅れることもあった。

月が変わって、七月二日――。

午後三時、田布施元首相は東京の立川駅前に立ち、比例区選出の現職候補の応援に声を張り上げていた。

この時、田布施は、候補者の応援だけでなく、国際情勢における持論の展開にも力を込めた。

――ロシアのウクライナ侵攻は、正に国際社会の秩序に対する挑戦です。今回のことに学び、私たちは、しっかりと防衛力を強化していかなくてはなりません。それは抑止力であり、戦争を止める力でもあります――。

田布施は右手にマイクを持ち、左手で拳を握って力説した。その声に、二〇〇人近い聴衆が聴き入った。

さらに続けた。

――もう、自衛隊の違憲論争に終止符を打とうではありませんか。いまの憲法では、日本は他国の侵略から国民を守れません――。

武器と、暴力の脅威――。

だが、まさかこの時、田布施は自分がその象徴でもある銃弾に倒れるとは、思ってもみなかっただろう。

〝事件〟発生まで、あと六日――。

11

七月七日木曜日、未明――。

上沼卓也はほとんど熟睡できずに、ベッドの上に起き上がった。

頭を掻き、あくびをした。体がどことなく気だるく、頭が重い。

もう二カ月近く前、五月一五日に京都府の工場の派遣の仕事を辞めてから、よく眠れない日が続いていた。

スマホで時間を見ると、まだ午前三時だった。

今日は、岡山に行く用がある。起きるにはいくら何でも早すぎるが、こうしていてももう眠れそうもない……。

上沼は仕方なくベッドから出て用を足し、ジーンズとTシャツを身に着けた。歯を磨き、水をコップに一杯飲んだ。

自作の二連銃に火薬と散弾を込め、ショルダーバッグに入れた。それを肩に掛けて部屋を出た。駐車場まで歩き、黒い軽自動車に乗り、エンジンを掛けた。

〝合同教会〟の奴らめ。オレは、本気だぞ……。

未明の奈良の街を走る。他に車はほとんど走っていない。

午前四時――。

奈良市三条大路一丁目で大通りから外れ、住宅地の一画で車を停めた。目の前に、周囲とは異質な雰囲気の四階建てのビルがあった。ビルには『世界平和合同家族教会』と書かれたプレートが掛かっていた。旧〝合同教会〟の、現在の名称だ。

上沼は、この場所をよく知っていた。何度もこの場所を通っては、いつか〝殺って〟やると心の中で呟いた。

今日こそは、本当に〝殺って〟やる……。

エンジンを掛けたまま、車のパワーウインドウを下げた。周囲に誰もいないことを確認し、助手席のショルダーバッグの中から銃を出した。

車の窓から建物の入口に銃口を向け、引き鉄――スイッチ――を押した。

炸裂音！

もう一発、炸裂音！

ざまあみろ。

上沼は銃を助手席に放り、車のギアを入れてその場から走り去った。

五分後――。

上沼はコンビニの駐車場に車を駐めた。喉が、焼け付くように渇いていた。

なぜか、甘い物が飲みたかった。紙パックの野菜ジュースをひとつ買い、それを持って外に出た。

矢も盾もたまらずに、ジュースをストローで吸った。

息をつき、暗い空を見上げた。

東の空が、白々と明けはじめていた。

上沼は一度、家に戻り、銃を整備して火薬と散弾を込めなおした。

何挺か銃を作った中で、この鉄パイプ二本の銃身の二連銃を一番気に入っていた。重さと大きさが手頃で、握り心地がよく、構えやすい。それに他の多銃身の銃に比べて配線がシンプルなので、発火も確実だった。

上沼は、かなり早い段階で〝本番〟にはこの二連銃を使うことに決めていた。

今回のような〝ミッション〟でまず第一に求められるものは、〝確実性〟だ。不発などの不可抗力によるリスクは、できるだけ回避しなくてはならない。

外すことは恐くない。一発目を外せば、あとは何発撃っても同じことだ。だから、銃身は二本、弾は二発あれば十分だ。

銃の整備を終えて時計を見ると、まだ午前六時を過ぎたばかりだった。

今日の岡山での用は、夜の七時からだ。まだ、時間がある。

そう思った時に、かつてネット上で議論したことのあるジャーナリストの楠本正浩のことが頭に浮かんだ。

あの人にだけは、自分のやることを理解してもらいたい……。

急に、手紙を書こうと思いたった。

上沼はパソコンを開き、手紙の文面を打ちはじめた。

〈――楠本殿

ご無沙汰しております。「まだ足りない」として貴殿のブログに書き込んでどれぐらい経つでしょうか。

私は「喉から手が出るほど銃が欲しい」と書きましたがあの時からこれまで、銃の入手に費やして参りました。その様はまるで生活の全てを偽救世主のために投げ打つ合同教会員、方向は真逆でも、よく似たものでもありました。

私と合同教会の因縁は約30年前に遡ります。母の入信から億を超える金銭の浪費、家庭崩壊、破産…この経過と共に私の10代は過ぎ去りました。その間の経験は私の一生を歪ませ続けたと言って過言ではありません。

（中略）世界中の金と女は本来全て自分のものだと疑わず、その現実化に手段も結果も問わない自称現人神《あらひとがみ》。

私はそのような人間、それを現実に神と崇める集団、それが存在する社会、それらを「人類の恥」と書きましたが、今もそれは変わりません。

苦々しくは思っていましたが、田布施は本来の敵ではないのです。あくまでも現実世界で最も影響力のある合同教会のシンパの一人に過ぎません。（中略）

田布施の死がもたらす政治的意味、結果、最早それを考える余裕は私にはありません。

——〉

上沼は書き終えた手紙文をプリントアウトし、折り畳んで買い置きの封筒に入れ、楠本の住所と名前を書いた。

なぜだかはわからないが楠本にこの一通の手紙を書いたことで、自分が救われたような安堵を感じた。

急に、眠気が襲ってきた。

少し、寝よう……。

ジーンズを脱いでベッドに横になると、間もなく眠りに落ちた。


午前九時――。

奈良市西大寺東町の〝キョウワタウン〟ビルの前の路上に一台のバンが駐まり、作業員風の男が二人、降り立った。

二人はいずれも三十代から四十代。これといって目立たない男たちだった。

一人が周囲の様子を窺い、もう一人が荷台の扉を開けて脚立を二本、歩道に降ろした。二人はその脚立を一本ずつ持ち、ビルに入っていった。

作業員風の男たちはエレベーターに乗り、五階で降りた。誰もいないフロアーを一〇メートルほど歩き、③番の部屋の前で立ち止まった。

防犯カメラが作動していないことを確認し、鍵を開け、部屋に入った。持ってきた脚立二本を部屋の中央に立て、外に出てドアに鍵を掛けた。

二人はビルを出て、バンに戻り、走り去った。

その間、僅か一五分――。

田布施博之元首相は、この日も応援演説の予定が詰まっていた。

いつものように自宅での朝食を終え、午前七時半に迎えの車に乗って羽田空港に移動。八時四五分発のANA３８２１便に乗り、関西方面へと向かった。

飛行機は予定どおり一〇時〇五分に関西国際空港着。空港内を歩いて迎えの車に乗り、神戸市内のホテルに移動。部屋に入って少し休んだ後、ホテル内のイタリアンレストランで打ち合わせがてらの少し早目の昼食をすませた。

昼食の後、今日の街頭演説が行なわれる神戸三宮《さんのみや》駅前に移動。午後一時、兵庫選挙区の候補者の前で応援演説の第一声を上げた。

——皆さま、こんにちは。田布施博之でございます。

今日、私はこの三宮の駅前に立って、昔のことを思い出しました。私、若いころには、神戸製鋼の加古川《かこがわ》製鉄所に勤めていたんですね。週末にはいつもこの街、三宮にやってきて、それが本当に楽しみだった。いつも酔っ払いながら、ふらふらしていたことを思い出します——。

聴衆から笑いが起こった。

田布施の公設第一秘書の西川則光《にしかわのりみつ》は、その演説を選挙カーの脇に立って見守っていた。

この方は本当に、聴衆の心を摑むのが上手い……。

その魅力的な人間性は、さすがにこの日本で歴代一位の長期政権を築いただけのことはある。

その時、ポケットの中のスマホが振動した。

西川はディスプレイを見た。党の選挙対策本部委員の一人、小野暁子《おのあきこ》議員からだった。

選挙カーの裏に回り、電話に出た。

——小野です。演説中に、申し訳ありません。実は、明日の長野の件なんですが——。

演説の声が大きくて、聞き取りにくい。

「長野……長野ですか……？　はい、何かありましたか……？」

——はい、急で申し訳ないのですが、現地の都合で〝中止〟ということになりまして——。

「中止？　中止ですか？」

西川は演説会場から少し離れ、説明を聞いた。

小野によると、明日の午前中に田布施が応援演説に入る予定だった長野選挙区の森山《もりやま》候補が、七月六日付で週刊誌二誌の電子版に女性問題を報じられた。この不祥事を受けて、党としては森山候補の応援から一切手を引くことになったとのことだった。

週刊誌だって？

この大事な選挙期間中に、なぜ……。

西川は電話を切り、街頭演説の場に戻った。田布施元首相の演説は、まだ続いていた。

一五分後——。

三宮での街頭演説を終えた一行は、次の街頭演説会場の神戸駅前に移動した。

西川はその車中で、長野の一件について田布施に説明した。

「何だって？　長野が中止だって？　何でまたこんな時期に、週刊誌が……」

田布施が訝《いぶか》しげな顔で、不快感をあらわにした。

当然だろう。常識的に考えるならばこの選挙期間中に、週刊誌が特定の候補者のスキャンダルを報じるなどということは有り得ない。

裏で、野党の連中が仕込んだのではないのか……。

そんなことを疑いたくもなる。

「しかし、長野はともかくとして、何で埼玉も〝据え置き〟なんだ……」

田布施がいった。

そうだ、それが奇妙なのだ……。

対策本部の小野議員は、長野だけでなく、夕刻には埼玉選挙区の二カ所で予定されていた街頭演説も〝据え置き〟だといってきている。これは、事実上の〝中止〟に等しい。

この選挙戦の重要な時期に、通常ならば有り得ないことだ。

「そのあたりのことは、私にもわかりません。まあ、選挙対策本部の方針ということなんだと思いますが……。長野が中止なら、埼玉にだけ行くのはもったいないということなんですかね……」

西川はそういって、溜息をついた。

この選挙期間中、対策本部としては、たった一回でも田布施元首相の貴重な応援演説の機会を無駄にする訳にはいかないはずなのだが……。

そこにまた、西川のスマホに電話が掛かってきた。

ディスプレイを見て、西川は首を傾げた。今度は選挙対策本部の役員の一人、自憲党大物議員の豊田敏雄からだった。

「西川です……」

電話を取り、西川は思わず背筋を伸ばした。

――ああ、豊田だ。いま対策本部から聞いたんだが、明日の田布施さんの予定、白紙になったそうだね――。

「はい、先程、対策本部の小野さんから電話がありまして、明日は長野も埼玉も中止と聞きましたが……」

――それならひとつ、頼みがあるんだがね――。

「はい、何でしょう?」

――明日、もう一度、関西方面をやってもらえんかな。特に、奈良だ。藤田潔の肩入れを、もう一度、頼みたいんだが――。

「藤田候補ですか。それでしたら、六月二八日にも応援に入りましたが……」

――うん、それはわかっている。しかし藤田君はいま、当落線上の微妙なところにいてね。そこで今度は大和西大寺駅の、この前とは逆側の北口ロータリーの方でやってもらいたいと思ってね――。

「はい……」

西川は、これも奇妙だと思った。各メディアの出口調査によると、藤田議員はすでに当確ラインに達しているはずだ。それに大和西大寺駅の北口はいま工事中で、人が集まらないと聞いていたが……。

——それじゃあ、頼むよ——。

結局、豊田に頼まれては断るわけにもいかず、電話が切れた。

「豊田さんから、何だって？」

田布施が訊いた。

「はい……。明日の予定が空いたなら、もう一度、奈良選挙区の応援に入ってほしいということです……」

西川が説明する。

「奈良か。いいじゃないか。その後に、京都の永井《ながい》君の応援に回ればいい。いまは一日だって無駄にできんよ。それ、やろうじゃないか」

人の好い田布施は、〝奈良〟と聞いてむしろ上機嫌だった。

この日、田布施は二回目の街頭演説を神戸駅前で行ない、新神戸駅に移動。新幹線に乗り、夜の応援演説の予定が入っている岡山に向かった。

事態が慌ただしく動き出した。

七日午後四時半、自憲党奈良県連はこの時間になってやっと〈——明日八日午前一一時二〇分から、田布施元首相が大和西大寺駅北口で街頭応援演説を行なう——〉ことを奈良県警に通達してきた。

これに困惑したのが、県警だった。

実はこの時、所轄の奈良西警察署は翌八日に不祥事事案の報道発表という重大案件を抱えており、県警本部との調整に追われていた。そこに〝偶然〟、田布施元首相の街頭応援演説という事案が重なったことになる。

しかも奈良自憲党県連は夜の七時になって、さらなる難題を伝えてきた。

――当日はT字路交差点中央のガードレールに囲まれた安全地帯の中に田布施元首相が立ち、演説する――。

この交差点中央の安全地帯は、県内でも特に〝警備が難しい場所〟として知られていた。

四月に野党の代表が同じ場所での演説を申し入れてきた時には、〝危険〟であることを理由に断っていた。だが、相手が与党の自憲党県連の要請であり、さらに田布施元首相の応援演説ともなると、断るわけにもいかなかった。

結局、奈良西警察署は七時を過ぎてから藤田潔候補の陣営スタッフと共に現地を下見し、急ごしらえで警備計画の策定に取り掛かり、当日の人選を行なった。

この『警護警備実施計画書』に県警の警備部参事官、警備部長が目を通し、決裁されるのは、演説当日の八日の朝を待つことになる。

〝事件〟発生まで、丸一日を切った。

12

同日、正午近く――。

上沼卓也はベッドに体を起こして伸びをし、大きなあくびをした。

バスルームに入り、シャワーを浴びる。新しい下着に着替え、入念に歯を磨いた。

いまからは、〝神聖〟な〝ターム〟(期間)に入る。体も清潔にしておかなくてはならない。

ポケットの多いカーキ色のカーゴパンツを穿《は》き、洗いたての黒いポロシャツを着た。今夜、行く場所のことを考えれば、半袖でも襟の付いたシャツの方がいい。

ブルーのカンバスの大き目のショルダーバッグに一泊分の着替え、タブレット、スマホの充電器、使い馴れた歯ブラシ、弾を込めた二連銃を入れた。

最後に窓辺に置いてある小さなサボテンの鉢に、水をやった。

もう、ここに戻ってくることはないだろう……。

奈良市大宮町の部屋を出て、近鉄奈良駅まで歩き、途中でポストに楠本への手紙を投函した。

特急に乗り、ＪＲ京都駅までおよそ三五分。乗り換えの間に駅弁とビールを買い、前日に指定席のチケットを買っておいた一三時二五分発〝のぞみ27号〟に乗った。

岡山まで、ちょうど一時間。ゆっくりと弁当を食うには、少し慌ただしい。

銃の入ったショルダーバッグを足元に置くと同時に、新幹線が発車した。

上沼はシートのテーブルに弁当を置き、ビールのタブを起こした。

ビールを飲み、動きはじめた風景を眺めながらふと考える。

オレはいま、火薬と散弾を込めた銃を持っている。

もしこの銃を、車内で無差別に発砲したらどうなるのか……。

例えば斜め前に座っている親子連れや、背後の席の老夫婦に向けて……。

もちろん、そんなことはやらない。オレは、殺人鬼なんかじゃない。

ただ、やろうと思えばできるということだ。新幹線の駅では手荷物検査もやらなかったし、オレは実際にこうして銃を持ち込んでいる。

新幹線は時速三〇〇キロで走る密室のくせに、何ともマヌケな乗り物だ。

上沼は弁当の蓋を開け、かぶりついた。

一四時二五分、定刻どおり新幹線は岡山駅に着いた。

上沼はショルダーバッグを肩に掛け、スマホのナビを見ながらあまり土地勘のない岡山の街を歩いた。よく知っている奈良や京都の街と比べるとどことなく雑然とした印象があった。

『岡山市民会館』はJR岡山駅からほぼ一本道で、烏城《うじよう》公園の手前にあった。

場所さえわかれば、それでいい。今夜七時までに、ここに戻って来ればいいだけだ。

上沼は駅の方に戻り、今夜予約を入れてあるシティホテルにチェックインした。すべて、タイムスケジュールどおりに運んでいる。

真新しいシーツのベッドに体を投げ出し、少し休んだ。

汗ばんだ体にエアコンの冷たい風が心地好く、何だかとても穏やかな気分だった。

スマホに電話が掛かってきた。

〝ミツイ〟からだ。

「はい、上沼です……」

――いま、どこにいますか？――。

〝ミツイ〟の低い声が聞こえてきた。

「先ほど、岡山のホテルに入りました。今夜は、市民会館の方に行きます……。すべて、予定どおりです……」

――こちらも、予定どおりです。明日、午前一一時。場所は大和西大寺駅の北口ロータリーです。特に変更がなければ、このまま決行します――。

「承知しました……」

――成功を祈ります――。

電話が切れた。

上沼はスマホをベッドテーブルに置き、また横になった。


午後六時――。

上沼は少し早目にホテルの部屋を出た。

ショルダーバッグを肩に掛けていたが、銃は部屋に置いていくことにした。どうせ今夜は、銃を使わない。ただ、〝自分がその場所にいた〟という既成事実ができれば、それでいい。

六時二〇分に岡山市民会館に着くと、もう人が入りはじめていた。

若手女性候補者の名前の横に〈――田布施博之元首相来場――〉と書かれた立て看板の横を、支持者たちがぞろぞろと並んで会場に入っていく。やはり、早目に来て正解だった。

上沼は列に並んで進みながら一瞬、防犯カメラの方を見上げた。

これでショルダーバッグを肩に掛けて会場に入る自分の姿が、カメラに記録されただろう。

会場の大ホールは、もう半分近くの席が聴衆で埋まっていた。

上沼は、一階の前から四列目の席に座った。最前列と二列目は関係者席として空けられているので、一般聴衆は座ることができない。

舞台は広く、高い。

天井からは〈――久保田《くぼた》美幸《みゆき》個人演説会――〉と候補者の名前が書かれた大きな横断幕が下がっていた。

舞台の前にはすでに、警察のSPらしき男たちや選挙事務所の関係者らが立ち、観客席の方を見て不審な人物がいないか警戒している。これでは、手製の銃を持っていたとしても、壇上に駆け上がることは無理だろう。

振り返り、二階席を見上げた。

二階も、席が埋まりはじめていた。もし最前列に座り、自衛隊で使っていた八九式五・五六ミリ小銃でもあれば、壇上に立つ人間を狙撃できるだろう。だが、手製の散弾銃では弾が届かない。

もしこの会場でオレが田布施を銃撃し、本当に単独で〝ミッション〟を成功させれば、〝ミツイ〟は驚いて賞讃したことだろう。だが、試さないで正解だった。

開演を前に、一七〇〇席以上もある岡山市民会館の大ホールはほぼ満席になった。最終的には、立ち見も出るほどだった。

やはり、田布施博之の人気は凄いな……。

午後七時、開演——。

司会者の紹介で候補者の久保田美幸が拍手と共に壇上に上がり、挨拶。その後、地元の後援会長が壇上に立ち、挨拶。さらに司会者の紹介と盛大な拍手が起こり、田布施博之元内閣総理大臣が舞台の袖から壇上に登場した。

夏らしい淡いグレーのスーツを着た田布施は、横に久保田候補と後援会長を立たせ、いつものように右手でマイクを握った。

——今日は七夕ですが、晴れましたね。私も、やっと、織姫に会いに来ることができました——。

いつものように、ユーモアを交えて聴衆の心を摑む。そして、こう続けた。

——久保田さんは、思い切りが良くて、そして潔い。〝度胸がありすぎる〟という人がいるくらいです。でも皆さん、そういう政治家が、日本には必要じゃないですか。

私はよくいうんですが、日本には闘う政治家と闘わない政治家がいます。正に久保田さんこそは、正真正銘の闘う政治家であります——。

ここで聴衆から、また拍手が起こった。

上沼は、田布施の演説を、ただ黙って聞いていた。

だが、もう十分だ。

上沼はショルダーバッグを肩に掛けて席を立ち、田布施の演説に盛り上がる会場を後にした。

その夜、上沼は、岡山の街に出て少し贅沢をした。

観光客に人気のお好み焼屋に入ってカキの鉄板焼やネギ焼を肴にビールや酎ハイを飲み、最後は名物のひるぜん焼そばを食った。

コンビニで酎ハイを買ってホテルに戻り、シャワーを浴びた。

テレビのニュースとネットを少し見て、明日のことを考え、いつもよりも少し早目にベッドに入った。だが、明かりを消しても、神経が高ぶってなかなか寝付けなかった。

いろいろなことが、脳裏を過《よぎ》った。

明日は、上手くいくのか……。

田布施は本当に、〝あの場所〟に来るのか……。

銃の引き鉄を引いて、弾はちゃんと出るのか……。

その弾は、田布施に当るのか……。

そして田布施が血まみれで聴衆の前に倒れた時、自分はどうなるのか……。

その場でＳＰに取り押えられるのか、それともオレも射殺されるのか……。

もし殺されるなら、それでもいいと思った。

実際に、これまでに何度か死のうと思ったことはある。学生の時にも、自衛隊にいた時にも、その後にも何度も……。

それなのに、いまこうして生きているのは、ただ死にきれなかっただけだ。

別に、死ぬのが怖かった訳じゃない。

殺すなら、心臓か頭を撃って、殺してくれ。

腹を撃たれて死ぬのは苦しいから、嫌だ……。

いつの間にか、うとうとと浅い眠りに入っていた。

その夜、上沼は、大好きだった自殺した兄の夢を見た。

〝事件〟発生まで、あと一二時間を切った――。

13

七月八日金曜日、運命の日――。

田布施博之はいつものように六時半に起床。東京の自宅で朝食をとり、着替えを終えて迎えを待った。

この日の服装は紺色の夏物のスーツだった。ここのところ連日暑い日が続き、今日は日中の街頭演説ということもあるので、白いシャツの襟にネクタイは締めなかった。

午前七時三〇分、迎えの車に乗って自邸を出発。前日と同じように羽田空港に向かった。そして秘書の西川や警視庁のSPと共に、午前九時発の伊丹空港行きANA17便に乗った。同機は間もなく、定刻どおりに羽田空港を離陸した。


前後して、午前八時——。

奈良県の大和西大寺駅北口に近い立体駐車場に、一台の静岡ナンバーのトヨタ カローラが入庫した。

色はシルバー、旧型のカローラだった。

そのカローラは一階と二階に空きがあるにもかかわらず、さらにスロープを上り、車が一台もいない四階に駐まった。

〝シャドウ〟は車から降りて、体を伸ばした。早朝に静岡を発《た》ち、奈良まで運転してきたので、少し疲れていた。

体を伸ばしながら、四階の南側の壁の前に立った。遠くに大和西大寺駅の北口ロータリーと、その手前の道路、そしてT字路のゼブラゾーンが見えた。

ガードレールに囲まれた小さなゼブラゾーンの中に、〝標的〟が立つ姿を想像する。

もし撃ち馴れているAR－15系のアサルトライフルを使うなら、この距離からでもまず外すことはない。

だが、今回の〝ミッション〟に使う銃は、エアライフルだ。やはり、標的までの距離は近いに越したことはない。

〝シャドウ〟は車に戻り、荷台から電子キーボード用の黒いソフトケースを降ろした。大きさは九四×三三センチ。厚さ一二センチとコンパクトだ。表側には〝YAMAHA〟のロゴが入ったステッカーが貼ってある。

だが、いまこのケースに入っているのは六一鍵盤の電子キーボードではない。ビクセンのスコープを付けたFXワイルドキャットMKⅢ六・三五ミリ口径のエアライフルだ。

〝シャドウ〟は黒いシャツとズボンの上に、茶の麻のジャケットを羽織った。エアライフルの入ったキーボード用ケースを肩に掛ける。リモコンキーで車をロックし、エレベーターに乗り、一階に下りた。

立体駐車場を出て、大和西大寺駅に向かって歩く。〝キョウワタウン〟ビルの入口まではおよそ九〇メートル、半ブロックもない。もう目の前に、ガードレールで囲まれたゼブラゾーンが見えた。

このあたりの歩道は、あと三時間もすれば聴衆の人集《ひとだか》りで埋まるのだろう。だが、いまはまだ学生や通勤のために駅に向かう歩行者の姿があるだけで、街は静かだった。

〝シャドウ〟は開いたばかりの〝キョウワタウン〟ビルの前に立ち、中に入った。

エレベーターに乗り、五階に上がる。建物の中も、まだこの時間は閑散としていた。

誰もいない市松模様のリノリウムのフロアーを歩き、③番の部屋の青い鉄のドアの前に立つ。鍵を回してドアを開け、部屋に体を滑り込ませ、また鍵を掛けた。

部屋の中央には注文しておいたとおり、脚立が二本立ててあった。カーテンを開けて外を覗くと、眼下に以前と同じようにゼブラゾーンが見えた。

何もかもが、完璧だ……。

〝シャドウ〟は上着を脱いで脚立のひとつに掛け、部屋の壁際まで歩き、影の中に膝を抱えて座った。

暗がりを見つめながら、気配を消した。

同じころ――。

上沼卓也は岡山から京都に向かう新幹線の車中にいた。

時刻表によると、この新幹線のぞみ86号は九時四六分に京都着。そこで一〇時発の近鉄特急しまかぜに乗り換えれば、一〇時三二分に大和西大寺駅に着く。南口の広場あたりで少し時間をつぶせば、ちょうどいいだろう……。

上沼は銃が入ったブルーのカンバスのショルダーバッグを膝の上に抱え、駅で買ってきた野菜ジュースを飲んだ。

窓の外をすごい速度で通り過ぎていく風景を、ぼんやりと眺めた。

田布施元首相を乗せたＡＮＡ17便は、定刻どおり午前一〇時一〇分に伊丹空港に着陸した。

車寄せから迎えの車に乗り、奈良に移動した。

伊丹空港から大和西大寺駅までは、車で普段ならばおよそ五〇分前後。街頭演説は一一時二〇分からの予定なので、いずれにしてもぎりぎりだ。

途中の幹線道路は所々で渋滞していた。

「どうかな、間に合うといいんだが……」

後部座席の田布施が、腕の時計を見ながらいった。

助手席に乗ったSPが振り返る。

「だいじょうぶでしょう。ナビによると、一一時一五分には大和西大寺駅の北口あたりに着くようです。予定どおりです……」

だが、車がまた渋滞で止まった。

この日、田布施の護衛に付いた警視庁警備部の蓮見忠志は、自分の心の中で頷いた。

そうだ。すべては、計画どおりに運んでいる……。

上沼卓也は、予定どおり一〇時三二分に大和西大寺駅に着いた。

この日、上沼は、カーキ色のカーゴパンツにグレーのポロシャツ、黒っぽいスニーカーという出で立ちだった。

濃いブルーのカンバスの大きなショルダーバッグを肩に掛けて歩いていても、目立たない。

その格好でしばらく、駅南口のショッピングセンタービルの中を歩いて時間を潰した。

午前一一時……。

そろそろだろう……。

上沼は駅の自由通路を渡り、北口に向かった。

階段の上から見ると、道の向こうの歩道の周辺に聴衆が集まりはじめていた。

だが、T字路のゼブラゾーンに置かれた演説台の上には誰もいない。田布施は、まだ着いていないようだった。

どうしようかと、少し考えた。

仕方ない……。

上沼は北口広場のロータリーに下り、バス停のあたりを歩きながら待つことにした。


外が、騒がしい……。

一一時一〇分、〝シャドウ〟は両手で抱えた膝の上から、ゆっくりと顔を上げた。

暗がりから体を伸ばして立ち上がり、窓辺に向かう。カーテンと外開きの窓を、少し開けた。

駅のロータリー前のT字路周辺に、人集りができている。ゼブラゾーンの中では、すでに候補者の演説が始まっていた。だが、まだ〝標的〟は着いていない。

そろそろ準備をしておいた方がいいだろう……。

〝シャドウ〟は部屋の中央に立ててあった脚立を壁際の影に移動させた。ちょうど窓のカーテンの隙間と、〝標的〟の位置、二本の脚立が直線上に重なるように並べた。

後ろの脚立に座り、位置を確認する。一度、下りて、少し右へ。前の脚立を、少し左にずらす。これで、ちょうどいい。

〝シャドウ〟は長テーブルの上に置いてあった電子キーボードのケースを開け、中からＦＸワイルドキャットＭＫⅢを取り出した。すでにレシーバーの上に取り付けられたビクセンの三四ミリスコープは入念に調整され、アルミ製のエアシリンダーには二〇〇ｂａｒの空気が充塡されている。

銃を手にし、最新のシンセティック素材のブルパップ式のストックを撫でた。

このエアライフルは、黒い悪魔のように美しい……。

〝シャドウ〟は銃を肩に掛け、電子キーボードのケースの中から小さな保冷ボックスをひとつ取り、それを持って脚立に上がった。

保冷ボックスの中には保冷材と、六・三五ミリ口径のソフトスラッグ型アマルガム弾が五発装塡された弾倉が入っている。

今日の奈良県の西大寺周辺の天気は曇り、最低気温二四・〇度。最高気温三一・七度……。

このアマルガム弾は、周囲の気温が融点の二七度を超えると溶けはじめる。いま、この部屋の中は館内のエアコンで二六度に調整されているが、精密な射撃のためにはぎりぎりまで保冷ボックスに入れておいた方がいい。

〝シャドウ〟は後方の脚立の上から二段目に座り、前方の脚立の最上段に上着を丸めて銃座を作った。その上にＦＸワイルドキャットＭＫⅢを固定し、ビクセンの三四ミリスコープを覗いた。

ちょうどいい。レンズの視界の中に、北口ロータリーの前のT字路や、その背後の工事現場が見える。

スコープのレティクルを、ゼブラゾーンの囲いの中に置かれた四角い演説台に合わせる。横断歩道の周囲に立てられた〝自憲党〟〝次の時代を切り開く〟などと書かれた数本の幟《のぼり》が少しじゃまになった。

だが、問題はない……。

外の様子が、急に騒がしくなった。

どうやら〝標的〟が、着いたようだ……。

一一時一八分——。

田布施元首相ら一行は予定より少し遅れて、街頭演説の会場に到着した。

二台の車が、駅の北口に向かう道に入ってきた。沿道に集まる聴衆が気付き、拍手で迎える。

車列は、T字路の手前で停まった。二台の車のドアが開き、SPや秘書らが降りて周囲を警戒する。

最後に西川秘書が、二台目の後部座席のドアを開けた。SPに囲まれ、田布施元首相が路上に降り立った。

周囲の拍手と歓声が、一段と大きくなった。

田布施は道の西側に集まる聴衆に笑顔で手を振りながら、ゆっくりとした足取りで演説の場に向かった。

蓮見は周囲の聴衆の動きに気を配りながら、田布施の盾になるように付き添った。

今回、この街頭演説に付く警察官は全部で六人。前日に奈良入りが決まったため、正規のSPは警視庁警備部の蓮見を含む二人と、もう一人は田布施専属の女性警察官の計三人。あとの三人は全員、奈良県警の警察官だ。

いずれにしても急ごしらえの警護チームだ。

このような〝現場〟に馴れていないし、人数も少ない。時間が押しているので、細かく打ち合わせをする余裕もなかった。

上着の襟に仕掛けた小型マイクに向かい、指示を出した。

「警護は全員、ゼブラゾーンの中に立て。背後は私が見る。前方の聴衆の動きを警戒しろ」

演説台の下では、マイクを持った司会者が〝主役〟の田布施元首相の紹介を始めた。

田布施は六七歳とは思えない身軽さでガードレールを越え、ゼブラゾーンに入った。

応援を受ける藤田候補が演説台を下り、両手で田布施の手を握る。

マイクを受け取り、演説台に上がった田布施は、聴衆に一礼した。

左背後にタスキを掛けた候補者が立ち、六人の警護チームが二手に分かれて秘書や後援会のメンバーと共に田布施の前後に散った。

蓮見はゼブラゾーンの左側、演説台の背後に立ち、周囲を見渡した。

警護官も、関係者も、すべてが前方の聴衆を見ている。背後のバスターミナルの角に、一名。本来ならば選挙カーで壁を作るはずの田布施元首相の背後には、自分と藤田候補、選挙の関係者が立っているだけだ。

完璧なポジショニングだ。

これで、〝何か〟が起こる……。

「皆さん、こんにちは。田布施博之でございます。本日はお暑い中をお集まりいただき、誠にありがとうございます……」

一一時二八分、田布施が、応援演説の第一声を放った。

聴衆から、拍手が起きた。

上沼卓也は、北口駅前広場からその光景を見ていた。

ロータリーの歩道に沿って、ゼブラゾーンに向かう。誰も、見ていない。

バス停の前を通り過ぎ、ロータリーの角で立ち止まった。目の前の幹線道路にバスやトラックが行き来し、その間に演説台の上に立つ田布施の背中が見えた。

上沼は、演説を聞きながら思った。

ここからなら、〝殺れ〟る……。

スコープのレンズの中の視界に、動きがあった。

〝標的〟が拍手に応えながら演説台に上がってマイクを握り、第一声を発した。

――皆さん、こんにちは。田布施博之でございます――。

〝シャドウ〟はFXワイルドキャットのマガジンゲートを開け、保冷ボックスの中で冷やしていたアマルガム弾の入った弾倉をセットした。

ゲートを閉じ、〝標的〟の周囲の動きを見張り、〝オズワルド〟を探した。

ショルダーバッグを肩に掛けた男が一人、駅前のロータリーを横切り、歩道の角に立った。

〝あれ〟だ……。

〝シャドウ〟はバイアスロン式レバーを操作し、初弾をチャンバーに送り込んだ。

ビクセンの三四ミリスコープのレティクルを、ネクタイをしていない〝標的〟の頸の付け根に合わせた。

呼吸を整え、意識を研ぎ澄ませた。


目の前を白い車が走り過ぎた。

その向こうのガードレールの中で、田布施元首相は懸命に応援演説を続けていた。

その時、幹線道路の左手から、男が乗った自転車が走ってきた。その自転車が、田布施の背後を通り過ぎた。

車の流れが途切れた。

田布施の背後に立つSPの一人が、後ろに組んだ手を二回、握ったり開いたりを繰り返した。

いまだ……。

上沼は移動しながら、ブルーのショルダーバッグの中から銃を抜いた。

蓮見はその動きを見ていた。

自分の立ち位置を変え、田布施の背後から離れた。

殺れ！


上沼は自転車が行き過ぎるのを待ち、道路を渡った。

およそ七メートルの距離で、銃を田布施に向けた。

「……彼はできない理由を考えるのではなく……」

田布施がそういった次の瞬間、引き鉄を引いた。

ドーン！

田布施が炸裂音に驚き、演説を中断して振り返った。

悲鳴。周囲が一瞬、固まったように止まった。

上沼は立ち尽くす田布施にさらに歩み寄り、今度は五メートルの至近距離から引き鉄を引いた。

〝シャドウ〟はビルの五階の影の中で、その瞬間を待っていた。

一発目の銃声と同時に〝標的〟が背後を振り返った。その頸に、照準を合わせた。

二秒後……。

二発目の銃声の直前に、ＦＸワイルドキャットの髪の毛のように軽い引き鉄を引いた。

ごく小さな空気音と共に六・三五ミリのアマルガム弾が発射された。

弾はスコープの視界の中を七〇〇フットポンドに加速し、〝標的〟の右頸部に向かって吸い込まれていった。

着弾！

命中した。

〝標的〟の体がよろけ、ガードレールの上に崩れ落ちた。

〝シャドウ〟は即座にレバーを操作し、二弾目をチャンバーに送り込んだ。

路上にうずくまるように倒れた〝標的〟の頸に照準を合わせ、二発目の引き鉄を引いた。

これも命中した！

〝標的〟の体が仰向けにころがった。

もう十分だ……。

〝シャドウ〟はまだ予備のアマルガム弾が三発残っているＦＸワイルドキャットを肩に掛け、脚立から下りた。

いまごろ、命中したアマルガム弾は、〝標的〟の心臓の中で液化していることだろう。

七月八日午前一一時三一分、田布施元首相銃撃事件発生——。

ＳＰの一人がゼブラゾーンから背後の道路に向かって走り、手製の銃を持った男に飛び掛かった。

蓮見も、駆け寄る。

さらにそこに県警の三人の警官が応援に入り、〝犯人〟の男の腕を後ろ手にねじ上げ、路上に押え込んだ。

「犯人、確保！」

警官の一人が叫び、男に手錠を掛けた。

路上には、犯人が撃った手製の銃が落ちていた。

「ここを頼む……」

蓮見は〝犯人〟を四人にまかせ、倒れた田布施のもとに向かった。

周囲には悲鳴が交錯し、関係者や聴衆が入り乱れて駆け回り、収拾がつかない状態だった。

——誰か医療関係の人はいませんか——。

演説用のマイクを手にし、誰かがそう叫んでいた。

蓮見は歩きながら、時計を見た。

一一時三三分……。

他にやることは、ひとつだけだ。救急車を手配し、田布施を〝所定〟の病院に運ぶ……。

街頭演説の場に戻ると、田布施はブルーシートに囲まれた血溜まりの中に仰向けに倒れていた。

ジャケットとシャツの胸を開き、何人かの関係者が囲んで応急処置を施していた。だが、すでに意識はない。その輪の中にいた警視庁の女性ＳＰが蓮見に気付いて振り返った。女性ＳＰは「ダメです……」というように首を横に振った。

「救急車は手配したのか？」

蓮見が訊いた。

「はい、一応は。でも……」

女性ＳＰがそういって、目の前で田布施の治療に当っている男の方を見た。手際の良さと、周囲への指示の出し方を見ていると、どうやら医療関係者のようだ。

「この現場を指揮する警備担当の蓮見です。容体はどうですか……」

蓮見が男に訊いた。

「医師の吉村《よしむら》です。その〝キョウワタウン〟の中のクリニックの医師です。田布施さんはたいへんに危険な状態です。救急車では間に合わないので、いま私がドクターヘリを手配するように指示しました。これから、〝国立奈良医大病院〟の方に搬送してもらいます……」

何だって？　ドクターヘリで〝国立奈良医大病院〟に搬送するだって？

これは想定外の〝アクシデント〟だ……。

蓮見は呆然と目の前の〝キョウワタウン〟ビルを見上げた。

〝吉村内科クリニック〟をはじめ、看板には様々な医療機関の名前がずらりと並んでいた。迂闊だった……。

だが、もう手遅れだ。ここは成り行きにまかせるしかない。

〝シャドウ〟はエレベーターで一階に下り、ビルを出た。

駅の方向に人集りができていた。その騒ぎを一瞥し、肩に電子キーボードのケースを掛け、逆方向に歩き出した。途中の路肩に、候補者の選挙カーが駐まっていた。

立体駐車場に着き、エレベーターで四階に上がる。朝とは違い、一〇台ほどの車がまばらに駐まっていた。

シルバーのトヨタ カローラに歩み寄り、リモコンキーで鍵を解除した。エアライフルの入ったケースをトランクに入れ、自分は運転席に座った。

イグニッション・キーを回し、エアコンで車内が冷えるのを待ち、サムスンのスマホで電話を一本、掛けた。

「〝私〟だ。〝仕事〟は終わった。部屋のクリーニングを頼む……」

それだけをいって、電話を切った。

ギアを入れ、スロープを下る。料金を精算し、立体駐車場を出た。

駅の方では、まだ騒ぎが続いていた。

遠くから、救急車のサイレンが聞こえてきた。

午前一一時四〇分――。

ドクターヘリを管理する『南奈良総合医療センター』に、大和西大寺の消防から出動要請が入った。

当初の報告では、「高齢男性が銃撃を受け心肺停止」という説明だった。

間もなく、ヘリは基地を離陸。着陸地点に指定された平城宮跡に向かう途中で、当該の高齢男性が「田布施元首相」であることを知らされた。

一一時五二分、指定地点に着陸。五分後の一一時五七分に、一キロ離れた大和西大寺の銃撃現場から田布施元首相を乗せた救急車が着いた。田布施元首相を収容し、応急処置を施した後、〇時一〇分すぎに平城宮跡を離陸した。

ドクターヘリに収容された時点で、田布施元首相はすでに手の施しようのない状態だった。少なくとも頸部に二カ所、他に肩などに二発から三発の銃創があり、救急の報告どおり完全に心肺停止の状態だった。血圧と体温も下がり、機内で人工呼吸や骨髄内への輸液などの心肺蘇生の処置を試みたが、まったく生体反応が戻らなかった。

銃撃からおよそ五〇分後の〇時二〇分、ドクターヘリは奈良県橿原市の『国立奈良医大病院』に着陸。治療は同病院の医療チームに引き継がれた。

担当の福山秀夫《ふくやまひでお》教授はテレビのニュースで事件を知り、すでにこの時点で医師や看護師など一〇名のチームを編成して準備を進めていた。だが、緊急手術を行ない、一三リットルにも及ぶ輸血を試みたが、ついに田布施元首相は蘇生しなかった。

同日、午後五時三分――。

東京から夫人が到着するのを待って、田布施博之元首相の死亡が確認された。司法解剖の結果、死因は左右の鎖骨下動脈損傷による失血死。右頸部に着弾した銃創は、田布施元首相の心臓にまで達していた。

のちに担当の福山教授は、記者会見の場で次のように語った。

――銃の傷は正面の首の中央と、五センチほど右側の二カ所にあり、体内に二発の弾丸が入ったとみられます。心臓の壁に穴が開いており、一発が心臓に達していた――。

つまり致命傷となった弾丸は、右頸部から心臓に、つまり〝上から下〟に向かって撃たれていたことになる。

福山はさらに、こう付け加えた。

――左の肩に別の傷があったので、一発はそこが射出口だったと考えています。しかし、もう一発は貫通した跡がないのに、(体内から) 見つからなかった――。

弾丸は、田布施元首相の体内で消えてしまったのだ。


〝世界神域教会〟の教祖、朴天進はこの日、東京のホテルの部屋に引き籠もりテレビにかじりつくようにして画面を見つめていた。

昼ごろに〝田布施元首相銃撃される〟のテロップが流れて以来、どのチャンネルも特別番組を組み、〝事件〟の続報を放送し続けていた。

いったい、何ということだ……。

この選挙期間中に、田布施元首相に〝重大なアクシデント〟が起きる可能性のあることは、事前情報として耳に入っていた。

田布施が応援演説中に何者かに襲われるとか、何らかの政治的なスキャンダルが流出して自憲党が大敗するということは、十分に想定できることだった。だが、まさかあの田布施が、この日本で銃撃されるとは……。

午後五時過ぎ――。

番組の画面に〈――田布施元首相死亡――〉のテロップが流れた。

あの田布施博之が、死んだ。

その瞬間、朴天進は、胸で十字を切った。

「神よ、我らに罪を犯す者を我らが赦すごとく、我らの罪も赦したまえ……。アーメン……」

目を閉じて祈りを捧げながら、様々な思いが胸に去来した。

いったい、誰が田布施を〝殺した〟のか。

こんなことが、ニュースで報道されているようにあの一人の愚かな若者によって成し得る訳がない。この〝事件〟には、絶対に裏がある。

白い馬のグローバリストか。もしくは黒い馬のディープステートの仕業か。いずれにしても〝事件〟は、裏に世界規模の巨悪が絡む〝陰謀〟以外の何物でもない。

同時に朴天進は、自分の置かれている立場の危うさに気が付いた。

まさか、そんなことが……。

自分はなぜこの時期に、日本に呼ばれたんだ……？？？

どうやら自分は、謀《はか》られたようだ。

一刻も早く適切な手をうたないと、まずいことになる。

翌七月九日——。

〝世界神域教会〟は前日の田布施博之元首相〝狙撃事件〟に関して、声明文を発表した。

〈——最初に田布施博之元首相の御逝去に接し、心からの哀悼を捧げます。

(中略) 銃による上沼容疑者の犯罪と当世界神域教会を結びつける悪なる意図をもった一切の行為に関して謝罪を求め、撤回を願います。

以上。

世界神域教会——〉

その後〝事件〟は上沼卓也の単独犯行として、独り歩きをはじめた。

第三部　陰謀論

1

七月一三日、参議院選挙投票日の三日後――。

どんよりとした雲が、奈良市の不穏な夏空を覆っていた。

目の前に走る片側一車線の県道１０４号線――谷田奈良線――には、あの日のことはもう忘れたかのように、ひっきりなしにバスやトラックが行き来していた。

いまも近鉄大和西大寺駅の北口ロータリーからバスが一台出てきて、ディーゼル音を唸らせながら、街道を西に向かって走り去った。

曇ってはいても、今日も気温は摂氏三〇度を超えているだろう。こうしてここにいると、汗の滲む皮膚に排気ガスや目に見えないディーゼルの粉塵が粘り付き、自分自身が灰色にくすんでいくような奇妙な錯覚に襲われる。

雑誌『週刊サブジェクト』の記者、一ノ瀬《いちのせ》正隆《まさたか》は、交差点の角の歩道に立ち、周囲の様子と人の流れを眺めていた。

それにしても、どうしてこんな所で……。

そんな思いが、脳裏を掠《かす》める。

一ノ瀬がそう思うのには、二つの理由がある。

ひとつは、どうしてこんな場所で日本の政界で絶大な権力を振るったあの田布施博之が〝暗殺〟されたのか……。

批判されることもあるが、田布施ほど実績を残した首相は他にいない。歴代最高の通算八年という長期安定政権を通じた外交戦略の手腕は、誰もが認めるところだろう。戦後最強といわれた日米同盟関係の構築や、「自由で開かれたインド太平洋戦略」構想による安全保障政策の強化は、彼でなくては成し得なかった功績だ。その世界を動かした政治家でもあった田布施が突然その未来を絶たれる舞台として、この場所はあまりにも侘《わび》しく、殺伐としていた。

もうひとつは、そもそもなぜこんな場所で、元首相の田布施博之の街頭応援演説が行なわれたのか……。

整備された南口ではなく、寂れた旧駅前広場側の北口でやることを誰が決めたのか……。

田布施の政府要人としての〝格〟を考えても、当日の警察の警備態勢も含めて、一ノ瀬は理不尽なものを感じた。

だが、五日前のちょうどいまごろ、目の前のT字路の交差点の真ん中に田布施元首相が藤田潔候補の応援に立った。その街頭応援演説の最中に、あの忌まわしい〝事件〟が起きたことは事実なのだ。

いまも一ノ瀬の眼前の事件現場のゼブラゾーンには、ガードレールの周辺に花やお酒、お茶のペットボトルが並んでいる。横断歩道を渡りながら事件現場に立ち止まり、手を合わせていく者がいる。

歩道に仮設されたテントの献花台には、やはり花束が山のように積まれ、いまも引っ切りなしに人が訪れては花を手向《たむ》けていく。

亡くなった田布施元首相がそれだけ人気があり、慕われ、国民が悲しみに暮れているということだろう。

それにもまして、今後の日本はどうなるのか。田布施元首相が残した世界における日本の政治的、経済的地位やインド太平洋の安全保障構想は、誰が引き継ぐのか。指導者を失った日本の損失は、計り知れないものがある。

一ノ瀬は、人々の動きに目を配る。

全国から集まる弔問者にまじり、新聞各社の記者やテレビ局の取材陣など、メディアの人間も多い。自分と同じ、顔見知りの週刊誌の記者の姿もある。

いま、道路の北側から現場に向かって歩いてくる制服と私服の男数十人の集団は、所轄の奈良西警察署と県警警備部、捜査一課の連中だろう。

だが、どうして参院選投票日三日後の今日になってから、県警による本格的な〝現場検証〟が始まったのか。逆にいえば、〝元首相暗殺〟という重大事件でありながら、どうして今日まで〝現場検証〟が行なわれなかったのか——。

考えてみれば、今回の〝田布施博之銃撃事件〟には、不可解な点が多すぎる。

典型的なのは、事件が発生した翌九日の新聞各社の見出しだった。

〈——田布施元首相　撃たれ死亡——〉

読売、朝日、毎日、産経、日経の大手五紙の一面の見出しが、一字一句違《たが》わずに完全に一致していた。

〝記者クラブ〟に所属する各社の記者たちが、同じ警察の記者発表を元にして一面の記事を組んだにしても、ここまで一致するということが有り得るだろうか。しかもその後の記事の内容まで、各社は申し合わせたように同じだった。

実行犯の男は、奈良市の集合住宅に住む上沼卓也、四一歳——。

京都大学卒の技術者の父と建築会社社長の娘の母との間に、一九八〇年九月に三重県で生まれた。だが、男が四歳の時に父は自殺し、母の実家があった奈良県に移住。その後、母が〝ある団体〟に入信して一億円を超える献金を行ない、自己破産。それが原因で男は大学にも進学できず、海上自衛隊の佐世保教育隊に入隊するが、自身も二〇〇五年に自殺未遂騒動を起こしている。

男は警察の取り調べに対し、「母親が〝ある団体〟に入会した影響で家庭生活がめちゃくちやになったことがそもそもの元凶……」で、「(同団体を) 絶対に成敗しなくてはならないと思った……」と供述。その〝ある団体〟と関係が深いと思ったことから、「田布施元首相を狙った……」とする単独犯行という結論で、各社とも記事の内容は揃っている。

ここまで大手五社の論調が統一されてしまうと、それがひとつの〝既成事実〟として世論に認知されてしまうことになる。だが、それが本当に〝真実〟なのか……。

例えば、大手五社が足並みを揃える〝ある団体〟という表現だ。それが韓国の〝世界合同教会〟――『世界合同基督教教会』――であることは、マスコミ関係者の間では当初から周知の事実だった。それでいて、五大新聞とテレビなどの大手メディアは、その名前を一切報じなかった。

実際に海外のメディアは、当初から『世界合同基督教教会』の名を隠蔽することなく報道していた。

アメリカの『ワシントン・ポスト』は七月一二日の電子版に、〈――田布施元首相と世界合同基督教教会の朴天明はいかにして蜜月の関係になったのか――〉という論調で、実行犯上沼卓也の犯行動機を分析する記事を掲載。〝合同教会〟の名を公表した。

この記事を書いたのは、ピューリッツァー賞受賞記者のマーク・フィッシャーだった。他にも欧米のいくつかの新聞やタブロイド紙が、〈――〝事件〟の背後に〝合同教会〟の影――〉があることを隠すことなく報道していた。

日本の警察は〝合同教会〟の名を公表せず、メディアはわかっていながら口裏を合わせ、それを報道しなかった。

なぜなのか——。

その理由が与党〝自由憲民党〟に対する忖度《そんたく》にあったことは明らかだ。

選挙期間中に田布施元首相と〝合同教会〟の関係が明らかになり、今回の〝事件〟の報道に便乗して世論の追及が強まれば、おそらく投票に影響が出ていたことだろう。

今回の参院選は、〝自憲党〟が大敗していた可能性もあった。

だが、警察もメディアも七月一〇日の投票が終わるまでは固く口を閉ざし、〝合同教会〟の名を隠し通した。

結果、今回の参院選は田布施元首相の〝弔い合戦〟という追い風が吹き、〝自憲党〟が予想以上の勝利を飾った。

日本の警察とメディアは、〝記者クラブ〟を通じた完全な共犯者だ。

日々報道される、民衆が〝事実〟と信じるものは、単なるフェイクストーリーにすぎない。

たとえば今回の、〝田布施元首相銃撃事件〟もそうだ。警察が記者クラブで発表し、メディアが報道する内容が、本当に〝事実〟なのか。それとも、まったく異なる〝真実〟が他に存在するのか……。

いずれにしても参院選は三日前に終わった。つまり、〝合同教会〟の名も、解禁になったということだ。

昨日、七月一二日の火曜日あたりから、一ノ瀬が『週刊サブジェクト』に書いた記事を含めて、各週刊誌に〝事件〟の新しい情報が出はじめた。警察が記者発表した〝ある団体〟が実は韓国の有名な宗教法人であり、その団体名が〝合同教会〟であることも隠し切れなくなってきている。

今後、〝自憲党〟と〝合同教会〟との親密な協力関係が明るみに出るにつれ、世論は大騒ぎになるだろう。〝自憲党〟も、その対応に追われることになる。

一ノ瀬はそんなことを考えながら、県警の集団の動きを注視した。

捜査陣はいくつかの集団に分かれ、田布施元首相が撃たれたT字路中央のゼブラゾーン周辺に散開し、〝現場〟をビニールシートで取り囲んだ。

なぜいまさらそんなことをするのか。

〝事件〟からすでに、五日も経っているのだ。田布施元首相の血痕はもう洗い流されているし、〝消えた弾丸〟などの物証も残ってはいないだろう。何をやっても、茶番劇としか映らない。

県警の捜査班の中から刑事と鑑識が数人分かれ、歩道を北に向かって歩き出した。

メディア各社の取材陣が、列を成すようにその後に続く。一ノ瀬も、最後尾からついていった。

捜査班は〝キョウワタウン〟ビルの前を通り、ワンブロック先の立体駐車場の建物の角に集まった。

鑑識の一人が取材陣が追い付くのを待ち、頭上を見上げ、立体駐車場の壁面を指さしながら説明する。

「下から見て、壁に直径一〇ミリほどの弾痕のような穴が開いているのが見えますか。二階の壁の一番下の穴が、高さ四メートル。二番目の穴が、高さ五メートル。三階の壁の一番上にある穴が、高さ八メートル……。それぞれの穴の中からは弾丸の破片と見られる金属片が複数見つかっておりまして……。また同じような弾痕のようなものは田布施元首相が演説していた場所から二〇メートルほど北側の路上に駐車されていた選挙カーの看板からも発見されており……。この立体駐車場と選挙カーはおよそ九〇メートルの直線上に位置していて……」

その説明は同じ捜査班のメンバーにというよりも、むしろ周囲に集まる取材陣に対してなされているように聞こえた。いわばパフォーマンスだ。

つまり上沼卓也という実行犯が田布施元首相に向けて放った手製の散弾銃は、外れた弾丸が九〇メートルも飛び、この立体駐車場のＡＬＣボード（気泡の入ったコンクリートボード）の外壁に穴を開けた。三発の内の二発は、ボードを貫通していた。

それほど威力のある銃なのだから、それを五メートルの至近距離から発射すれば、田布施元首相の体を貫通しても当然ではないのか――。

警察はおそらく、そういいたいに違いない。

これは〝現場検証〟ではなく、取材陣に対する単なる〝辻褄合わせ〟だ。

一ノ瀬は捜査班の説明を聞きながら、そう感じた。

そして、思う。

そもそも手製の黒色火薬を使った散弾銃で、その弾丸が九〇メートルもほぼ直線に飛び、コンクリート素材の壁に穴を開けることなど有り得るのか……。

一ノ瀬はそれほど銃の知識はないが、それでもどこか違和感を覚えた。

だが、あの地面から八メートルも上に着弾した弾痕が、本当に上沼容疑者の銃から発射されたものだとすれば……。

ひとつの仮説を裏付ける状況証拠とはなり得る。

つまり、上沼は低い位置から演説台に立つ田布施元首相に向けて――〝下〟から斜め〝上〟に向けて――銃撃したことになる。だったら〝事件〟当日の『国立奈良医大病院』の福山秀夫教授の記者会見の内容は、いったい何だったんだ？

一ノ瀬は立体駐車場の〝穴〟に夢中になる捜査班と取材陣の集団を離れ、一人で交差点の殺害現場の方に戻った。

途中、右手に聳える〝キョウワタウン〟ビルを見上げた。

〝事件〟直後の七月九日あたりから、〝国立奈良医大〟とこの〝キョウワタウン〟を巡り、様々な憶測と情報が錯綜した。

〝事件〟は本当に、上沼卓也による単独犯行だったのか――。

それならばなぜ、田布施元首相の致命傷となった銃創が、右頸部から入って心臓にまで達していたのか――。

つまり、銃弾は〝下〟から〝上〟にではなく、〝上〟から〝下〟に向けて撃たれたのではなかったのか――。

もし〝上〟から撃たれたことが事実ならば、上沼容疑者以外に〝第二の狙撃手〟がいたのではないか――。

その〝第二の狙撃手〟が潜んでいた場所は、銃創の角度からして、〝現場〟の交差点の左角に建つこの〝キョウワタウン〟ビルの四階から上ではないのか――。

その時、頭上を見上げながら歩いていた一ノ瀬の腹に〝何か〟がぶつかった。

「痛《いて》え！」

よろけながら振り返ると、歩道の上に初老の男が尻もちをついて倒れていた。

「あ、すみません……」

一ノ瀬は手を貸し、男を助け起こした。

灰色のくたびれたズボンに白い半袖シャツという服装を見ると、所轄の刑事だろうか。

「気ぃ付けろや……」

男がいった。

「すみません。よそ見をしていたので……」

一ノ瀬はもう一度、謝った。

「まあ、しゃーないな。おれも、上を見て歩いとったからな。あんた、〝ブン屋〟さんかい」

男が一ノ瀬が袖に付けている〝ＰＲＥＳＳ〟と書かれた腕章を指さした。

〝ブン屋〟などという言葉を使うところを見ると、やはり刑事なのだろう。

「そうです。新聞ではなく、〝雑誌〟記者ですが……」

一ノ瀬はそういって、慌てて『週刊サブジェクト』の名刺を渡した。〝記者クラブ〟に入っていない雑誌記者にとって、〝現場〟で知り合った刑事は貴重な情報源になる。

「なんや、〝雑誌屋〟か。まあ、もろとこうか……」

男は名刺をシャツのポケットに入れると、そのまま立体駐車場の方に立ち去った。

変な男だ……。

一ノ瀬はまた、交差点に向かって歩き出した。

2

翌七月一四日――。

『週刊サブジェクト』の七月二一日号が発売になった。

この号に、一ノ瀬正隆が書いた〝田布施元首相銃撃事件〟の第一報が掲載された。

編集部のチームが担当するメインの記事ではなく、一ノ瀬が書いたのは切り口の違う見開き二ページの署名コラムだった。だが、予想していたとおり、反響は大きかった。

特に注目されたのは、文中のこの部分だった。

〈――『誰が田布施元首相を〝暗殺〟したのか』

(前略) 国立奈良医大の担当医、福山教授の所見によると、田布施元首相の致命傷となった銃創は、弾丸が右頸部から入って左胸の心臓の近くで止まっている。だが、実行犯とされる上沼卓也が演説台の上に立つ田布施元首相を低い位置から銃撃したことは、当日のニュース番組の映像などを分析しても明らかだ。

まさか、その銃弾が空中でUターンして戻ってきて、田布施元首相の頸部に当ったなどということは物理的にあり得ない。

この奇妙な矛盾を合理的に説明する方法は、ひとつしかない。実行犯は上沼以外に複数いて、第二、第三の狙撃手が現場周辺のビルに潜み、三階以上の上階もしくは屋上から田布施元首相を狙撃したという仮説だ。(中略)

もうひとつ奇妙なことは、致命傷となった銃弾が、田布施元首相の体内で消えてしまったことだ。少なくともこの銃弾は貫通した形跡がなく、国立奈良医大の司法解剖の際にも見つかっていない。

奈良県警はこれを「病院(もしくは路上)で救命処置をしている最中に体外に出て、行方がわからなくなった可能性がある」と説明する。だが、そんなことが理論的にあり得ないことは、考えるまでもなく明らかだ。しかもその当の警察は、事件から二日が経った今日まで本格的な現場検証を行なっていない。

この消えた銃弾について、銃のマニアによる「何者かが岩塩などの体内で溶ける銃弾を使って狙撃したのではないか」とする説もネット上に出回っているが、いまのところは明確な理由はわかっていない。

いずれにしても今回の事件は、最初から「上沼卓也の単独犯というシナリオありき」という感がある。

いったい警察は、何を隠そうとしているのか。今回の事件の背後で、何が起きているのか。そして誰が、田布施元首相を暗殺したのか。

事件の真相を解明しなければ、日本は田布施元首相を失った大きな損失をされるがままに受け入れ、暴力による言論の封殺を認め、民主主義を放棄したことになる（後略）――〉

この日、七月一四日の時点で〝複数犯行説〟の可能性に触れて報道しているのは、大手メディアでは二社だけだ。

だが、いずれも〈――単独犯か否かも含めて捜査中――〉という切り口であり、その可能性を肯定する内容ではなかった。他に〝自憲党〟の一部の議員からも〝事件〟の真相を究明しようという動きは出てきているが、いまのところはツイッターやユーチューブを介した情報公開だけで、正式な〝報道〟というレベルには達していない。

一ノ瀬は、「勝った！」と思った。

週刊誌のフリーの記者は、サバイバルの世界に生きている。他社に限らず、自社の仲間の記者も含めて、日々が〝スクープ〟の抜き合いだ。

〝スクープ〟を抜けば、金になる。次号のページも取れる。この世界の宿命、いつ干されるかわからないという不安と危機感から逃れ、しばらくは〝自分の居場所〟を確保できたという実感に安堵する。

一ノ瀬は、運が良かったのかもしれない。

あの日、七月八日はたまたま県警の不祥事に関する記者発表があるという情報を得て、奈良県警に詰めていた。もし記事になるとしても、四分の一ページのワイド記事になるかどうかという小さな〝ネタ〟だった。

そこにちょうど、昼前のニュース番組で、〈――田布施元首相、奈良市内で銃撃される――〉というビッグニュースが飛び込んできた。

その瞬間、世界が終わったかのような衝撃と哀情を感じた。だが、一人の記者としてただ呆然としているわけにはいかなかった。

一ノ瀬は即刻、一日チャーターしていたタクシーで〝現場〟の近鉄大和西大寺駅北口に向かった。周辺はまだ、混乱の真っ只中だった。

ここで急いで取材し、目撃者の証言を取り、さらにタクシーで田布施元首相がドクターヘリで搬送された〝国立奈良医大〟に向かった。

着いてから二時間ほど経った午後五時三分、田布施元首相〝死亡〟の報が流れた。

その後、一ノ瀬は担当医の福山教授の記者会見を聞き、奈良市内に取っていたホテルに戻ってコラムの原稿を仕上げ、『週刊サブジェクト』の編集部に送信した。

だが、もちろん幸運だけが味方した訳ではない。

今回の〝スクープ〟の場合、最も重要なのはその〝切り口〟だった。

他社の週刊誌の記事の大半は〝実行犯〟上沼卓也の生い立ちや犯行の動機、警察のいう〝ある団体〟が〝合同教会〟――『世界平和合同家族教会』であることを特定することに懸命になっていた。どの記事も、〝上沼の単独犯行〟というシナリオに疑問すら呈していなかった。

その中で一ノ瀬だけは、〝消えた弾丸〟と〝射角〟に着目した。その二つの状況証拠から〝第二のスナイパー〟の存在を導き出し、それを記事の切り口とした。

今回の〝事件〟は絶対に上沼卓也の〝単独犯行〟ではない。絶対に〝裏〟がある。

あとはそれを記事にする度胸と筆力、そして編集部に企画を通す説得力があればよかった。今回の記事は、そのすべてが揃った。それが勝因だった。

一ノ瀬はその日、二日間の日程の奈良取材を終え、一二時三〇分京都発の〝のぞみ224号〟に乗った。

京都駅のキヨスクには、一ノ瀬が記事を書いた『週刊サブジェクト』の七月二一日号が山のように積まれていた。

気分が良かったので、売店で好物の『いづう』の鯖姿寿司とビールを買い、グリーン車の指定席に座った。列車が動き出すのを待って、さっそくビールのタブを起こした。渇いた体に、冷たいビールが染み渡る。掛け値なしに、美味かった。今回は、このくらいの贅沢も許されるだろう。

これから飯を食ってひと眠りして、この新幹線が東京駅に着くのが一四時四五分……神保町の編集部に戻るのが一五時半……。

取材データを整理して原稿を書きはじめるにはちょうどいい時間だ。来週発売の第二弾が四ページ見開きの〝メイン〟に格上げされても、明日夜の〝〆切〟までには十分な時間がある。

一ノ瀬はビールを飲み、飯を食い終え、シートの背もたれを倒して少し眠った。


予定よりも少し早く編集部に戻り、一ノ瀬は取材用のショルダーバッグを自分のデスクの上に置いた。

息をつく間もなく、取材ノートとパソコンを広げる。ともかく一刻も早く、データ原稿だけは仕上げておかなくてはならない。その後に前回と同じコラムとなるのか、一ノ瀬の署名の見開き記事になるのかは、編集部の判断になる。

取材から戻り、自分のデスクに座る一ノ瀬の様子を、同僚の記者たちがそれとなく気にしている。編集部の様子が、いつもとどこか違う。

まあ、あのような記事をモノにした後なのだから、そんなこともあるだろう。

それよりも、次号の記事だ。

次は、主題をどこに置くか。いまの段階で、〝事件〟の〝背後関係〟を明らかにするのは、難しい。それよりも今回は、〝射角〟と〝消えた弾丸〟に的を絞るべきだろう。

〝真犯人〟はどのようなトリックを使ったのか……。

内容によっては今夜、もしくは明日の日中までに、銃の専門家を当って追加取材が必要になるかもしれない。

そんなことを考えている時に、後ろから声を掛けられた。

「一ノ瀬さん、お帰りなさい……」

振り返ると、同じ契約記者の高村美恵《たかむらみえ》が立っていた。

「おう、ただいま。何だい……」

一ノ瀬はそういって、白いものが目立ちはじめた前髪を掻き上げた。

「さっき、森本《もりもと》さんが探してましたよ。取材から戻ったら、話があるって……」

〝森本〟というのは、編集長の森本誠のことだ。だが、森本のデスクを見ると、席にはいなかった。

「森本はどこにいる？」

一ノ瀬が訊いた。

「たぶん、第二会議室だと思う……」

おそらく、次号の記事をどうするかという相談だろう。

「わかった。行ってみよう」

一ノ瀬はそういって、席を立った。


会議室に入っていくと、そこにいた全員の視線が一ノ瀬に集まった。

編集長の森本の他に、副編集長の芳村忠彦《よしむらただひこ》。担当デスク――一ノ瀬の直属の上司――の増田《ますだ》直樹《なおき》。さらに編集局長の佐々木次郎《ささきじろう》と局次長の佐藤正春《さとうまさはる》まで顔を揃えていた。

だが、どうも様子がおかしい。

「一ノ瀬さん、そこに座ってください」

森本は編集長だが、歳は若い。だから一ノ瀬のことを〝さん〟付けで呼ぶ。

「何か、あったんですか……」

一ノ瀬が空いている席に座った。

「うん、まあ……。今回の記事のことなんですけれどね……」

森本以外の四人は、ただ難しい顔をして何もいわない。

「今回の記事に関しては、一定以上の反響があったと思います。次号に関しても今日、奈良の取材から戻りまして、これから例の〝消えた弾丸〟と〝射角〟について掘り下げる記事に仕上げようかと……」

「一ノ瀬君、だったね。ところが、そうもいかなくなってね……」

局次長の佐藤が、初めて口を開いた。

「いったい、どういうことでしょう……。何かあったんですか……」

一ノ瀬が、自分を取り囲むように座る全員の顔を見渡した。

「君はいま記事の〝反響〟といったが、ちゃんとネットでチェックしてるのか」

佐藤がいった。

「はい、一応は……」

今日の午前中、奈良を発つ前に、ツイッターなどの反応はチェックした。その限りでは、かなり好意的な反響が多かったはずだ。

「ネット上で〝炎上〟しているのを知らないのか？」

局長の佐々木がいった。

「〝炎上〟ですか……。それは、いったい……」

そういえばこの五時間ほど、ネット上の情報をチェックするのを忘れていた。

「私が説明します……」森本がいった。「一ノ瀬さん。あの記事が原因で、大変なことになってるんですよ。ネット上で〝炎上〟するだけじゃなくて、総務の方や編集部にも苦情の電話が掛かってきていて……」

「いったい何があったんですか」

「〝陰謀論〟だよ。君の書いたあの記事が〝陰謀論〟だと騒ぎになってるんだ」

「まさか……。それじゃあ、次号の記事は……」

「中止だ。〝上〟の方からも、そのような指示がきている。我が社の誌面にこれ以上、〝陰謀論〟の記事を載せる訳にはいかない」

局長の佐々木がいった。

3

翌週までの予定が、すべて飛んだ。

いや、一週間ではすまないかもしれない。もしかしたらしばらくは、仕事から外されることになりそうだ。

一ノ瀬は、覚悟していた。それが週刊誌の〝契約記者〟の宿命だ。

記事を書かなくてもわずかなギャラは入るが、それではいずれ食い詰める。かといって〝スクープ〟をモノにしようと無理をすれば、思わぬところで虎の尾を踏むことになる。常にその繰り返しだ。

もう何年も、絶えず綱渡りをしながらこの世界で生き残ってきた。こんなことにも、慣れている。

だが、わかってはいても、憤りを抑えられなくなることもある。

まだ外が明るいうちに編集部を出るのも、久し振りだった。

JRの水道橋駅まで歩き、総武線の中野方面の電車に乗って新宿駅で降りた。

学生時代から通っている新宿三丁目の焼き鳥屋で腹ごしらえをし、近くのバーで少し飲んだ。

それでも飲み足りなくて、足は自然とゴールデン街に向いた。

ここにも何軒か、馴染みの店がある。

小さな店の看板の明かりが灯《とも》る迷路のような路地を歩きながら、『鷲は舞い降りた』という古いバーの傾いたドアを引いた。

スツールが七つしかない小さなカウンターの中に、バーテンダーが一人。他に、客はいない。

一ノ瀬は店を入って左側の棚から自分のジェムソンのボトルを取り、それをカウンターに置いてスツールに座った。

バーテンダーの健介《けんすけ》が何もいわずにグラスと氷、炭酸、つまみのナッツの入った皿を一ノ瀬の前に置いた。この店のサービスは、それだけだ。

一ノ瀬は自分でグラスに氷、ウイスキー、炭酸を入れ、好みの濃さでハイボールを作り、口に含んだ。

グラスを置いてふとカウンターの中に目をやると、棚に発売されたばかりの『週刊サブジェクト』の今週号が目に入った。

「一ノ瀬さん、取材の帰り?」

健介が、一ノ瀬が取材の時にいつも持ち歩くショルダーバッグを見て、そう訊いた。

「うん、まあな……」

一ノ瀬はそういって、またウイスキーを口に含む。

「また奈良ですか。例の記事、読みましたよ……」

健介がいった。

そういえば先週この店に立ち寄った時に、記事が載ることを話した覚えがある。

「そうか、読んだのか……」

苦いウイスキーを、飲み干した。氷とジェムソンを足し、それを炭酸で割った。

健介がもう一本、炭酸を抜き、カウンターに置いた。

「面白かったですよ。そうですよね、あの〝事件〟が単独犯行のわけがない。田布施元首相を撃った弾が体の中で消えただなんて、手品じゃあるまいし……」

健介がそういって笑った。

「誰か、そのことについて何かいっていなかったか？」

一ノ瀬が訊いた。

この『鷲は舞い降りた』というバーは、元は冒険小説を書く作家たちが集まる文壇バーとして知られ、いまも作家や文芸誌の編集者、他に銃器や兵器の専門家たちの溜まり場的な店になっている。

「そういえば土曜日に大津《おおつ》さんが来て、面白いことをいってたな……」

〝大津〟というのはテレビでも有名な、銃器評論家の大津喜彦《よしひこ》のことだ。

一ノ瀬もこの店で、何度か顔を合わせたことがある。実は、次号もページを取れたならば、記事を書く前に取材したいと思っていた一人が大津だった。

「大津さん、何だって？」

「ほら、例の弾丸が体の中で消えちゃった件なんだけど、もう一人のスナイパーが〝ガリウム弾〟でも使ったんじゃないかって……」

「ガリウム弾だって？」

そういえば、確かにネット上に〝ガリウム弾〟という情報がかなり出ていたような記憶がある。

一ノ瀬はその場でアイフォーンを出し、グーグルで〝ガリウム弾〟を検索した。

〈――ガリウム弾

ガリウム弾（英・Gallium bullet）は、血液で溶ける性質を持った特殊な弾丸。「超硬度の鉛」と称される非常に硬い素材の弾頭部に、タングステンカーバイドよりも強靭な高比重・低金属抵抗物質であるガリウムを混入して作られているため高い貫通力がある。

概要

ナポレオン三世が創設した新大陸軍の軍医エミール・ビュレル博士によって開発され、清仏戦争（一八八四～八五年）で初めて実戦投入された。「非人道的な兵器」とされ、二一世紀に入った現在はほぼ実戦で使われなくなったが、フランス陸軍ではいまも対物ライフルＭ２４９用にガリウム弾が装備されている。

性質

ガリウムは融点が29・８℃と低く、人体に接触するとすぐに融解して体内に浸透する特性を持つ。

さらに、人体内で急激に熱膨張を起こしたガリウムは急速に冷却され固体化することで人体組織を破壊していく。

そのためガリウム弾を受けた人間は外傷性ショックだけでなく、体内でガリウムが炸裂する

ことにより内臓破裂や内出血を起こして深刻なダメージを負うことになる（後略）――〉

なるほど、これか……。

〝事件〟当日、田布施元首相の治療を担当した〝国立奈良医大〟の福山教授は、記者会見で「右頸部から入った銃弾が心臓まで達し、心臓とその周囲の動脈、組織が大きく損傷していた」と語っていた。

ところがこの記者会見の内容を、警察は真っ向から否定した。

〝事件〟の翌日の九日、奈良県警が発表した「司法解剖の結果」は、次のようなものだった。

〈――（田布施元首相の）左上腕部から体内に入った銃弾が、左右の鎖骨下にある動脈を損傷したことが致命傷になった。死因は失血死だった。

首にも二カ所の傷があったが、一カ所は銃弾によるものかはわからなかった――〉

司法解剖は八日の午後一〇時四〇分から六時間半にわたって実施されたというが、〈――一カ所は銃弾によるものかはわからなかった――〉といういい訳も含めて、何ともチグハグな感があった。「頸部から銃弾が入っていたのでは不都合……」だということなのだろう。

いずれにしても、「上沼の単独犯行というシナリオありき」の辻褄合わせとしか思えない内容だった。

「なるほどね。ガリウム弾というのは、面白いな。大津さん、他にも何かいってなかったかな？」

一ノ瀬はそういって、アイフォーンを閉じた。

ラインが何本か入っていたが、どうせ編集部からだろう。いまは、開いてみる気にもならなかった。

「そうだなぁ……。あの上沼という実行犯が使った銃はホームセンターでも買える鉄パイプ製で、ちょっと銃の知識があれば誰でも作れるとか……。あんな手製の散弾銃で、九〇メートルも離れた立体駐車場のビルに穴が開く訳がないとか……」

一ノ瀬の考えていることと同じだ。

だが、あの立体駐車場の壁の弾痕が実行犯グループ――もしくは警察――の〝仕込み〟であったとしても、それを証明することは難しいだろう。

「なるほどね……」

一ノ瀬は二杯目のウイスキーを飲み干し、三杯目のハイボールを作った。

「そういえば大津さんじゃないけれど、もう一人、面白いことをいってた人がいたな……」

「誰だい？」

「ついさっき、一ノ瀬さんが来る三〇分くらい前まで、香田《こうだ》さんがそこに座って飲んでたんですよ。ほら、昭和史が専門の、作家の香田義雄《よしお》さん。ここで会ったことあるでしょう」

「ああ、知ってるよ……」

文壇だけでなく、ジャーナリズムの世界でもよく知られた人だ。

「香田さん、さっきその席に座って、一ノ瀬さんの書いた奈良の〝事件〟の記事を読んだんですよ」

「ほう……。それで、何といっていた？」

「こんなことをいってましたね。今回の〝事件〟は昭和七年の〝五・一五事件〟や昭和二四年の〝下山事件〟、昭和六二年に起きた〝赤報隊事件〟と同じにおいがする、もしかしたら〝地続き〟なんじゃないかって……」

〝五・一五事件〟や〝下山事件〟と地続きだって？

それはどういう意味だろう……。

もし、来週も〝田布施元首相銃撃事件〟の記事を書けるのであれば、大津と香田には迷わず連絡を取っていただろう。だが、いまの一ノ瀬には、その情報を生かした記事を書くこともできない。

「次の号が楽しみですね。一ノ瀬さん、続編、書くんでしょう」

健介がいった。

「いや、それが、おれはもうこの〝事件〟からは手を引くことになった……」

一ノ瀬はそういって、苦いウイスキーを口に含む。

「手を引くって、まさか書かないんですか。何で……」

「まあ、社内でいろいろあってさ……」

もう一杯、作ろうかと思った時に、店のドアが開いた。

他に客が来たらしい。何気なく入口に視線を向けると、ジャケットを着たショートボブの女が立っていた。

同じ編集部の高村美恵だった。

「一ノ瀬さん、ここにいたんですか……」

美恵がそういって、カウンターの一ノ瀬の隣の席に座った。

「よく、ここがわかったな……」

「わかりますよ。一ノ瀬さんが行くような店、そう何軒もないし。ライン、見なかったんですか。私にも一杯ください」

美恵が健介からグラスを受け取り、ボトルから勝手に自分と一ノ瀬の分のハイボールを作った。

そういえば、ラインが何本か入っていた。アイフォーンを開いて確認すると、すべて美恵からのラインだった。

「何か、用だったのか?」

一ノ瀬が、グラスに口を付けた。

「ええ……。副編の芳村さんから聞きました。次号の企画、〝上〟に〝潰された〟んですって?」

美恵も契約記者の中では、一ノ瀬と同じくらいのキャリアだ。歳もそろそろ四〇になるはずだ。いまの編集部でも、副編以下のデスクはすべて美恵よりも歳下だ。

「さすがに耳が早いな……」

だが、次の美恵のひと言が、一ノ瀬には意外だった。

「なぜ〝潰された〟か、本当の理由、知ってますか？」

美恵がそういって、マールボロのメンソールに火を付けた。

「おれにも一本くれ」

「どうぞ」

美恵がよこした箱からマールボロを一本抜き、火をつけた。

「おれは、局長の佐々木から、あの記事は〝陰謀論〟だといわれた。ネット上で炎上していると。違うのか？」

一ノ瀬が、美恵の横顔を見た。

「まあ、〝炎上〟していることは確かですね。〝陰謀論〟といわれれば、そうなのかもしれない。でも、他に決定的な〝理由〟があるんですよ……」

「もったいぶらずに、いえよ……」

「わかりました……」

美恵がグラスのウイスキーをひと口飲み、続けた。

「今日の午後、本社の町田《まちだ》社長のところに〝自憲党〟の豊田敏雄の秘書という男から電話が掛かってきたそうです。その後に局長の佐々木さんが社長に呼び出されて、戻ってきてから編集長の森本さんが呼ばれて、何かあったなと思っていたらみんなで一ノ瀬さんを探しはじめた……」

「〝自憲党〟の豊田だって？」

「そうです。反田布施派の、豊田敏雄の秘書です」

まさか、それが〝虎の尾〟だったのか？

4

〝田布施元首相銃撃事件〟の実行犯、上沼卓也は、犯行の直後から特に黙秘することもなく警察の聴取に応じていた。

――母が〝合同教会〟に多額の献金をして破産した。家庭をめちゃくちゃにされた――。

――〝合同教会〟トップの金英子を狙おうと思ったが、コロナで日本に来なくなり、殺すのが難しかった――。

――昨年の九月に田布施元首相が〝ＷＪＦ〟（世界合同連盟）の韓国の集会にビデオメッセージを寄せたことを知って、この人は〝合同教会〟と関係が深いことを知り、金英子の代わりに標的にしようと思った――。

――田布施さんを殺せば、〝合同教会〟に非難が集まると思った――。

奈良県警は連日、上沼容疑者の様子と聴取の内容を記者クラブの会見で発表した。

その思惑どおり、まるで上沼と警察が〝誘導〟するかのように、報道の矛先は次第に〝事件〟の真相究明という目的を離れ、〝合同教会〟の糾弾へと向かいはじめた。
一ノ瀬がよく知る週刊誌の記事にも、教団を攻撃する刺激的な見出しが並んだ。

〈――検証〝合同教会〟と田布施元首相との「本当の関係」――〉

〈――上沼卓也の母〝洗脳〟家庭崩壊の履歴書――〉

〈――〝合同教会〟徹底解剖――〉

〈――自憲党田布施派と〝合同教会〟癒着の核心――〉

〈――日本から年500億円搾取
〝合同教会〟朴天明と金英子「強欲夫婦」の本性――〉

〈――大特集〝合同教会〟の大罪
田布施元首相と〝合同教会〟全内幕――〉

週刊誌だけではない。

大手新聞の紙面にも連日〝合同教会〟への攻撃と〝自憲党〟議員との癒着を追及する見出しが躍り、テレビのワイドショー番組も競って特集を組んだ。

中には一ノ瀬の記事と同じように、物議を醸した企画もあった。

——死してなお税金を使う野辺送り——。

これは『朝日新聞』が七月一六日に掲載した「朝日川柳」七本の内の一本だ。この日の作品はすべて〝自憲党〟が「田布施元首相の国葬を行なう……」ことに抗議したもので、内容が死者に対する明らかな冒瀆であったことから、ネット上で大炎上することとなった。

一ノ瀬はこうした報道を、ある意味で蚊帳の外から、興味深く見守っていた。

そして、思う。

日本のメディアは、どこに向かおうとしているのか……。

いくら〝合同教会〟のカルト教団としての悪事を暴き、教団と関係のあった〝自憲党〟の議員を一人ずつ吊るし上げたとしても、〝事件〟の真相が明らかになるわけではない。むしろ何者かによってまったく異なる方向にミスリードされながら、気が付いた時には〝本質〟がうやむやになっている。しかも一部報道では、被害者であるはずの田布施がまるで悪者のようにさえ扱われている。

さらに〝事件〟から二日後の七月一〇日に容疑を〝殺人未遂〟から〝殺人〟に切り替えられて奈良地方検察庁に送検された上沼容疑者の措置にも、大きな変化があった。

勾留期限（七月二九日）が迫る七月二五日、突如、上沼容疑者に四カ月の鑑定留置が決定。即日実施され、その身柄が奈良西警察署から大阪拘置所に移送された。

〝鑑定留置〟とは、つまり被疑者に責任能力があるかどうかを調べる〝精神鑑定〟だ。今回の場合は弁護側ではなく、検察側からの請求を受けて、急な鑑定留置が決まった。これで四カ月の留置期間中は、警察による上沼容疑者の取り調べは一切行なえないことになる。

今回の鑑定留置の理由について、検察側は「（上沼が）標的を当初の〝合同教会〟の幹部から田布施元首相に切り替えたことに、誰もが納得できる合理性はない」と説明する。

だが、その程度のことで、本当に鑑定留置が必要なのか。一ノ瀬には、自分で銃を製造してまで元首相を暗殺するという計画性をもって犯行に及んだ上沼に、「責任能力がない」などとは考えられない。

いずれにしても、これで〝事件〟の真相は、ますます〝藪の中〟ということになるのだろう。

一方で一ノ瀬の書いた記事に対するネット上などの批判と〝炎上〟は、三日も経たないうちに急速に沈静化した。

いまの日本は攻撃が広がるのも早いが、世間が冷めるのも早い。記事が出て三日目にはネット上に新しい投稿が出なくなり、社の総務や編集部への苦情電話やメールも止んだ。いまは〝ネトウヨ〟などの攻撃の矛先は、〝合同教会〟とそれに関係した〝自憲党〟の田布施派の議員たちに向きはじめていた。

だからといって、一ノ瀬が社内で免罪となった訳ではない。別に〝クビ〟になる訳ではないが、編集部の中で干された状態は相変わらず続いていた。つまり、飼い殺しだ。

だが、いつまでも遊んでいるわけにもいかない。

一ノ瀬は形だけ週に三日は編集部に顔を出し、企画書を書くなど仕事をしているように装いながら、それ以外の時間を自分のための取材に充てた。

この先は、どうなるのかまったくわからない。だが、自分が納得できずにこのまま終わるのだけは嫌だった。

一ノ瀬はまず、〝事件〟の動画をもう一度分析することから始めた。

七月八日の〝事件〟当日から、上沼卓也が田布施元首相を銃撃した瞬間――前後数分間――の動画が、メディアのニュースやネット上にかなりの数が出回った。それを分析することは誰でも考えつくが、やはりそれが〝物証〟であり、〝真相〟を解明する近道であることは事実だった。

編集された一本の動画は、七月八日の午前一一時三〇分ごろ、大和西大寺駅北口のあのT字路の交差点のシーンから始まっている。

田布施博之元首相は、T字路のガードレールで囲まれたゼブラゾーンの演説台の上に立っている。右手にマイクを持ち、左手で拳を握り、すでに周囲に集まる聴衆に向けて演説が始まっている。

背後に立っているのは応援演説を受ける藤田潔候補と、その左側に地元の奈良〝自憲党〟の後援会長、横に並ぶのは藤田の選挙スタッフだろうか。そのさらに西側に、黒いスーツを着た三人の警護官らしき男と、ガードレールの外の手前にブルーの夏の制服を着用した奈良西署の警察官の姿がある。そして画面の右後方に、白いマスクをして様子を窺う上沼容疑者の姿も写っている。

田布施の背後の道路を、画面の左側から右に白い車。さらに画面の右から左に向けて自転車が通った直後だった。

田布施元首相が「彼はできない理由を考えるのではなく……」といった瞬間、一発目の銃声が聞こえた。何かの爆発音にも似た、くぐもった銃声だった。

この瞬間、映像のデジタル表示の時刻は〈――11・31・08――〉と表示されている。

画面に、白煙が上がる。

田布施が銃声に驚き、演説を中断する。周囲のスタッフと共に、背後を振り返る。

この時、田布施は、左向きに背後を振り返っている。〝国立奈良医大〟の福山教授が「銃の傷は正面の首の中央と、五センチほど右側の二カ所……」といった弾丸の痕は、ちょうど演説台の左正面にあった〝キョウワタウン〟ビルの方角に向いているように見える。

その二秒後――映像のデジタル表示では二・七秒後――に、二発目の銃声。田布施の体が演説台の上から、崩れ落ちるように倒れた。

この映像は、田布施が銃撃された状況を最も正確に記録している。その後方の上沼容疑者の動きも、所々だが捉えられている。

もうひとつ一ノ瀬が注目したのは、銃撃の五分ほど前に、田布施の左斜め後方から〝現場〟

を写した映像だ。

この画角からだと、田布施の周辺の警護官の配置と動きが、手に取るようにわかる。

演説が始まる前までは、演説台の真後ろのガードレールの外に警護官が一人立ち、背後の人の動きを警戒していた。ところが田布施が演説台の上に立ち、第一声を放つ直前になって、この警護官の男が何かインカムに連絡が入ったような仕草をしながら移動を始めた。

警護官は田布施の背後を守るポジションを外れ、他の警護官と同じようにガードレールの中に移動し、聴衆の集まる前方に向かって警戒を始めた。

これで、田布施元首相の背後は、がら空きになった。後方の動きに警戒する警護官は、一人もいない。

いったいなぜ、こんな馬鹿げたシフトを敷いたのか。これでは田布施元首相を交差点の真ん中に立たせておいて、「誰か後ろから襲ってくれ……」とでもいわんばかりではないか——。

一ノ瀬は、幾度となくこの動画を見返した。

やはり田布施元首相の真後ろに配置された警護官は、移動する直前にインカムの入った左耳を押え、何かマイクに向かって返しながら頷くような様子を見せる。その直後に、田布施の背後のポジションを外れる。

何があったのか……。

この警護官にインカムで命令したのは、誰なのか……。

もうひとつ、ネット上で興味深い動画を見つけた。

田布施元首相の銃撃の瞬間を、左斜めの前方の歩道あたりから撮ったほんの数秒の動画だ。この動画には、演説台の上でマイクを握る田布施と、手製の銃を撃つ上沼容疑者の二人がはっきりと写っている。さらに、田布施の背後に立つ藤田候補と地元の後援会長、選挙スタッフの位置がよくわかる。

さらにこの動画をユーチューブに上げた投稿者は、次のように解説している。

――最初の銃撃では、田布施元首相と周囲の人間の誰にも弾は当らなかった。二発目の銃撃では田布施元首相は倒れたが、やはり上沼容疑者との間に立っているはずの藤田候補や後援会長には弾が当っていない。

上沼の銃は一度に弾を六発発射することのできる散弾銃だった。それなのに、あれだけ人がいて周囲の人に一発も当らなかったなどということがあり得るだろうか。

考えられる結論は、ひとつだけだ。

上沼が撃った銃は、空砲だったということだ――。

上沼の銃が空砲だったたって？

そんな馬鹿なことがあり得るだろうか……。

確かにこの動画では、田布施、上沼、そして二人の間にいる藤田と後援会長が、かなり重なって並んでいるように見える。もしそれが事実ならば、田布施以外の誰かにも流れ弾が当っているはずだ。

だが、全員が一直線上に並んで見えるのは、ただカメラの立ち位置による目の錯覚ではないのか……。

実際に〝事件〟翌日の七月九日には、あるテレビニュースが銃撃の瞬間に田布施の背後に銃弾らしきものが三発写っている映像を流して話題になった。その動画は、いまもユーチューブなどで見ることができる。

もし上沼の銃が空砲だとしたら、あのニュースの映像も、九〇メートル離れた立体駐車場の三発の弾痕も、〝フェイク〟だということになるのだが……。

5

〝事件〟から二〇日後の七月二八日――。

一ノ瀬は以前もらった名刺を探し、銃器評論家の大津喜彦に連絡を取った。

大津に会っても聞いた話が記事になる可能性はないので、取材というわけではない。だが、どうしても例の〝ガリウム弾〟や立体駐車場の三発の弾痕について話を聞きたかった。

電話をすると、大津は気軽に一ノ瀬の誘いを受けてくれた。それならば飯でも食って一杯やろうということになり、その日の夜に新宿で会うことが決まった。

午後五時に編集部を出ようとすると、アンカーの原稿アップ待ちをしている高村美恵に呼び止められた。

「ずいぶん早く出るのね。誰かと会うんですか?」

高村も長年週刊誌の記者をやっているだけのことはあって、勘が鋭い。

「これから新宿で銃器評論家の大津喜彦さんに会うことになった」

隠すことでもないので、一ノ瀬は大津の名前を出した。

だが、勘が鋭い高村は、それですべてを察したらしい。

「面白そう……。私もアンカーの原稿が上がったら合流していいですか。たぶん、九時か一〇時ごろになるけど……」

「そんな時間じゃ、もう大津さんは引き上げてるかもしれないぜ」

「その後でもいいから」

「まあ、好きにするさ……」

一ノ瀬はそういって、編集部を出た。

紀伊國屋書店で少し時間を潰し、待ち合わせたビアホールで待っていると、最初の一杯がテーブルに届く前にマスクで顔を隠した大津が現われた。

お互いに軽く手を上げ、大津が一ノ瀬の前に座った。周囲の様子を気にするのは、この人のいつもの癖だ。

大津もビールと、他にソーセージなどの適当なツマミを頼み、まるで世間話でもするかのように話が始まった。

「この前の記事、読みましたよ。あそこまではっきり書く媒体は他になかったし、僕はあれでいいと思いますよ。どうして、続きを書かないのよ?」

大津がビールを飲みながら、気軽に訊いた。

「ああ、あの記事ですか。社内でちょっと、一悶着ありましてね。あれは〝陰謀論〟だといわれて、〝上〟から潰されました」

一ノ瀬が〝陰謀論〟といったのがおかしかったのか、大津が笑った。

「あんたもか。僕もだよ」

大津がいった。

一ノ瀬が訊く。

「何か、あったんですか?」

「いつも出てるニュース番組のディレクターに呼ばれて、あの〝銃撃〟について何か面白い切り口はないかって相談されたんで、あれは上沼の単独犯じゃない、裏に〝影のスナイパー〟がいて、そいつが撃ったんだって企画書を出したんだよ」

「ほう……。私の書いた記事と、同じ切り口ですね。それで……?」

一ノ瀬がそういって、ジョッキのビールを飲んだ。

「そんな〝陰謀論〟はテレビじゃやれないってさ。日本のメディアはダメだね。本当のことをいうと、〝陰謀論〟とかいう便利なひと言を振りかざして潰しにかかる。だからどんな〝事件〟だって、一向に真相が解明されない」

「確かに……」

「例の9・11同時多発テロや、もしかしたらいまのコロナのワクチンの問題だってそうだよ。

〝陰謀〟を仕掛ける支配者側にしてみれば、便利な世の中になったもんさ」

大津のいうことは極論だが、あながち間違ってはいない。

二〇〇一年九月一一日に起きたアメリカ同時多発テロだけではない。あの〝事件〟がアルカイーダによるテロではなく、アメリカ政府による破壊工作であったことはトランプ前大統領をはじめ多くの政府関係者も発言している。

古くは一九四一年一二月八日の真珠湾攻撃も、当時のアメリカのルーズベルト大統領がヨーロッパで勃発した第二次世界大戦に参戦するために、「知っていてやらせた……」ことを世界中の複数の歴史学者が主張している。

一九六三年一一月二二日のケネディ大統領暗殺事件は実行犯として逮捕されたリー・ハーベイ・オズワルドの単独犯行ではなかった。ＣＩＡの犯行という可能性はいまも消えていない。

日本だって同じだ。

一九四九年七月五日に初代国鉄総裁の下山定則が行方不明になり、翌未明に常磐線の線路上で轢断《れきだん》死体となって発見された下山事件は、〝自殺〟ではなく〝他殺〟であったことをのちに国会で何人かの政治家が発言し、認めている。

それ以外にも何人の〝政府にとって不都合な者〟が、〝自殺〟や〝事故死〟を装って口を封じられたことか。近年に〝不審死〟を遂げた者も、おそらく何人かは〝消された〟のであろうことを誰も否定できないだろう。

そもそも歴史は、〝陰謀〟の積み重ねだ。

〝陰謀論〟を否定することは、歴史そのものを否定することに等しい。歴史の真相をすべて、闇に葬ってしまうことになる。

「ところで大津さん、先日、〝鷲は舞い降りた〟の健介君に、あの犯行には〝ガリウム弾が使われた〟といったそうですね……」

一ノ瀬がそういって、店員にビールの追加を二つ、注文した。

「ああ、いいましたよ。岩塩とか氷の弾丸とかいろんな説がネットに上がっているようだけど、それは無理だ。比重が軽すぎて、とても人は殺せない。それに氷の弾丸なんて、融点が低すぎて、真夏に使いようがないからね。他にあの状況で、首から入った弾が上から下に向かって心臓にまで達してて、しかもその弾が体の中で消えたとすると、まずは〝ガリウム弾〟を疑いたくはなるよね……」

大津のいうとおり、調べてみると確かに犯行の翌日あたりからネット上でもSNSを中心に〝ガリウム弾〟というキーワードがトレンドになっていた。

死んだ田布施のシンパだったジャーナリストからも、〝ガリウム弾〟が使われていたと主張する投稿がネットに上がり、一時は物議を醸していた。

「ガリウム弾というのは、これですよね」

一ノ瀬がスマホを操作し、〝ウィキペディア〟で〝ガリウム弾〟を検索してその画面を大津に見せた。

「ああ、それね……。それは私も読んだけど、AIか何かで作った記事じゃないかな……」

「やはり……」

「そう、だってガリウムがタングステンカーバイドよりも強靭で高比重な金属だなんてことはありえないし、そんなものが一九世紀の清仏戦争で実戦投入されたなんて聞いたこともない。合っているのはガリウムの融点が二九・八度ということくらいで、あとは全部デタラメでしょう……」

「なぜそんなものがウィキペディアに……」

「さあ……。こんなものがいつからウィキペディアに載っていたのかわからないけども、最近だとすると、例の〝事件〟を〝ガリウム弾〟に誘導するために誰かが悪戯《いたずら》したという可能性はあるよね……」

「それでは、大津さんはなぜ〝ガリウム弾〟があの〝事件〟に使われたと？」

一ノ瀬が訊いた。

「〝ガリウム弾〟だとはいっていない。〝ガリウム弾〟のような物……といったつもりだったんだけどね……」

〝ガリウム弾〟のような物……？

「それは、どういうことですか」

「うん、つまり……。実際に田布施元首相は致命傷になるほどの銃創を負っていて、その銃弾が体の中で消えてなくなってしまったわけでしょう。この事実を合理的に突き詰めていくと、〝ガリウム弾〟のような物を使ったとしか説明できない……」

大津によると、〝ガリウム弾〟は実際に存在するという。

アメリカではポリエチレンなどの容器に入ったガリウムが市場で簡単に手に入り、それで銃弾を作って実射するような実験はマニアの間でも行なわれている。だが、ガリウムは固化すると体積が増す〝異常液体〟であり、他のほとんどの金属を侵食する性質を持つので、鋳造に金型が使えない。そのため、銃弾のように精密なサイズを要求されるものには対応できないという欠点がある。

「確かにアメリカではガリウム弾を撃ったり、狩猟に使おうとするマニアもいるんだけど、ほとんどは12ゲージのショットガンなんかの大口径の銃なんだ。だけど、今回の〝事件〟に使われたのは六ミリくらいの小口径の銃でしょう。ガリウムでそんなに小さな銃弾を作るのはまず不可能だし、仮に作ったとしても比重が五・九と軽いから、殺傷力は限定的なものになると思うなあ……」

つまり、〝ガリウム弾〟では今回の犯行は無理だということだろう。

「それなら、〝ガリウム弾〟のような物、というのは……」

一ノ瀬が訊くと、大津はビールを口に含んで頷いた。

「可能性があるとしたら、ひとつだけかな……」

「それは何です？」

「うん、ぼくは〝水銀弾〟を使ったんじゃないかと思ってるんだよね……」

大津がそういって、首を傾げる。

水銀弾……。

確かにそのようなものが、映画やアニメの中には再三登場することは一ノ瀬も知っている。

「そんなものが、実在するんですか？」

「うん、ぼくは職業柄ＮＲＡに友人が多いんだけど、その中の何人かの詳しい奴に訊いたら、アメリカではもう大手の銃器メーカーが実用化に成功しているらしい。ポリエチレンテレフタレートのケースに水銀を封入して作るらしいんだが……」

もしそのケースに薬のカプセルのような水溶性の素材を使えば、理論的には体内で溶けて消える銃弾も作れることになる。しかも水銀の比重は一三・六と鉛よりも二割近く重いので、殺傷力も通常の銃弾以上に高くなる。

「しかし、実際に〝水銀弾〟というのは手に入るものなんですか？」

「まあ、手に入るかといわれても、日本だけではなくアメリカやＥＵでも銃砲店で売ってるもんじゃないですからね。ただ、専門的な知識とある程度の組織力があれば、手に入れることは可能かもしれない……」

大津がそういって、頷く。

「例えば？」

「そうだな……。手製の銃くらいならあの上沼くらいのガンマニアでも作れるだろうけど、〝水銀弾〟を手に入れるのは無理です。もし手に入れられるとしたら、アメリカの銃器メーカーと取り引きのある〝組織〟か……」

店が、少しずつ混んできた。

一ノ瀬と大津の隣の席にも、若い男二人の客が座った。

「〝組織〟……ですか……?」

「そう……例えば〝警察〟とか、〝自衛隊〟とかね……」

大津が隣の席の客を気にして声を潜め、ビールを口に含む。

だが、〝警察〟とか〝自衛隊〟というのは、どういうことだ?

「まさか大津さんは、今回の件に〝警察〟や〝自衛隊〟が絡んでると……」

一ノ瀬も、声を潜めた。

「いや、そうはいってません。でもさ、少なくとも〝警察〟が絡んでないと、こういう犯行は無理ですからね……」

いわれてみれば、確かにそうだ。

今回の〝事件〟に関しては、そもそも警護の態勢そのものがおかしかった。

〝元首相〟という政府要人を警護するのに警護員の数があまりにも少なかったし、その技術も未熟だった。のちにわかったことだが、あの時警護に立っていた〝SP〟(警視庁警備部警備運用課)はたった三人で、あとは奈良県警の警護官だった。

しかも〝事件〟当日の動画を分析してみると、警護官たちの動きも不自然で、「わざと田布施元首相の背後を空けた……」としか思えない部分もある。この点についてはすでにネット上でも話題になっていたし、アメリカの警備会社のプロも「少なくとも(警護官は)田布施元首相と銃口の間に入れたはず……」と警備の甘さと異常性を指摘している。

考えてみれば、なぜあのような交差点の真ん中の、しかも無防備なゼブラゾーンに田布施元首相を立たせたのか……。

そもそも、誰があの危険な場所を選んだのか……。

今回の〝事件〟が、すべて偶然の積み重ねで起きたとは考えられない。

少なくとも〝警察〟と、〝自憲党〟本部の何者かが謀らなければ、上沼容疑者の銃撃を含めて、今回の犯行は不可能だったように思える。

「大津さんは、〝現場〟の方に行かれたんですか？」

一ノ瀬も、声を潜めた。

「ええ、一度は。テレビの仕事で行きましたが、〝現場〟でいろいろ〝陰謀論〟をぶちまけたもんでその部分は〝ボツ〟にされちゃいましたけどね」

大津がそういって笑った。

だが、その〝ボツ〟になった部分を見てみたいものだ。

「私は、二度ほど行きました。まず、なぜ〝あの場所〟だったのか。それが奇妙でしたけどね……」

「僕も、それは思いましたね。もし僕がプロのスナイパーで、誰か政府要人を狙撃しろといわれたら、絶対にあの場所を選びますね。それくらい〝やりやすい〟条件が揃っている……」

銃のプロの大津らしい表現だった。

だが、わかりやすい。

「大津さんが〝現場〟に行った時、例の立体駐車場の壁面に残っていた三発の弾痕は見ましたか？」

「ええ、見ましたよ。例のＡＬＣボードに開いた穴でしょう。それが、何か？」

「あれ、どう思いますか？」

率直に、訊いた。

「どう思いますか、っていわれてもなぁ。つまり、一ノ瀬さんがいいたいのは、あれが〝本物〟かどうかということでしょう？」

「そうです。あの手製の散弾銃で撃った弾が、本当に九〇メートルも飛んで駐車場のビルの壁に穴を開けるほどの威力があるのか、ということです」

「なるほどね。何ともいえないですけれどね……」

大津がそう前置きして、説明した。

通常、〝本物〟の12ゲージの散弾銃の場合、散弾の飛距離はその大きさによっておよそ二〇〇メートルから五〇〇メートル以上。最も大きな〝バックショット〟（鹿撃ち弾）と呼ばれる００Ｂ弾（直径八・六ミリ）で最大到達距離は約五一五メートルになる。

だが、これはあくまでも〝最大到達距離〟の話で、標的における最大有効射程距離はチョーク（銃身先端の絞り）なしで三〇〜四〇メートル、フルチョークの二六インチ（約六六センチ）の銃身で五〇メートルほどだといわれている。少なくとも二〇〇メートルも離れていれば、撃たれた人間は皮膚を貫通する怪我を負う可能性はあるが、ただ痛いだけで死ぬことはない。

これを、今回の〝事件〟で上沼容疑者が使用した手製の散弾銃に置き換えて考えてみる。

まず、銃の前に火薬だ。

上沼が銃に使った火薬は無煙火薬ではなく、肥料や木炭の粉を混ぜて自作した黒色火薬だった。モノが鉄パイプを使った手製の銃なので、火薬は四〇グレイン（約二・六グラム）込めるのが安全上の限界だろう。

これを同じ四〇グレインの無煙火薬を使った12ゲージの散弾銃と比較すると、単純計算で威力は三分の一以下だ。さらに銃身の長さが実銃の半分以下の三〇センチほどで、もちろんチョークはなし。しかも散弾も00B弾よりも小さなもの（直径六〜六・五ミリ）を使ったようなので当然、軽い分だけ飛距離も落ちる。以上の要素をすべて織り込んで計算すると、上沼の手製の銃から発射された散弾の最大到達距離は、せいぜい一〇〇メートルほどだということになる——。

「まあ、あくまでも限られた情報の中で計算すると、そんなところかなぁ……」

大津がいった。

「つまり、届かないとはいえないが、あれが〝本物〟の弾痕ともいいきれない……」

「そうですね。限りなく黒に近い灰色、ってところかな」

大津がそういって笑った。

「そういえば、上沼が銃撃した二発は、〝空砲だった〟という仮説もネット上に流れてますね……」

とにかく今回の〝事件〟に関しては、ネット上の情報が多い。中には田布施元首相が倒れている写真の上着の中に血液のバッグを仕込んだようなフェイク写真を添付して、「田布施は海外に脱出してまだ生きている」という〝ガセネタ〟も拡散した。

「確かに、空砲だったという説もありますね。僕はアレに関しても、もしかしたらそうだったのかもしれない、と思ってるんだ……」

大津は〝空砲〟であった可能性も、否定しなかった。

「どうして、そう思うんですか?」

一ノ瀬が、訊いた。

「だって、そうじゃないですか。警察の発表によると、上沼は一発に六個、二発で一二個の散弾を発射したはずでしょう。その中の一発、もしくは二発が田布施に当った。じゃあ残りの一〇個、もしくは一一個の散弾はどこに行っちゃったの? あの時、田布施の周囲には、二〇〇人以上の聴衆がいたわけでしょう。その聴衆に流れ弾が一発も当らなかったなんて、そんな幸運なことがあるもんか。それが本当なら、それこそ〝神の奇跡〟だよ……」

大津はさすがに銃器の評論家だけあって、分析の発想が面白い。

だが、確かに大津が指摘したとおりだ。田布施と上沼の間にいた藤田候補や地元の後援会長が被弾したかどうかよりも、その先にすき間なく並んでいたはずの聴衆に一発も当らなかったことの方が遥かにおかしい。

「しかし、〝事件〟の翌日のＡＮＮニュースでしたか、田布施の背後に三発の銃弾らしきものが写っている動画が放送されましたよね。あれは……」

演説する田布施の背後を、一発目の銃声と同時に銃弾らしき影が掠める。あれは、何だったのか――。

「ああ、あれね。僕も見ましたよ。でも、あの映像も怪しいんだよなぁ……」

大津がそういって、首を傾げる。

「怪しい？」

「うん、まあね。それよりこの店、出ませんか。どうも落ち着かなくていけない」

二人の会話の中に〝田布施〟〝銃撃〟〝銃弾〟などの単語が交錯するからだろうか。

隣の席の客が、こちらの方を気にしはじめていた。

「そうしましょう。出ましょう」

大津が伝票を取って歩き出したので、その後を追った。

「あ、私が払います。社の取材費で落とせますので……」

一ノ瀬は大津から伝票を受け取り、レジに向かった。

6

ビアホールを出て、新宿ゴールデン街のいつものバー『鷺は舞い降りた』に移動した。

この店の方が静かだし、ゆっくり話すことができる。

カウンターに顔見知りの客が一人いたので、奥の小さなボックス席に座った。

一ノ瀬と大津のボトルを小さなテーブルの上に置き、二人分のグラスと氷、ソーダとツマミを、カウンター越しにバーテンダーの健介から受け取って、話の続きが始まった。

「それで、例の銃弾でしたっけ。テレビニュースの映像に写っていた……」

大津が自分のグラスにフォアローゼズのソーダ割りを作りながら、そういった。

「そうです。あのＡＮＮニュースの……」

一ノ瀬も自分のグラスにジェムソンのハイボールを作る。

「それって、これでしょう……」

大津がグラスのハイボールをひと口飲み、席の横に置いたバッグの中からアイパッドを出した。手馴れた手つきで画面を操作し、ディスプレイを一ノ瀬の方に向けた。

「そうです、これです……」

ディスプレイに映像が映し出される。画面に〈――映像に銃弾のような影　田布施元首相銃撃事件――〉と、〈――視聴者提供――〉の文字。画面にアップになった演説中の田布施が
「彼はできない理由を考えるのではなく……」といった瞬間に爆発音のような銃声が聞こえ、周囲から悲鳴が上がる。

今度は同じ映像が、スローで再生される。最初の画面だと見えなかったが、スローでは三発の銃弾らしきものが、田布施の背後と頭上に、右から左に向かって通過するのがはっきりと映

っている。

「つまりこの三つの影が、本当に〝銃弾かどうか〟ということでしょう？」

大津が訊いた。

「そうです。大津さんはどう思いますか。私はこの映像も〝フェイク〟の可能性があるんじゃないかと……」

一ノ瀬がいう。

「いや、〝フェイク〟ではないと思いますね。この映像は、少なくとも加工されたものではない。〝何か〟が写っていることは確かです……」

「それならばやはり、銃弾、ですか……？」

「いや、そうともいえない。いろいろうちの事務所で分析してみたんだけど、これを上沼の銃から発射された〝銃弾〟だと断言するのは、ちょっと疑問ですね……」

大津がいうのは、こういうことだ。

もしこれが上沼容疑者の手製の銃から発射された銃弾で、九〇メートル先の立体駐車場の壁に穴を開けるほどの威力があったとすると、この時点で毎秒三五〇メートルほどの弾速が出ていたことになる。

この銃弾を撮影することは、現在の高性能なデジタルカメラを使えば不可能ではない。ただしこの映像のように飛んでいる銃弾を真横から撮影すると、八〇〇〇分の一秒という高速シャッターを用いても、画面上では四・三七五センチほどブレることになる。実際にはシャッターの効率の問題もあるので、一〇センチほどはブレて写ることになる。

だがこの映像は〈——視聴者提供——〉と表示されていることからもわかるように、おそらくスマホで撮影されたものだ。しかも写真ではなく、動画だ。

通常、スマホの動画のシャッタースピードは、五〇分の一秒。速い機種でも、一〇〇分の一秒でしかない。そのシャッタースピードで計算すると、上沼が発射した銃弾が写っていたとしても、およそ四メートルから、最小でも二メートルはブレていることになる。それだけブレると、映像にはほとんど、写らない。

大津が、続ける。

「もう一度、この映像を見てください。確かに画面上に〝銃弾〟らしきものが写ってますね。しかし田布施元首相の頭の大きさと比較しても、数センチしかブレていないでしょう」

「本当だ……。つまり、どういうことなんでしょう……？」

「つまり、この〝銃弾のようなもの〟は、実際の銃弾よりも遥かに遅い速度で飛んでいるということです。おそらく毎秒せいぜい二〇メートルほどの速度しか出ていない」

「はあ……。それじゃあいったい、何が写ってるんですか……？」

一ノ瀬が、首を傾げる。

「そこなんですけれどね。この田布施元首相の背後と頭上を横切る影のようなもの、銃弾にしては少し大きいと思いませんか」

いわれてみれば、確かにそうだ。

一発に六粒は入る散弾ならば、銃弾の大きさは六ミリから七ミリ。だが、この映像に写っている〝銃弾のような影〟は、どう見ても直径二センチはあるように見える。

「確かに、散弾よりも大きく見えますね……」

「そうなんですよ。仲のいい〝映像屋〟に分析させたら、この物体の大きさは小さいもので直径一・七センチ、大きなもので二・二センチという結果ですね。これは明らかに、〝銃弾〟ではないですね……」

「それじゃあ、何が……」

「おそらく、これは〝ワッズ〟ではないかと……」

大津が、説明する。

通常、散弾銃のカートリッジの場合には、火薬と散弾の間に〝ワッズ〟と呼ばれる緩衝材を詰める。これは火薬を強く押え、鉛の散弾を火薬の燃焼熱から守るもので、昔はその名のとおり羊毛や布を固めたもの（ｗａｄ）が使われていた。現在は、耐熱性のプラスチックケースが代用されている。

この〝ワッズ〟は、先込め式の銃や空砲でも、火薬を押えるために必ず使う。特に先込め式ではワッズを入れないと火薬や銃弾が銃口からこぼれて出てしまうし、黒色火薬の場合には発火もしない。

「〝ワッズ〟ですか……」

「そうです。まあ、絶対にそうだとは断言できないですけれどね。だけど上沼だって銃の知識はあるし、だから自作したわけでしょう。しかもあの銃は先込め式で、黒色火薬を使っていた。それならばワッズを入れたことは、一〇〇パーセント間違いないでしょうね」

大津は、おそらく上沼は厚手のフェルトか厚紙のようなものを丸く切り、それを数枚、ワッズとして火薬の上に詰めたはずだという。

大きさは、銃身の口径よりも少し大きく、おそらく二・二センチくらいだったろう。

そういわれてみると、大津の説は、この銃弾らしきものが写っている動画をきわめて合理的に説明しているように思えた。

「つまり、こういうことですか。映像にワッズが写ってたとしても上沼が放った銃弾は、そもそも空砲だった可能性もある。第二のスナイパーは他にいて、上沼の銃撃と同時に田布施を水銀弾で狙撃した……」

「まあ、ひとつの可能性ですけれどね。一ノ瀬さんが書いた記事、良い所を突いていたと思うんだけどなぁ……」

大津も自分の〝陰謀論〟に真摯に耳を傾けてくれる者がいて、どこか楽しそうだ。

「でも、そんなことが可能なのかなぁ……。本当に〝同時〟に引き鉄を引かないと、銃声がズレて聞こえてしまうし……」

一ノ瀬がグラスのハイボールを口に含み、腕を組む。

「いや、〝同時〟に撃った訳ではないですよ。少し、ズレてたはずです」

大津が当然のことのようにいった。

「どういうことですか？　ライフルに、サイレンサー（消音器）を付けていたとか……」

「いや、サイレンサーを使っても火薬を使う装薬銃ならば、どうやっても音はします。多少は小さくはなりますけれどね。あれだけ〝事件〟の動画が撮られていたんだとしたら、絶対にその音が録音されている……」

「じゃあ、どうやって……」

一ノ瀬が首を傾げる。

「僕は、エアライフルを使ったんだと思いますよ」

大津が、少し得意気にそういった。

「エアライフルって、いわゆる〝空気銃〟ですよね。そんなもので例の〝水銀弾〟というのを使って、人が殺せるんですか？」

〝空気銃〟といえば、〝スズメを撃つ銃〟という印象がある。

一ノ瀬の故郷の神奈川県相模原の方でも、昔は近所の農家の爺さんがよく畑で空気銃を使ってスズメを撃っていた。だが、とても人を殺せる銃のようには思えない。

「結論からいうと、殺せますね。そして一発目の銃声のあの騒ぎの中では、音も聞こえないし、録音もされない。そもそも例の〝水銀弾〟というのは、エアライフルの方が相性がいいんですよ。おそらく、これだと思うんだけれども……」

大津がそういって、またアイパッドを操作した。そして、ディスプレイを一ノ瀬の方に向けた。

「これは……」

ディスプレイには、古いモノクロームの銃のイラストが映し出されていた。

そのイラストには英語で〈——Yewha air shotgun and rifle——〉と説明が入っていた。

「これは〝鋭和BBB〟、もしくは〝鋭和3B〟と呼ばれる〝空気銃〟です。ショットガンとエアライフルの二種類があったんですが、僕はそのうちのエアライフルを使ったんじゃないかと思ってるんですよ……」

大津がそう前置きして、説明した。

〝鋭和BBB〟は一九六九年から七十年代にかけて、『世界合同基督教教会』の韓国のグループ企業『鋭和銃器工業』が開発した民間向けの散弾銃と空気銃(エアライフル)だった。

このエアライフルは口径が六・三五ミリもあり、その大きな弾を初速一〇〇〇フィート/秒で発射することから、32口径の拳銃弾以上の威力があった。そのために欧米では狩猟用として人気が高く、日本にもかなりの数が輸入され、〝合同教会〟が経営する全国の銃砲店を通じて販売された。だが、のちに「空気銃としては威力がありすぎる……」ことが問題になり、日本での販売と所持が禁止された経緯があった。

「日本で手に入るエアライフルの口径というのは、普通四・五ミリか五・五ミリなんですよ。それなんだ、六・三五ミリといったって口径は一ミリも違わないじゃないかって思うでしょ。それが、まったくの別モノなんですよ。最近はアメリカあたりで、六・三五ミリやさらに大きな七・六二ミリ口径のエアライフルを使って、鹿狩りをやるのが流行《はや》ってるくらいですからね……」


しかもここで、〝田布施元首相銃撃〟と〝合同教会〟が、繋がった。

「つまり、大津さんは、この〝鋭和ＢＢＢ〟が犯行に使われたと思ってる訳ですね？」

一ノ瀬が訊いた。

「まあ、絶対とはいえませんけどね。この前、よく知っている警視庁の警備部の奴に訊いたら、田布施元首相の致命傷になった首から心臓への銃創は口径六・五ミリくらいだったそうです。上沼の銃から発射された散弾も六・五ミリくらいだから矛盾はないんだけれども、〝鋭和ＢＢＢ〟の口径もほぼ一致するでしょう。それに、この銃なら炭酸水の栓を抜いた程度の発射音しかしないし、あの騒ぎの中では誰も気付かない……」

「すると、大津さんは、今回の〝事件〟は〝合同教会〟が黒幕だと……？」

「さあ、それはどうなんだろう。僕はあくまでも銃の評論家で、宗教団体の専門家ではないからなぁ。ただ、〝合同教会〟の関係者ならば、あの〝鋭和ＢＢＢ〟をまだ一挺や二挺は日本で隠し持っていても不思議ではないと思うけども……」

だが今回の〝事件〟では逆に〝合同教会〟が叩かれる結果になったし、そんな墓穴を掘るようなことを、わざわざやるとも思えないのだが。

大津が続ける。

「ただひとつ。この〝鋭和ＢＢＢ〟が輸入禁止になった本当の理由は、〝威力がありすぎる〟からではなかったんだな。それは表向きで、本当は〝合同教会〟がこの鋭和ＢＢＢを大量に日本に輸入して、武装しようとしていることに警視庁の〝公安〟が気付いたんですよ。それで、所持も禁止になって回収した……」

「もうひとつ、アメリカの〝CIA〟や中国の犯行説も噂になってますね……」

実は間もなく、八月二日に、アメリカのナンシー・ペロシ下院議長が台湾を訪問して蔡英文《さいえいぶん》総統と会談を行なう予定があり、中国はこれに反発していた。

ところがほぼ同時期に、田布施元首相も訪台する予定があった。

もし日本の首相経験者として初の訪台が実現すれば、中国の反米感情をさらに逆撫ですることになる。これを〝不都合〟と判断したアメリカ政府は、田布施の訪台の中止を求めていた。ところが田布施は自分の政治信条を理由に、アメリカのこの要請を突っぱねた。そこで田布施が邪魔になったアメリカが、CIAを使って〝消した〟という筋書きだ。

実際に〝田布施元首相銃撃事件〟が起きた三日後の七月一一日、東南アジアを歴訪中だったブリンケン米国務長官が急遽予定を変え、訪日。弔意を表すために木田邦男首相と会っている。

これは、いくら一国の首相経験者が暗殺されたとしても、前例のない対応だった。

このアメリカの異例の対応について国際情報筋は、「〝事件〟の裏に複雑な国際情勢が絡んでいる……」ことを示唆したというものだ。この未確認情報は、新聞大手各紙や系列の週刊誌でも記事になっている。

「まあ、そんな説があることは知っていますよ。しかし、僕にはわからないな。真相が不明な大きな〝事件〟があると何でも〝CIA〟だというのは簡単ですけどね。僕は元来、〝陰謀論〟があまり好きじゃないんでね……」

大津が皮肉をいって笑った。

確かにそうだ。

おそらくこの〝米中陰謀説〟は、〝合同教会〟との関係から世間の目を逸らすために〝自憲党〟あたりが流布させたプロパガンダだろう。

大津は翌朝から仕事があるとかで、早い時間に引き上げた。

それほど長くはないが、密度の濃い時間だった。

一ノ瀬は大津が帰った後も一人カウンターに移って飲みながら、いろいろなことを考えた。

〝鋭和ＢＢＢ〟か……。

口径が六・三五ミリで、人を殺す威力があり、発射音も聞こえない。その銃で大津のいう〝水銀弾〟を発射すれば、七月八日の〝田布施元首相銃撃事件〟のトリックは可能だろう。

上沼容疑者の役割は銃が空砲にせよ、実弾が装填されていたにせよ、銃声によって田布施を振り向かせ、聴衆を含め周囲の二〇〇人以上の注意を引くことにあった。つまり、一九六三年一一月二二日に米国のテキサス州ダラスで発生した〝ケネディ大統領暗殺事件〟のリー・ハーベイ・オズワルドだ。あとは周囲のビルのどこかに腕のいいスナイパーが別に潜んでいて、上沼の銃撃と同時に——直後に——田布施を確実に仕留めればいい。

大津は今日話した、〝水銀弾〟と〝鋭和ＢＢＢ〟に関して、今後も自分はどこかに発表するつもりはないので自由に記事にしてもいいという。だが、一ノ瀬にしても今後、取材を続けたとしても記事を書くことは事情が許さないだろう。

〝真相〟はやはり、藪の中か……。

7

九時過ぎに、美恵からラインが来た。

〈――いま会社を出る。お腹が減ってるので「L」に行きます――〉

『L』というのは一ノ瀬も何度か行ったことのある西新宿のイタリアン・ダイニングバーだ。

〈――了解。こちらもいまから行く――〉

一ノ瀬もバーを出て、歩いて西新宿に向かった。

店に入ると、美恵もちょうど着いたところだった。

閉店時間まであまりないのでパスタやサラダ、肉料理などを適当に頼み、デキャンタのハウスワインを注文した。

美恵はよほど腹が減っていたのか、テーブルに運ばれてくる料理を次々と平らげていく。

「なるほどね……。つまり上沼は、ケネディ暗殺事件のリー・ハーベイ・オズワルドのようなものだったという訳ですか……」

食事とワインに夢中になっているようで、美恵はちゃんと一ノ瀬の話を聞いていたらしい。

「まあ、そういうことだな。もうひとつは〝鋭和ＢＢＢ〟というエアライフルと〝水銀弾〟という人間の体内で溶ける弾丸が本当に使われていたのかどうか。そのあたりを探れば、〝事件〟の裏も浮かび上がってくるかもしれないな……」

「私、やっぱりこの〝事件〟……〝合同教会〟が裏で絡んでいると思う……」

美恵がいった。

「なぜ、そう思う。今回の〝事件〟で一番被害を受けてるのは、〝合同教会〟なんだぜ……」

「まあね。でも、〝合同教会〟でも、息子の朴天進が教祖をやってる〝世界神域教会〟の方だったらどうです。あの男は母親の金英子とは犬猿の仲だし、今回のことで〝合同教会〟が日本から追放されれば、朴天進にはメリットがあるはずでしょう……」

朴天進の〝世界神域教会〟か……。

美恵のいうことも、確かに一理ある。

「もし〝世界神域教会〟だとしたら、その根拠は？」

「調べたら朴天進は六月二二日に来日して、七月一三日まで日本に滞在していた。これが、偶然の訳がないわね……」

「それは、おれも知っている……」

「それに〝世界神域教会〟は、〝事件〟の翌日の七月九日に、コメントを出したでしょう。〝自分たちはやっていない〟って。でも本当に〝やっていない〟なら、なぜわざわざそんなコメントを出すのかしら。自分たちが〝やった〟といっているようなものだわ……」

朴天進は、アメリカではガンマニアとして知られる男だ。〝世界神域教会〟は別名〝銃の教会〟とも称される。かつて〝合同教会〟の傘下にあった〝特殊部隊〟と呼ばれる私設軍隊のメンバーは、分裂の際に一部が朴天進の配下に合流したという情報もある。

だが……。

「おれには、そうとは思えないな。もし本当に〝世界神域教会〟が〝事件〟の裏に絡んでいるなら、逆に朴天進がその当日に日本にいたわけがない……」

そんなことをすれば、それこそ自分たちがやったといっているようなものだ。

「それなら朴天進の来日は、本当に偶然だと思うの？」

「いや、そうはいっていない」

「どういうこと？」

一ノ瀬はワインを口に含み、説明した。

「誰かが〝世界神域教会〟に疑いの目を向けさせようとしたのなら。朴天進の来日が、〝何者か〟に仕組まれたものだとしたら……」

つまり、罠だ。

だから陥れられたと察した〝世界神域教会〟は、〝事件〟の翌日に慌ててコメントを発表した。

「確かに、そう考えることもできるわね。つまり、その〝何者か〟というのが真犯人ということね……」

「そうだ」

それがわかれば、あの〝田布施元首相銃撃事件〟の謎はすべて解ける。

「一ノ瀬さん、本当はまだあの〝事件〟について取材したいんでしょう？」

美恵が訊いた。

「まあね。どうしてそう思う？」

一ノ瀬がいった。

「そりゃあ、あなたの考えていることくらいわかるわよ。だって、私たち、四年以上も夫婦同然だったことがあるんだもん……」

確かに、そんなころもあった。

「そうだな……。もう一度、奈良に行けば、何かわかるような気がするんだ……」

本音だった。

〝刑事〟はよく、「現場一〇〇回」という。

もう一度、いまの知識をもって奈良の〝現場〟に立てば、見落としていた〝何か〟が見えてきそうな気がした。

「それなら、行けばいいじゃない。時間はあるんだから」

美恵がいった。

確かに〝干されている〟ので、時間だけはあるのだが……。

「だけど、金がない……」

一ノ瀬がそういって、苦笑した。

週刊誌の契約記者なんて、一カ月も仕事を干されれば金も底を突く。身動きが取れなくなる。そんなものだ。

「それなら私が編集長の森本さんにいって、取材費を出させるわ……」

「よせよ。そんなこと、無理に決まってるだろう」

「無理じゃないわ。何なら、例の記事の続編を書くという条件でページを取るように掛け合ってもいい……」

美恵がそういって小首を傾げ、一ノ瀬の目を見つめた。

8

法務省外局の『公安調査庁』の内部に奇妙なメールが出回りはじめたのは、〝事件〟から一カ月が過ぎた八月の中ごろからだった。
〈——田布施元首相射殺の真犯人は上沼卓也ではない。あの男の他に別のスナイパーがいて、それを証明する動画もあるのに、マスコミはこれを無視している。警察も確かな証拠を握っているのに、ちゃんと捜査しない。我々公安調査庁も見て見ぬ振りをしている。このままでは事件の真相は解明されることなく終わってしまう――〉

発信元は本庁〝経済安全保障特別調査室〟の主任調査官、有田《ありた》剛史《たけし》で、庁内のメールアドレスや個人の携帯メールアドレス、フェイスブックのメッセンジャーを通じ十数人の職員に同様のメールが送られてきた。文面が一人ひとり少しずつ異なるのは、これらのメールが流出した場合に、その窓口が誰なのかを特定するためだろう。

国内情報を担当する調査第一部〝テロ情報課〟課長の篠山宗太も、このメールを受け取った一人だった。

篠山は有田の元部下で、いまは〝アレフ〟問題と、今回の〝事件〟でクローズアップされた〝合同教会〟問題を主に担当している。

困ったものだ……。

篠山は有田からのメールを受け取った時にそう思った。

だが、〝困った〟のはこのメールの内容が単なる〝陰謀論〟ではなく、ある意味で〝事実〟だったからだ。

〝公安調査庁〟は戦後、公職追放されていた〝特高〟（特別高等警察）や旧日本軍特務機関、憲兵隊、陸軍中野学校、領事館警察の出身者が参画して破壊活動防止法に基づき一九五二年に設置された組織で、別名〝秘密警察〟とも呼ばれる。

位置付けとしては内閣情報調査室、警察庁警備局、外務省国際情報統括官組織、防衛省情報本部などと共に、『内閣情報会議』と『合同情報会議』などに、政府の政策決定に資する情報を提供する日本の〝情報機関〟のひとつである。

だから、今回の〝田布施博之元首相銃撃事件〟に関しても、その情報は逐一〝公安調査庁〟に入ってくる。むしろ、その〝調査第一部〟が、本来の調査の中枢であるといってもいい。

篠山とその周辺の調査官も、すでにほとんどすべての情報と〝証拠〟を把握していた。

司法解剖の際に田布施元首相の血液中からアマルガムの成分が検出されたことは、警視庁警備部からの報告によりすでに明らかになっていた。致命傷となった首から心臓に達した銃創は25口径ほどの小さなもので、周囲の組織に硝煙反応がまったくないことから、手製の散弾銃によるものではない――おそらくエアライフルを使った――こともわかっている。この銃撃は上沼の方角ではなく、田布施の正面左側に建つ〝キョウワタウン〟ビルの四階もしくは五階からのものだった。

さらに当日の警備に、「意図的と思われる不備があった……」ことも報告されている。これだけの条件が揃えば、有田のいうように、あの田布施元首相射殺の真犯人が上沼卓也でないことは明らかだ。

〝公安調査庁〟の中でも〝調査第一部〟の部員は大半がそう認識していた。

おそらく警視庁警備部や、〝内調〟の連中もそうだろう。少なくとも『内閣情報会議』のメンバーの間では、それが暗黙の了解だった。

だが、『内閣官房』の方から、各部署に〝田布施元首相銃撃事件〟は「上沼卓也の単独犯行で収束させることが望ましい……」という通達があった。つまり、「これ以上は真相を探るな……」ということだ。

実は、このような案件は、特に珍しいことではない。

例えば二〇〇六年一二月一七日に東京湾で死体が発見された、朝日新聞論説委員の鈴木《すずき》啓一《けいいち》だ。

鈴木は〝リクルート事件〟の切っ掛けとなるリクルートコスモス未公開株の売り抜け疑惑をスクープするなど、社の内外でも切れ者の記者として知られていた。最後の記事は、りそな銀行による当時の政権への多額融資と三大メガバンクの献金再開を暴いた〈――りそな銀行、自憲党への融資残高3年で10倍――〉というスクープだった。この記事が朝日新聞に掲載されたのは鈴木の死体が発見された翌日の一二月一八日だった。

新聞記者が、自分が書いたスクープ記事が載る前日に自ら命を絶つはずがない。だが、〝他殺〟の線の捜査は行なわれず、〝自殺〟として処理された。この『りそな銀行』に関しては、監査本部審査会の二日後の二〇〇三年四月二四日にも、朝日監査法人会計士の平田《ひらた》聡《さとし》がマンションの一二階から転落死し、〝自殺〟で片付けられている。

二〇一二年九月一一日付で中華人民共和国特命全権大使に任命された前外務審議官の西宮《にしみや》伸一《しんいち》のケースもそうだ。

西宮はその二日後に渋谷区の路上で意識不明になって発見され、その三日後の九月一六日に六〇歳で死亡した。死因は〝急性心不全〟として処理されたが、なぜその日に限ってSPが付いていなかったのか。

今回の〝田布施元首相銃撃事件〟の場合、政府がなぜ「上沼の単独犯行」で終わらせたいのか。その理由はある程度、推察できる。

つまり、〝事件〟の裏には、〝自憲党〟がいいなりにならざるをえない人物、組織、もしくは国が存在しているということだ。そこまでわかれば、〝事件〟の構造を特定することはそれほど難しくない。

篠山は、薄々〝事件〟の裏と黒幕の正体に気付いていた。

〝理由〟は〝令和〟ではないのか……。

三年前に新しい年号が決まった時、一部の右翼関係者が〝令和〟の意味を曲解し田布施首相に「かなり怒っていた……」という情報は〝公安調査庁〟の方でも把握していた。

もし田布施が消された理由がいまの〝令和〟という年号にあるとすれば、〝事件〟の構造はある程度推察できる。

〝黒幕〟はあの男以外にはあり得ない……。

『日本皇道会』の高野晃紀……。

〝公安調査庁〟の〝調査第一部〟の調査対象はアレフなどのカルト教団の他に日本共産党、革マル派・中核派などの新左翼、朝鮮総連、右翼団体などだ。日本の代表的な右翼団体である

〝日本皇道会〟のことは常にマークしているし、総裁の高野晃紀とは以前から個人的な付き合いもあった。

高野が〝事件〟の黒幕に名を連ねていれば、自憲党は絶対にこれ以上、手を出したくないだろう……。

それに篠山は、今回の〝事件〟に関して、〝あること〟に気付いていた。

〝事件〟当日の〝現場〟の映像――特に未公開の映像――を何度も繰り返し見ていて、その中によく知っている男が写っているのを発見した。

あの不審な動きをする警護班の中の、警視庁のSPの一人……。

髪形を変え、マスクで顔を隠してはいるが、あの男は確かに二年前まで調査第一部にいた自分の部下、いまは警視庁の警備部警備運用課に出向しているはずの蓮見忠志だった……。

これで、〝事件〟の構造はさらにはっきりしてくる。

蓮見は、庁内ではテロのエキスパートだった。それが田布施元首相暗殺のために二年前に引き抜かれたのだとすれば、自分がいるこの〝公安調査庁〟も、最初からこの〝事件〟の構造の中に組み込まれていたことになる。

だから〝困る〟のだ。

もし有田からのメールが流出し、それが元でマスコミが〝事件〟の真相に気付き、捜査があらぬ方向に進展したとすれば、この〝公安調査庁〟もけっして無傷ではいられないだろう。

だが……。

篠山は、もうひとつの可能性に思いいたり、笑みを浮かべた。

もしこの自分のパソコンの中に入っている有田のメールを、少し文脈を変え、日本のマスコミに故意に流出させたら何が起きるのか……。

新聞社ではダメだ。特にいまの大手五紙は〝自憲党〟内閣に忖度し、揉み消してしまうだろう。

それならば、むしろジャーナリスティックな記事を売り物にする有名週刊誌あたりが効果的かもしれない。

〝公安調査庁〟は歴代内閣を支える組織だった。

もしかしたら今回の案件は、その〝公安調査庁〟が国民に対して〝正義〟を敢行するための、絶好の機会になる可能性もある。

だが、まだ早い。

いまは静かに、機が熟すのを待つ時だ。

第四部　蘇る亡霊

1

〝田布施元首相暗殺〟から二カ月が過ぎると、報道と世論は完全に一定の方向を向きはじめた。ひとつはやはり〝合同教会〟への追及だ。

特に木田邦男首相の後援会長が「合同教会関連団体の議長……」だったことが八月二四日発売の週刊誌で報じられ、それまで教団と〝自憲党〟に忖度していたメディアも一斉に攻撃側に転換。〝合同教会〟と、数十年にわたり蜜月の関係を続けてきた自憲党への糾弾は一層、厳しさが加速した。

もうひとつは、九月二七日に迫っていた田布施元首相の国葬に対する是非の議論だった。

実際に世論調査では国葬に〝反対〟する人が〝賛成〟を上回った。一般紙のアンケートでは「反対」と「どちらかといえば反対」を合わせた〝反対派〟が平均五五パーセントから六〇パーセントに達し、日本だけでなく世界のマスメディアを驚かせた。

田布施元首相の〝国葬〟のいったい何が問題なのか──。

まず第一の問題は、国会での議論を経ずに一六億六〇〇〇万円もの金額が国費から支出されることが閣議で決まったことだ。これが憲法学者などから「財政民主主義の原則に反する」と批判されたことが背景にあった。

もうひとつの問題は、今回の田布施元首相の国葬には「根拠になる法令がないこと……」だった。戦前には国葬令があり、東郷平八郎《とうごうへいはちろう》や山本五十六《やまもといそろく》などの軍神がその対象となった例はある。だが、国葬令は戦後の一九四七年に失効している。

現在、日本に残る国葬に関する法令は皇室典範の第二五条にある〈──天皇が崩じたときは、大喪の礼を行う──〉という一文があるだけだ。

〝大喪の礼〟──つまり、国葬である。

田布施が歴史上の名宰相であったとしても、天皇ではない。

〝自憲党〟の木田政権は、なぜその田布施の国葬を強行しようとするのか──。

一ノ瀬には薄々、その理由がわかっていた。

いや、ほとんどのメディアが、今回の〝国葬〟の仕掛人──黒幕──の正体をわかっているはずだ。わかっていて報道しないのは、「推察で名前を出せるような相手ではない……」からにすぎない。

今回の〝国葬〟の黒幕は、神道系の右翼組織『日本神道連議会』会長の竹田正堂《たけだしょうどう》あたりだろう。

竹田は〝自憲党〟に最も発言力を持つフィクサーの一人だ。おそらく竹田は〝国葬〟を行なうことで自分が育てた田布施元首相を神格化することにより、〝黒幕〟としての支配力を高めようとしているに違いない。

木田首相は、竹田に命じられれば絶対に国葬を実行するしかない。いくら野党や世論の逆風を受けても。もしやらなければ、自分が首相の座から失脚させられることがわかっているからだ。

日本は戦前、戦後を通じ、すべての内閣は〝神道〟に名を借りた〝右翼〟に支配されてきた。その図式は、現在も変わらない。

もしかしたら、あの〝田布施元首相暗殺〟も……。

何らかの理由で田布施が日本の支配者の怒りを買ったのだとすれば、そんなことも有り得ない話ではないのかもしれない……。

九月の第二週のある日、一ノ瀬がほぼ惰性で編集部に顔を出すと、担当デスクの増田から思いがけない呼び出しを受けた。

「一ノ瀬さん、いま時間ありますか。ちょっと、話があるんですが……」

外はまだ明るい時間だ。

「時間はあるに決まってるだろう。どうしたんだ、改まって」

一ノ瀬がぶっきら棒に答えた。

編集部ではデスクの増田が直属の上司ということになるが、歳は一ノ瀬の方が一〇歳近く上だ。

「それじゃあ、ちょっと付き合ってください。どこかにお茶でも飲みに行きましょう」

結局、神田神保町一丁目の『さぼうる』という古い喫茶店に付き合うことになった。

テーブルの二人の前にホットコーヒーが届き、ひと口ずつすすったところで、増田が口を開いた。

「実は、一ノ瀬さんにもう一度、奈良に行ってもらいたいのですが……」

「奈良だって？　おれはもう、あの件から干されたはずだろう……？」

一ノ瀬は首を傾げた。

「はい……いや、まさか……。その……ここだけの話なんですが、編集長の森本さんからの申し出でして……」

〝森本〟の名を聞くまで、忘れていた。

そういえば高村美恵が、一カ月半ほど前にそんな話をしていた。飲んだ席の冗談だと思っていたのだが……。

「それで、森本は何だって？」

一ノ瀬が訊いた。

「私もよくわからないのですが、例の〝陰謀論〟の線で取材を続けてほしいと……」

増田の説明は、こうだった。

二カ月前の〝田布施元首相銃撃事件〟に関しては週刊誌各誌の切り口もほとんど〝合同教

会〟絡みに統一され、目新しさがなくなってきている。そこで改めて〝謀殺説〟について取材を再開、継続して、何か決定的な証拠が出てきたり他誌に動きがあった時には即時対応できるように準備しておいてもらいたい――。

もちろんこの企画は記事になるかどうかわからないし、将来的にページが取れる可能性は低い。だが、通常の取材費と企画二本分の最低限の原稿料だけは保証する――。

こちらは取材費と最低限のギャラが出るなら何の文句もない。

話は、とんとん拍子で決まった。

増田から話が持ちかけられたのが九月一三日の火曜日。その日のうちに一ノ瀬が自分で新幹線のチケットと現地のホテルを手配し、翌一四日の水曜日の朝から奈良に向かうことになった。

その日の夜は、〝打ち合わせ〟の名目で美恵に会った。

「〝取材〟に関して手助けが必要だったら、何でもいってくださいね。調べることがあったら私がやるし、必要なら奈良に呼んでもらってもいい……」

美恵が焼肉屋の個室で、ミスジを頬張りながらいった。

手助けはうれしいが、別に奈良まで来てもらう必要はない。

「ひとつ、頼みがある。お前、右翼に知り合いはいるか。できれば〝民族派〟の大物がいい……」

もし右翼が今回の〝事件〟について何か情報を持っているとすれば、そのあたりだろう。

「ええ、何人かいるわ。一緒にご飯するくらいの人なら。何を訊き出せばいいんですか？」

美恵は、とにかく顔が広い。美人で色気もあるし、特に右翼やヤクザなど裏社会の大物に可愛がられる傾向がある。それが彼女の、週刊誌の記者としての武器だ。

「とにかく情報通の右翼の大物を摑まえて、飯にでも誘ってみてくれ。そこで、今回の〝事件〟に関して何か裏情報がないかどうか、探ってほしい……」

「わかった。本当は上沼の単独犯行じゃないんでしょとか、〝黒幕〟は誰なのとか、鎌を掛けてみればいいんでしょう？」

美恵が当り前のようにいった。

「まあ、そんなところだ……」

本当のことは訊き出せなくても、酒が入れば何かボロが出る。

「わかった。やってみる。私、そういうの馴れてるから平気よ……」

かなりリスクのある手段だが、まあ美恵ならばだいじょうぶだろう。

翌朝、一ノ瀬は予定通りに奈良に向かった。

東京駅七時四二分発の新幹線〝のぞみ81号〟で京都へ。九時五七分着——。

ここで一〇時一〇分発の近鉄京都線〝特急橿原神宮前行〟に乗り換え、二つ目の大和西大寺駅へ——。

駅のホームに立って腕のオメガを見ると、午前一〇時四〇分を少し過ぎたところだった。

ちょうどいい時間だ……。

一ノ瀬はあの日の上沼容疑者のように、数日分の着替えが入ったショルダーバッグひとつを肩に掛け、駅の北口広場に向かって歩き出した。

2

同じころ、神奈川県大磯町――。

公安調査庁調査第一部テロ情報課課長の篠山宗太は、大磯城山公園に近い、広大な屋敷の駐車スペースに運転する車を駐めた。

周囲を石の壁に囲まれ、目の前に高い鉄の門扉がある。御影石の柱の表札に〝高野〟の文字。道一本隔てたすぐ向こうには、あの旧吉田茂《よしだしげる》邸の森が見えた。

篠山は車を降り、門扉の柱にあるインターホンのボタンを押した。

――はい、どちら様でしょう――。

スピーカーから、女の声が聞こえた。

「公安調査庁の篠山でございます。先生とお約束があるのですが……」

――はい、伺っております。お入りくださいませ――。

鉄の門扉が、ゆっくりと開いた。

篠山は、水ようかんの入った風呂敷包みを手に屋敷に向かった。

玄関に、この家の家政婦なのか高野の内縁の妻なのか、和服を着た女が一人。家に上がり、女の案内で奥の部屋へと通された。

一〇畳間を二つ繋げた、和洋折衷の広い部屋だった。和箪笥やアンティークの英国製ブックシェルフなど、いろいろな家具が無秩序に並んでいる。

奥の部屋に、革のソファーの応接セットがひと組み。そのソファーに、小柄な老人が一人、座っていた。それがかつては〝日本のフィクサー〟とまでいわれた、『日本皇道会』会長の高野晃紀だった。

「先生、お久し振りです。お元気そうで何よりです。これ、ほんのお口汚しですが、よろしければ……」

篠山が風呂敷を解き、〝粗品〟とのしのかかったようかんの箱をテーブルの上に置いた。

「おお篠山君、本当に久し振りだ。君も、かなり出世したらしいね。こんな遠くまで訪ねてきてくれて、うれしいよ。まあ、そこにお座りなさい」

こうして話している高野を見ても、ただの枯れた好々爺《こうこうや》にすぎない。

「では失礼します……」

篠山がそういって高野の向かいのソファーに座った。

暑い日だったが、エアコンは入っていない。だが、開け放たれた広い窓からは、網戸を通して心地好い風と蟬の声が入ってくる。

先程の女性が二人の前に茶を置いて下がるのを待ち、高野がいった。

「それで、何事かね。私のような隠居した年寄りに君のような〝公調〟の精鋭がわざわざ会いにくるとは……」

確かに最近の高野は、〝隠居〟というにふさわしい生活を送っていると聞いていた。すでに歳は八〇歳を超えているはずだ。

政界の〝フィクサー〟として権力を振るっていたのも第二次田布施政権の前の二〇一二年ごろまでで、特に二〇一六年の解散総選挙以後は、公の席や諸外国との交渉の場でもほとんどその名前を聞かなくなった。

だが、それでもまだ警察や陸・海・空の自衛隊の上層部に絶大な権力を行使できることは政府関係者の誰もが知っている。

「はい、ひとつは久し振りに先生のお目にかかりたく……」

篠山がいうと、高野が飄々と笑った。

「まあまあ、世辞はよいから。本当のことをいいなさい。何か私に訊きたいことがあるのだろう?」

すべて、お見通しという訳か。

だが、それならそれで、無駄な腹の探り合いをしなくてすむ。

「実は、そのとおりです。ひとつ先生に、どうしてもお訊きしたいことがございまして……」

「うん、やはりそうか。訊きたいことというのは、今回の〝田布施君のこと〟ではないのかな?」

また、先手を打たれてしまった。

「やはり、先生にはかないませんね。図星です。今回の田布施元首相の〝暗殺〟事件、先生ならば〝裏〟をご存知なのではないかと思いまして……」

篠山はあえて〝暗殺〟、〝裏〟という際どい言葉をぶつけてみた。

だが、それでも高野は鷹揚に笑っている。

「まあ君も〝公調〟の人間なのだから、あの〝事件〟が上沼とかいう男の単独犯行ではないことくらいはわかっているのだろう。君は、どう思う」

高野は〝事件〟が単独犯行ではないことを、認めた……。

どうやら、遠回りをする必要はないようだ。

「はい……。あれが上沼の単独犯行でないことは〝公調〟の方でも承知はしているのですが……。問題は、背後関係はどうなっているのか。そしてその背後の組織が、どのような手を使ったのか……。それで先生の方で、何か情報をお持ちではと思いまして……」

篠山は、核心を突いた。

「〝背後〟がどうとか、どのような〝手〟を使ったのかとか、詳しいことは私も知らんよ……」

高野がしらを切る。

「やはり、そうですか……」

「しかしあの〝事件〟の一週間くらい後だったか、元警視庁の戸塚正夫君がうちに来て、面白いことをいっとったな……」

〝戸塚正夫〟は一時、『国家公安委員会』委員の次期候補にまで名前が挙がった男だ。だが、生前の田布施とは折り合いが悪く、五年ほど前に候補から外された。

その戸塚失脚の陰で田布施に贔屓《ひいき》され、警察機構の頂点にまで上り詰めたのが前警察庁長官の岡村新《おかむらあらた》だった。だが、田布施がその岡村の長官在任中に〝暗殺〟されたことは、何とも皮肉な結末だった。その岡村も今回の〝事件〟の警備不備の責めを負い、先月の八月三〇日付で辞任した。

「戸塚さんは、何といっていました？」

篠山が訊いた。

「うん、どうも田布施君の〝暗殺〟には、空気銃が使われたのではないか。しかもその空気銃は25口径くらいの強力なやつで、弾は人間の体温で溶けてしまう特殊な合金で作られたものだったんじゃないかとか……」

その話は、すでに〝公調〟の方にも警察庁を通じて入ってきている。

篠山は、さらに鎌を掛けてみた。

「その話は、私も聞いています。何でもそのエアライフルは口径六・三五ミリの古い猟銃で、アマルガム弾が使われたとか」

思ったとおり、高野が反応した。

「そうそう、そのアマルガム弾だよ。戸塚君がいっていたのは。それで、その古い空気銃の名前、何といったかな……」

高野が物忘れをしたというような表情で、とぼける。

「〝鋭和3B〟ですか？」

「そうだ。その〝鋭和3B〟だった。例の、〝合同教会〟の韓国の関連企業が作っていたとかいうやつだ」

〝事件〟当日に奈良県警が行なった司法解剖の結果は、すでに警察庁から〝公調〟の方にも送られてきている。

その結果を見る限り、田布施の致命傷となった銃創の状態からして、狙撃は六・三五ミリ口径のエアライフルとアマルガム弾によるものであることは間違いないだろう。だが、その銃が〝鋭和3B〟であるかどうかまでは、特定できないはずだ。

篠山が、さらに誘いを掛けた。

「〝鋭和3B〟だとすると、あの〝事件〟の背後にいるのは〝合同教会〟だということになりますね……」

高野が、それに乗ってきた。

「まあ、その可能性はあるだろうね……。篠山君は、一九八七年に起きた〝赤報隊事件〟のことは覚えているかね。ほら、朝日新聞の阪神支局が襲われて、記者が一人射殺されたあの〝事件〟だよ……」

誰もが知っている有名な〝事件〟だ。

忘れる訳がない。

あの時は〝事件〟の直後に〝赤報隊〟を名乗る謎の組織から一部のマスコミに犯行声明文が届き、民族派の〝新右翼〟の関与が疑われた。

「よく覚えています……。確かあの〝事件〟の時には、先生も警察の捜査の対象になっていたと聞いていますが……」

篠山はまだ、十代の若者だった。

「そうだそうだ。まったく、酷い話だ。警察や君がいる〝公調〟の連中も、我々民族派の政治団体をまるで犯人扱いでね……」

高野はいかにも不快そうに顔をしかめ、首を横に振った。

「しかし、確かその後に〝合同教会〟からも犯行声明文が出て、〝赤報隊〟というのは捏造《ねつぞう》された団体であったことが明らかになったように記憶していますが……」

当時、朝日新聞社は、教団側の〝世界共倒連盟〟が推す〝国家秘密法〟への反対キャンペーンを張っていた。教団側は、これに強く反発していた。

現在では同年一月二四日の〝朝日新聞東京本社銃撃〟に始まる一連の〝赤報隊事件〟は、すべて教団側による〝テロ〟という見方が有力となっている。

「まあ、結局真犯人はわからず、〝事件〟は迷宮入りとなってしまったがね。私はいまでも、あれは教団側の犯行だったと信じておる……」

高野がいった。

「すると先生は、今回の田布施元首相の一件も、赤報隊事件と同じ構図だと……？」

「もし犯行に戸塚君がいった〝鋭和３Ｂ〟とかいう空気銃が使われたとしたら、その筋書きはあると思うね。しかし、付き合いのある仲間内では、まったく別の〝噂〟も流れとるがね……」

〝仲間内〟というのは、〝右翼的な政治団体〟ということか。

「どんな〝噂〟ですか？」

篠山が訊いた。

「うん、アメリカのＣＩＡが〝殺った〟という〝噂〟だよ。君も耳にしたことはあるだろう」

確かに〝ＣＩＡ犯行説〟は、すでにネット上にも溢れている。

「例の、田布施元首相が訪台するのを、アメリカの国務省が嫌ったという……」

篠山がいうと、高野が一笑に付した。

「まさか。そのくらいのことでアメリカが田布施君を消す訳がない。だいたい〝事件〟の直後に、台湾の副総統が弔問のために来日しとるじゃないか。あれはどうなる？」

確かに、高野のいうとおりだ。

あの〝事件〟の三日後の七月一一日、台湾の頼清徳《らいせいとく》副総統が来日し、田布施の自宅を弔問した。あれは一九七二年の〝日台断交〟以来、台湾政府最高位の初となる訪日だった。

「それでは、どんな〝噂〟なのでしょうか……」

「そうか、君は田布施君とアメリカのトランプ前大統領との密約を知らんのか……」

「〝密約〟ですか？」

「そうだ。実は、こういう訳なのだが……」

二〇一七年一月二〇日、ドナルド・トランプがアメリカの第四五代大統領に就任した。

その直後から田布施元首相は世界の首脳に先駆けてトランプのもとに押し駆け、昵懇《じっこん》の関係を築いてきた。

その関係を維持するために必要だったのが、田布施からトランプへの——日本からアメリカへの——莫大な額の〝貢ぎ物〟だった。その一例がアメリカからの大量の武器購入の〝密約〟で、新型戦闘機F-35を一〇五機で二兆四八〇〇億円など、総額三兆円を超える途方もない取り引きが成立してしまった。

だが、そこまではまだよかった。F-35やオスプレイに関しては自衛隊の上層部にも承認され、予算面でも消費税を八パーセントから一〇パーセントに上げるなどして何とか対処する目処もついた。

問題は、田布施がその後にトランプと口約束してしまったトマホークの購入だった。

トマホーク(BGM-109)は、一九七七年の民主党政権のカーター大統領の時代に開発が始まったアメリカの長距離巡航ミサイルである。一九八〇年に初めて艦上からの発射に成功し、一九九一年の湾岸戦争、二〇〇三年のイラク戦争、二〇一七年のシリアにおけるシャイラト空軍基地攻撃などに使用された戦歴がある。

アメリカ以外ではイギリスが二〇一四年に六五発を購入。その金額は当時一億四〇〇〇万ドル(約一九〇億円)だった。だが、それから八年が経っていかにも時代遅れの感は否めず、オーストラリアなども導入を見合わせている状況だった。

このトマホークを、田布施は「日本に売ってほしい……」とトランプ大統領に申し入れ、密約を交わした。

もちろん日本の自衛隊にトマホークを配備することは、〝敵基地攻撃能力〟という観点から見れば合理的な選択だった。事実、海上自衛隊は二〇〇五年の『中期防衛力整備計画』策定時に先制攻撃のシステム構築の一環としてトマホークの配備を政府に要求していた経緯がある。

問題は、その〝数〟と〝価格〟、そして一七年という時代の経過だった。

田布施が「買う……」と〝密約〟してしまったトマホークの数は五〇〇発。しかもその金額はイギリスの前例からしてせいぜい一二億ドル（一三八〇億円）ほどだと思っていたのだが、アメリカが要求してきたのは何と一八億ドル以上（二〇〇〇億円以上）、さらに運用費も含めて五〇〇〇億円という価格だった。

高野が続ける。

「田布施君はその金額も含めてトランプに安請け合いをしてしまってな。まったく、困ったものだ。もう防衛費はF－35とオスプレイで一〇年先まで使い果たしているわけだし、〝金〟を工面するといっても、まさかまた消費税を上げる訳にもいかんしね……」

「それで田布施さんは、首相を辞めたんですか……」

田布施博之は、二〇二〇年八月に突然、総理大臣の職を辞任することを発表した。理由は「体調に異変が生じ……」ということだったが、まさかあの辞任劇の裏にそんな事情があろうとは……。

「あのころはもう、アメリカの大統領選で民主党のバイデンが勝つことが濃厚だった。しかし、トランプが負けても、バイデンはさらに強く〝密約〟の履行を迫ってくる。すでにF－35やオスプレイの〝売り上げ〟はトランプの手柄になっているが、バイデンも自分の〝実績〟が欲しい。それで田布施君は、自分が首相を辞めてしまえば〝密約〟をうやむやにできるんじゃないかと考えた訳だよ……」

だから田布施は、首相の座を原芳正に譲った。ところが原も自分が首相になって初めて〝密約〟の内情を知り、唖然とした。それで原は、二〇二一年九月の総裁選に出馬せず、首相の座を木田邦男に譲ってしまった。

偏った見方だが、一応の筋書きは通っている。

「まあ党役員の人事など、政権の運営に行き詰まったことも否定できんけれどね。その上にトマホーク五〇〇発の責任を負わされるとなると、首相の座を投げ出したくもなるだろう」

「それで、木田さんがトマホークの〝密約〟もろとも政権を引き継いだ訳ですか……」

「いまごろ木田君はバイデンに説得されて、トマホークの件で右往左往していることだろうね。五〇〇発を、四〇〇発にする交渉をしようという話もある。自衛隊も艦対地ミサイルは欲しがっていたが、間もなくトマホークより射程が一〇〇〇キロ長い三菱の一二式ミサイルを撃つための垂直発射装置（ＶＬＳ）付き潜水艦の実験も始まる。これの運用が四年後からだとすると、その間のつなぎでトマホークを買うなら五〇発もあれば十分だろう」

高野はさすがに兵器について詳しい。

戦後、日本は、自衛隊の創設からアメリカの武器、航空機の購入に至るまで、一貫して〝右翼〟がフィクサーとして両者の間に入り込み、莫大な利益を上げてきた。

東京タワーを作る鉄のためにアメリカの戦車九〇輌が払い下げられたのは有名な話だが、その時に民間会社との間にフィクサーとして入り込み、落札のまとめ役となったのは右翼の三浦《みうら》義一《ぎいち》だった。一九七六年に明るみに出た〝ロッキード事件〟の裏で暗躍したのがやはり右翼の児玉誉士夫《こだまよしお》であったことは、もはや有名な話だ。

高野が続ける。

「防衛省や自衛隊の幹部も、田布施君には怒っておるよ。そんなトマホークのような骨董品を五〇〇発も買うくらいなら、もっと有意義に防衛費を使わせてほしいとね。そんな金があるなら一二式ミサイルの運用はもっと前倒しできるだろうし、自国製の軍用ヘリや新型戦闘機の開発だって不可能ではあるまい……」

「すると、田布施さんがＣＩＡに〝消された〟というのは……」

「そういうことだよ。田布施君は、トランプとの〝密約〟を反故《ほご》にしようとした。つまり、裏切り行為だ。実は我々も、田布施君はアメリカに消されるのではないかと噂しておったところだった。その矢先に、あの〝事件〟が起きた……」

「なるほど、一理ありますね……」

篠山が話を合わせる。

「まあ、間もなくわかるだろう。来月になれば防衛省がまるで日本側から要求したかのようにトマホークの購入を発表するだろうし、資金に困った木田君は近いうちに防衛費の大幅増額とそれに伴う大増税を閣議決定するはずだ。木田君はよくも悪くも、正直すぎるからな」

高野がそういって、おかしそうに笑った。

確かに時系列は合っている。

田布施が台湾訪問問題でＣＩＡに消されたというのはあまりにも陰謀論的だが、トマホークに絡む数千億円の〝金〟の話ともなると、一応の説得力もあり、フェイクストーリーとしても面白い。

篠山はここで話を変えた。

「しかし、私は田布施さんが命を狙われる理由が、まだ他にもあったのではないかと思っているんですが……」

「ほう、どんな理由だね」

高野が、首を傾げた。

「例えば、例の〝令和〟です。あの年号と、令和元年の即位後朝見の儀が〝合同教会〟の創設記念日に行なわれましたね。そのことを、先生のような民族派の政治団体の方々がかなり怒っていると聞いたのですが……」

篠山は、核心を突いた。

「ほう……」

高野の顔から、笑いが消えた。

篠山は二時間ほど高野と長話をして、大磯の家を出た。

半袖のワイシャツの下には、べったりと汗が滲んでいた。車に乗ってエアコンの風を強くすると急速に汗が引きはじめ、やっとひと息つくことができた。

それにしてもあの高野晃紀という男、さすがに日本の政界で長年フィクサーとして暗躍してきただけのことはある。

篠山が〝令和〟と口にした時には一瞬、顔色が変わったが、その後も飄々として崩れることはなかった。逆に篠山の方が、まるで子供のように軽くあしらわれた。

だが、あの男〝何か〟を知っている。

篠山としてはある程度確信して鎌をかけた〝令和〟というひと言だったが、まさか……。

だが、〝令和〟の話になってからあの場の雰囲気が変わったことは事実だった。

篠山は自分の頭に浮かんだ疑念を打ち払い、東京に向けてアクセルを踏んだ。

高野晃紀は、〝公調〟の篠山が帰るとすぐに、テーブルの上のアイフォーンを手にした。

通話履歴から〝神の守人〟の山道義長の番号を探し、電話を掛けた。

呼び出し音が五回鳴ったところで、電話が繋がった。

「ああ、山道君か。私だ……。いや、大した用じゃないんだがね。君は、〝公調〟の篠山宗太という男を知っているかね……。そうか、知っているなら、話が早い。実は今日、ほんのいままで、篠山がこの家にいてね……。

うん、そうだそうだ。例の、田布施の件だよ……。

まあ、それはいいんだ。あの男も〝公調〟の調査第一部の人間なんだから、田布施の件でいろいろ嗅ぎ回るのは当然だ。私の方も、〝合同教会〟だとかＣＩＡだとかいろいろ話を出して、相手はしてやったんだが……。

いや、違うんだ。それはいいんだが、今日あの男が、田布施の一件について〝令和〟のことを突いてきてね……。

そうだ、〝令和〟のことで、我々〝民族派〟の政治団体の者が、怒っていたのではないかとね……。

そうだ。まあ、こちらもうまくはぐらかしてやったから、問題はないと思うがね……。

ただ、あの男、〝何か〟に気付いているのかもしれん。だとしたら、厄介だな……。

そうだな。山道君の方でも手を打ってくれるのなら、助かる……。

わかった。そうしてくれ。では、頼んだよ……」

高野はそれだけいって、電話を切った。

3

一ノ瀬正隆は、大和西大寺駅北口の階段の上に立った。

ガラス越しに、駅前のロータリーと例のゼブラゾーンが見えた。

だが、階段には改札のあるフロアーから地上までフードのような屋根と壁があり、窓も小さく、ここからだと〝現場〟の位置関係がよくわからない。

一ノ瀬はアイフォーン13のカメラで写真を撮りながら、駅前広場まで下りた。ロータリーを囲むように歩道があり、バス停が並んでいた。発車を待つバスが三台停車していた。

奈良交通①JR奈良駅西口行他のバス停の前を通って左に曲がり、②秋篠寺《あきしのでら》方面押熊《おしくま》行のバス停を過ぎる。そこでロータリーの車道と歩道を隔てる柵が一部、途切れている。

ここが〝事件〟の当日、上沼卓也容疑者が立っていた場所だ。

県道を隔てた前方に田布施元首相が立っていたT字路の中洲のガードレールが見える。上沼はここからロータリーの車道側に出て、県道104号線を渡りながら、手製の散弾銃を二発、演説中の田布施に向かって発砲した。

一ノ瀬は、当日の上沼の目線から写真を撮った。中洲のゼブラゾーンのガードレールが、すぐ目の前に見える。確かに演説中の田布施を銃撃するには、理想的な場所だった。

さらに歩道に進み、県道104号線の角に出た。

当日の記録によると、ここには県警の警備課長が立っていたはずだ。上沼はそのすぐ横に立っていて、県道を歩いて渡り、警備課長のすぐ目の前で手製の銃を発砲したことになる。

おかしい……。

当日の記録では、SPと県警の警護官の全員が「一発目を銃声とは思わなかった。何かの爆発音だと思った……」と証言している。

そんなことが有り得るだろうか。

〝音が何に聞こえたか〟ではなく、〝目の前に銃を構えて発砲した〟男がいたのだ。それすら見えていなかったとしたら、いったい何のための〝警護〟なのか……。

一ノ瀬は車が途切れるのを待って県道を渡り、T字路の角の歩道に立った。〝事件〟の当日、聴衆が立っていた場所だ。

前回、来た時にはここに献花台があったはずだが、いまはなくなっていた。

すぐ目の前に、田布施元首相が立っていた中洲のゼブラゾーンがある。ここからならば、演説も、背後から田布施を狙う上沼の動きもよく見えたはずだ。

当日はここにとゼブラゾーンの間に奈良西警察署の制服の警察官が立っていた。それなのに、なぜ上沼の動きを見ていなかったのか……。

一ノ瀬は写真を撮り、目の前のT字路の横断歩道を渡った。間もなく、すぐ左手にある交差点内のゼブラゾーンの前を通る。

ガードレールには、こんな貼り紙がしてあった。

〈――立ち止まらずに通行ください――〉

〈――お花やお供えなどは、故人へのお気持ちと共にお持ち帰りください――〉

だが、ガードレールの周辺には、無数の花束や供え物が置かれていた。

一ノ瀬もその場に立ち止まり、黙禱し、手を合わせた。

ここが、正に〝事件〟の〝現場〟だった。

いまは人々の生活は以前に戻っているが、およそ二カ月前の七月八日、日本で八年以上も総理大臣の座にあった田布施博之が地方の駅前のこの何の変哲もないT字路の中洲で〝暗殺〟されたことは歴史的な事実なのだ。

一ノ瀬は手を下ろして一礼し、横断歩道を渡った。

目の前にあの〝キョウワタウン〟ビルが聳えていた。

渡り切る直前に、背後に視線を感じた。

無意識のうちに立ち止まり、振り返った。

つい先程まで一ノ瀬がいた場所に、初老の男が立っていた。中肉中背で頭に白いものが交じっているが、肩幅が広い。半袖の白いワイシャツに灰色のズボンという服装からして、どことなく刑事然とした雰囲気があった。

男は歩道に立ち、確かに一ノ瀬のことを見ていた。一ノ瀬も、どこか男に見覚えがあるような気がした。

思い出した。あれは、確か、前回ここに来た時にぶつかった男だ……。

やはり、あの男は刑事だったのか。いまでもこの〝現場〟に通い、〝地取り〟の捜査を続けているのか――。

まあいい。後でまた見掛けたら、声を掛けてみるか……。

一ノ瀬は横断歩道を渡り切り、目の前の〝キョウワタウン〟ビルに入っていった。


眼下に、大和西大寺駅のロータリーが広がっている。

すぐ足元には、T字路の中洲のゼブラゾーンも見える。

一ノ瀬は〝キョウワタウン〟ビル五階のガラス張りのフロアーの先端に立った時に、〝やはりこの場所しかない〟ことを確信した。

このビルには、〝事件〟の直後からいろいろな〝噂〟が立った。

そのひとつが、この〝キョウワタウン〟ビルの「屋上から狙撃された……」という噂だった。

〝事件〟当日、屋上は工事中で、某テレビ局が〝事件〟直後にヘリから撮影した映像に白い作業小屋のようなものが写っていた。

実はこれが〝スナイパー小屋〟で、ここに第二の狙撃手が潜み、田布施元首相を狙撃したという動画やSNSへの投稿が瞬く間に拡散した。

だが、ビルの管理会社は、この〝噂〟が出た直後に「白い物体はダクトの清掃用のテント……」であると説明。しかも当日は屋上に他の作業員もいたことから、〝噂〟は自然消滅して現在に至っている。

一ノ瀬は思う。

やはりこのビルから狙ったとしたら、空室の多いこの五階だろう。しかも道路に面した、東側の部屋のどこかだ……。

一ノ瀬は南側の窓から離れ、誰もいないフロアーを横切り、エレベーターの横のインフォメーションパネルの前で立ち止まった。パネルを見て、首を傾げた。

これはいったい、どういうことだ……？

五階は中央の廊下を挟んで右奥から部屋番号が①、②、③……。さらに左手前から④、⑤、⑥と並んでいる……。

だが、右の②と③の部屋の間に、なぜか⑦という部屋がある。前回、このビルに来た時には、そんな部屋はなかったはずだが……。

一ノ瀬はアイフォーンを手にし、急いでこの〝キョウワタウン〟ビルの賃貸情報を検索した。

すると、こんな情報がヒットした。

〈――キョウワタウン西大寺の賃貸情報

所在地――奈良県奈良市西大寺東町○○○

交通――近鉄奈良線／大和西大寺駅　徒歩1分

賃貸事務所――6階建5F－7号

賃料――月45万8436円

管理費等――月11万4609円

築年数――築20年
面積――114・84㎡――〉

添付されている間取図を見ても、間違いない。この部屋だ……。

一ノ瀬は市松模様の廊下を歩き、〝5F－7〟号室の前に立った。

ステンレスのドアレバーを下げてみたが、鍵が掛かっていた。

どこからか、人の声が聞こえてくる。

振り返ると、背後の事務所に〝共和住宅ハウジングセンター〟と社名が入っていた。

一ノ瀬はもう一度、アイフォーンの賃貸情報を確認した。

〈――取扱不動産情報
共和住宅ハウジングセンター――〉

〝5F－7〟の空き部屋を扱っているのは、同じフロアーのこの会社だった。人の声が聞こえてくるのも、この事務所の中からだ。

社員がいるらしい。

飛び込みで入っていって、空き部屋を見せてもらえないか交渉してみるか……。

だが、一ノ瀬は、事務所に入っていこうとして、思い止《とど》まった。

いま、あまり大胆に動いて顔を覚えられ、警戒されたりすれば、元も子もない……。

誰かが、事務所から出てくるような気配がした。

一ノ瀬は慌ててその場を立ち去り、エレベーターの陰から非常階段に逃げ込んだ。

人の声と足音はエレベーターに乗り込み、階下に消えた。

一ノ瀬は階段でクリニック・エステフロアーの三階まで下りた。

周囲に老人が何人か座り、診察を待っていた。ここなら、怪しまれないだろう。

一ノ瀬も空いているソファーに座り、もう一度、ネットの賃貸情報を確認した。

すると、周辺の情報も交えて、興味深いことがわかった。

〝5F−7〟の部屋の手前の〝5F−3〟も現状は〝空室〟になっているはずが、ここは貸し出されていない。なぜなのか……。

もうひとつ、面白いことがわかった。この〝キョウワタウン〟ビルの〝5F−7〟を扱っている不動産会社は、〝共和住宅〟だけではなかった。もう一社、奈良市内の〝株式会社コミュニティ〟という会社もこれを扱っていた。

社名や不動産会社の情報を見る限り、〝共和住宅〟の子会社という訳ではなさそうだった。賃貸情報のページには、メールで問い合わせるフォーマットとフリーダイヤルも添付されていた。

一ノ瀬は席を立ち、非常階段の陰で電話を掛けた。

4

〝キョウワタウン〟ビルの〝5F－7〟の部屋は、現在も〝空室〟になっていた。

一ノ瀬が「このあたりで事務所用の物件を探している……」というと、営業の〝ヒラヤマ〟と名乗る男が午後一時半に鍵を用意して現地まで来ることになった。

まだ二時間以上も先だ。

まあ、このあたりで昼飯でも食いながら、時間を潰せばいい。

一ノ瀬は三階のフロアーの大きなガラス窓の前に立ち、大和西大寺駅とT字路の中洲を見下ろした。

時計を見た。ちょうど、あの〝事件〟が起きた午前一一時三一分になっていた。

一ノ瀬はアイフォーンのアルバムを開き、一枚の写真を探した。

〝事件〟の当日、正に田布施元首相が上沼容疑者に最初の銃撃を受ける直前に、この〝キョウワタウン〟ビルの窓から撮られた写真だ。

一ノ瀬が〝事件〟の当日にネット上で拾ったものだ。

投稿者のコメントによると、この写真は〝事件〟の日にいま一ノ瀬が立つこの三階の窓際から撮ったものだ。確かに画面の角度や距離感は、いまこうして肉眼で眺める風景と完全に一致する。

写真には田布施元首相の応援演説の様子を俯瞰するように、人の配置のすべてが写っている。

ゼブラゾーンの手前に、高さおよそ四〇センチの赤い演説台の上に立つ田布施元首相の姿がある。

その右斜め背後に立つ白いワイシャツに赤いタスキを掛けた男は、候補者の藤田潔だ。

さらに田布施のほぼ真後ろから左斜め後ろにかけて、五人の選挙スタッフらしき背広やポロシャツ姿の男たちがゴールを守るサッカー選手の〝壁〟のように隙間なく並んでいる。

やはり、おかしい……。

背後の左斜め後方には、手製の銃を手にした上沼容疑者が近付いていたことになる。上沼と田布施の間の県道に走ってくる自転車が写っているところを見ると、本当にこの直後に――おそらく一秒か二秒後に――田布施に向けて一発目の銃撃を加えたことになる。

田布施元首相の身長は、一七五センチ。高さ四〇センチの演説台の上に立っているのだから、二一五センチ……。

間に立つ選挙スタッフの身長が、一七〇センチから一七五センチ前後……。

上沼容疑者の身長が一七〇センチとして、歩きながら、もしくは腰を低くして目線で構えていたのだとすると、地上からおよそ一二〇センチから一四〇センチの高さから撃ったことになる……。

有り得ない。

万が一、その銃撃で発射された六発の散弾がすべて外れたとしても、その間に〝壁〟のように立つ選挙スタッフの〝誰か〟の頭か胸に当っていたはずだ。

こうして〝キョウワタウン〟ビルの三階の窓際に立ち、改めて写真と実際の配置を見比べてみると、その不可解な現実が手に取るようにわかる。

やはり、上沼の銃は〝空砲〟だったということか……。

もうひとつ奇妙なのは、写真に写っている黒いスーツを着た男だ。

おそらくSPか、県警の警護官の一人だろう。この〝黒いスーツの男〟は五人の選挙スタッフの後ろのゼブラゾーンの外に立ち、背後を振り返っている。その視線の先には、銃を手にした上沼がいる。

見えていないわけがない……。

これは、田布施元首相の警護が〝何者か〟によって操られていた、決定的な〝証拠〟だ。

この写真がネット上から消された本当の理由は、これか……。

犯罪捜査を担当する〝刑事〟たちは、よく「現場一〇〇回……」などという。

やはり、〝現場〟に来なくてはわからないことがある。


近くのカフェで取材用のメモを整理しながらサンドイッチとコーヒーの軽いランチを終え、約束より少し早く一時一五分に〝キョウワタウン〟ビルの五階に戻った。

待ち合わせ場所のエレベーター前のフロアーの窓から外を眺めながら待った。すると、五分もしないうちにストライプのビジネススーツを着た茶髪の若者がエレベーターから降りてきた。

あたりをきょろきょろしながら一ノ瀬と目が合うと、先方から話し掛けてきた。

「すみません、〝コミュニティ〟の〝ヒラヤマ〟ですが、一ノ瀬さん……ですか？」

「ああ、そうです。一ノ瀬です」

一ノ瀬がいうと、男はポケットから〝平山巧司〟と書かれた名刺を出し、一ノ瀬に渡した。

「よろしくお願いします。いま、鍵を取ってきますからちょっとお待ちください」

男はそういって、先程の〝共和住宅ハウジングセンター〟に走っていった。

なるほど、そういうことか……。

「お待たせしました。どうぞ、こちらの方へ……」

男が鍵を持って、戻ってきた。

二人で、〝5F-7〟号室の青いドアの前に立った。男が鍵を開け、ドアレバーを下げる。ドアが開いた。

「こちらがそのお部屋です。お入りください……」

男が先に中に入り、明かりのスイッチを入れ、一ノ瀬を部屋に招き入れた。

がらんとした、奥行きのある部屋だった。

面積が一一〇平米以上あり、家具が何も入っていないので、かなり広く感じた。

一ノ瀬は、正面の広い窓に歩み寄り、白いカーテンを開けた。思ったとおり、〝事件〟の〝現場〟が一望できた。

「この部屋で、何の事務所をやるんですか？」

男が訊いた。

「うん、私は出版関係なんですよ。このあたりで、タウン情報誌の編集プロダクションをやる部屋を探していましてね……」

一ノ瀬がおざなりにいうと、意外な言葉が返ってきた。

「そうですか。ね、そこからだとよく見えるでしょう」

一ノ瀬が、振り返った。

目が合うと、男が悪戯っぽく笑った。

「〝よく見える〟って？」

一ノ瀬が訊き返した。

「ほら、だから、あれですよ。この前あった、例の田布施元首相の〝暗殺事件〟……その〝現場〟がほら、あそこに見えるガードレールで囲まれた白い縞模様の部分なんですよ……」

男も窓際に立ち、眼下に見えるT字路のゼブラゾーンを指さした。

「やっぱり、あれがそうか。そうじゃないかと思ったんだよ……」

一ノ瀬が調子を合わせると、やはり若い男も話に乗ってきた。

「そうなんですよ。最初は僕も、驚きました。あの田布施元首相が撃たれるなんて。自分は田布施さんの大ファンだったし、それに、〝事件〟があったのはよく知っている場所だったんで、本当にびっくりしちゃって……」

どうやら、話好きの男らしい。週刊誌の記者としては、願ってもない相手だった。

「実は私、こういう者なんだけどね……」

一ノ瀬はそういって、改めて『週刊サブジェクト』の名刺を出した。

「あれ、一ノ瀬さんて、週刊誌の記者だったんですか。まいったなぁ……」

男はそういって、茶髪の頭を掻いた。

だが、満更でもないといった様子だった。

「そういえば、あの〝事件〟にはいろんな噂があったね。本当はあの上沼という男の単独犯行じゃなくて、他に真犯人がいて、そいつが撃ったとか……」

「そうそう。そんな噂、地元でもありましたよ。僕の仲間なんかでも、そう思ってる奴、多いですよ……」

やはり男は、話に乗ってくる。

「どこか近くのビルの上の方の部屋か屋上に別のスナイパーが隠れていて、そいつが狙撃したんだろう。そのビルって、この〝キョウワタウン〟じゃないの。まさか、五階の七号室の、ここから撃ったとか……?」

一ノ瀬が、核心を突いた。

男の表情が一瞬、固まったように見えた。

「いや……まいったな……。実は、みんなそういってるんです……。あの日、ちょうど五階のこの部屋の窓が少し開いていたのが、田布施さんの演説を見に来ていた人たちが撮った写真に写ってたんで……」

やはり、そうか。

だが、そんな写真はネット上にも出回っていなかったはずだ。

「それじゃあ、やっぱりこの窓から撃ったんだね」

一ノ瀬がそういって、窓から写真を撮った。

「いや、僕は違うと思うんですよね……」

意外だった。

「どうして、そう思うのかな？」

一ノ瀬が訊いた。

「どうしてって……。あの〝事件〟の当日、ここは空室じゃなかったから……」

「誰かが、入ってたの？」

「そうです。あの選挙期間中だけですけど、借り手が付いてたんですよ……」

「誰が借りてたんだろう……？」

「よくわからないんですけど、田布施さんと同じ〝自由憲民党〟の関係者らしいですよ。たぶん、県連が選挙事務所みたいにして使ってたんじゃないかな。だから、この窓から田布施さんを撃つなんて、絶対に有り得ない……」

茶髪の若い男は、懸命に取り繕おうとしている。

男は自分がかえって〝事件〟の核心に触れていることに気付いていない。

「でも、選挙期間中といったって三週間くらいだろう。こんなビルの事務所を、そんな短期間だけ借りられるのかなぁ……」

一ノ瀬が首を傾げた。

だが、男は当然のようにいった。

「それはだいじょうぶですよ。そもそもこのビルのオーナーさんは〝自憲党〟の奈良県連の人で、確か国会議員の先生だったはずですから……」

何だって？

一ノ瀬は平山という営業マンと別れてすぐにビルの地下のカフェに飛び込み、〝キョウワタウン〟ビルのオーナーについて検索した。

すると、とんでもない情報がヒットした。

〈――キョウワタウンビル

奈良県奈良市西大寺東町○○○にある地下1階、地上6階建ての複合商業施設。

所有、運営は県内企業の共和住宅ハウジングセンター株式会社。

本社は同ビルの5階。

社長は自由憲民党の国会議員でもある、近藤義春氏――〉

これはいったい、どういうことだ？

こんなことが、偶然の訳がない……。

一ノ瀬はさらに、〝近藤義春〟の名前で検索してみた。

〈――近藤義春（１９６１年６月12日〜）は、日本の政治家。自由憲民党所属の衆議院議員（４期）。
選挙区――比例近畿ブロック。
当選回数――４回。
現職・自由憲民党〉

迂闊だった。

考えてみれば今回の〝事件〟は、背後に〝自憲党〟の関与なくしては不可能だ。

なぜならば、七月八日のあの日、田布施元首相の応援演説を前日になって大和西大寺駅北口の会場に〝仕込んだ〟のは、他ならぬ〝自憲党〟の選挙対策本部だからだ――。

〝事件〟の背後関係の一端が見えたような気がした。

一ノ瀬は伝票を手に取り、席を立った。会計をすませ、カフェを出た。

自分の取材の方向性は、けっして間違ってはいない。

次は、どこを当るか……。

そう考えながらビルを出たところで、背後から声を掛けられた。

「あんた、一ノ瀬さんやろう?」

立ち止まり、振り返った。

そこに、白いワイシャツを着た初老の男が立っていた。

5

遠くに見える遊具で遊ぶ子供たちの声が、ここまで聞こえてくる。

立ち話をしながら、子供たちを見守る母親たちの話し声……。

近くの木陰のベンチでは老人が一人、杖の上に両手を乗せてぼんやりと休んでいる。

つい二カ月ほど前に、この公園のすぐ近くの駅前で田布施元首相が〝暗殺〟されたなどとは思えないほど、平和な光景だった。

一ノ瀬は〝キョウワタウン〟ビルの前で声を掛けられた男と、近くの西大寺近隣公園に移動した。

空いているベンチを見つけて座ると、男は「ちょっと待っててや……」といってどこかに出掛けていった。しばらく待っていると、男が日本茶のペットボトルを二本持って、戻ってきた。

「ほら、これ飲んでや。こう暑くちゃ、喉が渇いていかん」

男がペットボトルを一ノ瀬に渡し、横に座った。

「あ、ありがとうございます。お金、私が出します……」

一ノ瀬が立とうとすると、男が笑った。

「まあ、ええから。若いモンは、年寄りの顔を立てなあかん……」

男がそういってペットボトルの蓋を開け、冷たいお茶を美味そうに飲んだ。

「すみません……」

一ノ瀬も、ベンチに並んでお茶を飲んだ。

男の名は石井継男、年齢はおそらく六十代の前半くらいか。〝刑事〟ではなく、〝元刑事〟だという。

石井は一ノ瀬のことをよく覚えていた。七月の一三日に、一ノ瀬が二度目にあの〝現場〟を訪れた時、〝キョウワタウン〟ビルの前の歩道でぶつかったこと。その時に一ノ瀬に渡された『週刊サブジェクト』の名刺を、いまも持っていた。

「名刺をもろたんでな、週刊誌を買《こ》うて、あんたの記事読んだで」

石井が、なぜか楽しそうにいった。

「読んで、どうでしたか?」

一ノ瀬も、気軽に訊いた。

「ああ、面白かったで。おれも、そのとおりやと思うわ。あの〝殺し〟は、上沼とかいう奴の単独犯なんかやない。警察のモンも、みんなそう思っとるはずや……」

警察の者もみなそう思っている……。

現役ではなくても、〝元刑事〟がいうのだから、確かなのだろう。

「しかし、石井さんは奈良の方じゃありませんよね」

一ノ瀬がいった。

石井の口調はいわゆる関西弁だが、なぜか違和感のようなものを覚えた。

「よくわかったな。おれは、神戸や……」

「神戸の〝元刑事〟さんが、なぜ奈良の〝現場〟に？」

素朴な疑問だった。

「まあ、大した理由やないんや。いうたら、退屈しのぎの道楽ちゅうやっちゃな……」

石井は、よくありがちな身上話を聞かせてくれた。

六年前、六〇歳で兵庫県警を定年退職。最後の所属は前にもいた西宮警察署で、その後、五年間は外郭団体の防犯協会で延長雇用されていたが、それも今年の春で退職した。

退職金もあるし、年金も出るようになったので、これからのんびりと残りの人生を楽しもうとしていた矢先だった。四〇年近く連れ添った妻が、心筋梗塞でぽっくり死んだ。

まるで、手足を奪われたような気持ちだった。家に一人でいても何も手に付かず、やることがない。

そんな時にちょうど、〝田布施元首相銃撃事件〟が起きた。

〝事件〟の報道を見ただけで、これは絶対に〝単独犯〟ではないと確信した。理屈ではなく、

〝刑事〟の直感だった。そう思うと居ても立ってもいられなくなり、家を飛び出して奈良に向かっていた。

「まあ、〝刑事〟の〝勘〟っていうても、〝元刑事〟の〝勘〟やけどな……」

石井がそういって、笑った。

「それじゃあ石井さんは、〝事件〟から二カ月、ずっと奈良にいるんですか?」

一ノ瀬が訊くと、石井がまた笑った。

「そんなこと、あるかい。ほんなことしたら、なんぼなんでも金がもたんわ……」

「それじゃあ?」

「最初は〝事件〟の直後に二泊で奈良に来て、一カ月ほど前にも一泊で来て、今度はまた二泊で三度目や。どうしても納得いかんことがあってな。よく〝現場一〇〇回〟というやろう」

「実は、私も今回が三度目です……」

「やはりな。この〝事件〟は、おかしな所に気が付いたら、誰だって納得がいかんわ。そうやろう?」

「確かに、そうですね……」

一ノ瀬だって、納得がいかないところがいくらでもある。

「あんたさっき、不動産屋に案内させて、あのビルの五階の部屋に入ったやろう」

石井がいった。

「はい、入りました。見てたんですか?」

「ああ、下から見上げたら、あんたがあの部屋の窓から顔を出すのが見えたんでな。それで、声を掛けたんや」

やはりこの男も、〝あの部屋〟が気になっていたということか。

「石井さんは、〝あの部屋〟をどう思いますか？」

一ノ瀬が訊いた。

「どう思うて？　つまり、〝あの部屋〟から〝撃った〟んやないかっちゅうことか？」

石井が、包み隠さずにいった。

「そうです……。私も、誰か別の真犯人が〝あの部屋〟に潜んでいて、〝狙撃〟したのではないかと……」

一ノ瀬もいつの間にか、本音で石井と話しはじめていた。

「でも、ライフルで撃ったら、音が聞こえるやろ。どんな銃を使ったと思う？」

石井は駆け引きをしながら、会話を楽しんでいるようだった。だが、一ノ瀬にしてみれば、これは最高の〝取材〟だった。

「例えば、銃声のしないエアライフルを使ったとしたら？」

一ノ瀬は試されているとわかっていながら、逆に石井に探りを入れた。

「ほう……。〝空気銃〟で人を殺せると思うんか？」

「ええ。普通の空気銃ではなく、例えば一九八〇年ごろに〝合同教会〟が韓国で作っていた〝鋭和ＢＢＢ〟という狩猟用のエアライフルだとしたら……」

一ノ瀬が〝鋭和BBB〟の名を出すと、石井は驚いたように目を丸くし、そして笑い出した。

「いやぁ、まいったな。あんた〝鋭和BBB〟……〝鋭和3B〟のことまで調べとったんか。そうや。〝鋭和3B〟で当りや……」

「〝当り〟って、どういうことです?」

「だから、あの〝事件〟には〝合同教会〟の〝鋭和3B〟が使われたんや……」

石井がいうには、こういうことだった。

田布施元首相が銃撃された翌週——最初に奈良の〝現場〟を見て神戸に帰った翌日——に、石井は西宮警察署刑事課の元部下に連絡を取った。

二人で電話で話しているうちに、どちらからともなく「あの〝事件〟は怪しい……」ということになった。自分たちの所轄ならばあのような隙だらけの警備は有り得ないし、そもそもあんな危険な場所で田布施元首相に応援演説をやらせたりはしない。あの〝事件〟は絶対に、上沼容疑者の単独犯行などではない……。

その会話の中で、部下がこんなことをいった。

——実は奈良県警が〝事件〟の直後から、全国の所轄に連絡を取って、〝合同教会〟が昔製造していた〝鋭和3B〟をいま所有している者、もしくは隠し持っている可能性のある者を探していた。うちの署(西宮警察署)にも、照会が来ていた——。

「そういう訳や。あの〝事件〟には、〝鋭和3B〟が使われたっちゅうことやな。だから、あんたの〝読み〟は〝当り〟や……」

「すると、〝事件〟の黒幕は〝合同教会〟ということですか?」

一ノ瀬が訊いた。

「いや、それはわからん。だけど、直感的にこう思っとるんやけどな。今回の〝事件〟は、あの〝赤報隊事件〟と同じなんやないかってな……」

「〝赤報隊事件〟ですか。どうして、そう思うんです?」

そういえば作家の香田義雄も、〝赤報隊事件〟と同じ構図だといっていたらしい。

「どうしてって、いわれてもなぁ……。だからおれは、西宮署の〝刑事〟だったっていったやろう」

「あ、そうか……」

一九八七年五月三日、朝日新聞阪神支局が襲撃された〝赤報隊事件〟の所轄は、確かに兵庫県の〝西宮警察署〟だったはずだ。

「そういうことや。おれは、あの〝事件〟の担当やったんや……」

「それじゃあ、今回の奈良の〝事件〟を追ってるのも……」

「そうや。あの〝赤報隊事件〟じゃあいろいろ思い残すことがあってな。それで、自分なりに、けじめをつけたい思うてな……」

石井が、感慨深げにいった。

「そうだったんですか……」

確かに〝赤報隊事件〟の時にも、〝合同教会〟の名前は出てきていた。

今回の〝田布施元首相銃撃事件〟との共通点といわれても、一ノ瀬にはそのくらいのことしか思い浮かばない。

だが、〝赤報隊事件〟の所轄の担当刑事が、今回の奈良の〝事件〟に疑問を持ち、調べてみたくなったという気持ちは何となくわかるような気がした。

「なあ、一ノ瀬君よ。あんた今夜、泊まりやろ。ホテル、どこなんや?」

いきなり〝君〟付けで呼ばれて、少し肩の力が抜けたような気がした。

「ええ、泊まりです。近鉄奈良駅の近くのホテルを取ってあります」

この大和西大寺駅の周辺にはホテルはほとんどない。仕方なく、この〝現場〟とは少し離れた奈良駅の方にホテルを取った。

「なんや、おれのホテルと近いやないか。そしたら後で、あのへんで一杯やらへんか。一人じゃ退屈やろ」

「ええ、まあ……」

「〝赤報隊〟の話、もっと聞きたいやろ。飲みながらやったら、全部教えたるで」

「本当ですか。ぜひ……!」

それは、願ってもない話だった。

「わかった。後で電話するわ。名刺もろうてるから携帯の番号もわかっとるし。そしたら、また後でな」

石井がそういって、ベンチを立った。

一ノ瀬は一人でベンチに残り、高村美恵にラインを入れた。

〈――ちょっと調べてくれ。２０１５年ごろに兵庫県西宮警察署の刑事課に石井継男という刑事がいたかどうか――〉

美恵はこのようなことを調べるのが上手い。もし石井という男の話が本当ならば、二〇一五年ごろには確実に西宮警察署に在籍していたはずだ。

五分ほどで美恵から返信があった。

〈――２０１５年3月25日付の名簿に、「刑事第1課課長補佐・石井継男警部」という名前があります。この人かしら――〉

間違いない。その男だ。

石井のいっていたことは、すべて本当だったということか……。

礼の返信を打とうと思った寸前に、美恵からまた着信があった。

〈――それから私、今夜「日本民主研究所」の田村賢仁《たむらけんじ》と会うことになりました。何か聞きたいことありますか？――〉

〝田村〟と聞いて、驚いた。

美恵は、そんな〝大物〟を知っていたのか……。

〈――田布施の件に関して、右翼の人脈の間で何か噂がないかどうか。それに、最近の田布施と自憲党の豊田敏雄の間でトラブルがなかったかどうか。以上だ。気を付けろよ――〉

〈――了解しました。だいじょうぶです――〉

一ノ瀬はアイフォーンを閉じ、ベンチを立った。

6

奈良は、歴史の国だ。

三世紀から七世紀の古墳時代前期には畿内の豪族がこの地に集結し、〝王〟、〝大王《おおきみ》〟と呼ばれた倭国の首長を中心として〝ヤマト政権〟が誕生した。

この勢力は大阪平野、吉備、瀬戸内、四国、出雲《いずも》、丹後、北九州、東海に至るまでの豪族を連合し、現在の皇室の祖になったといわれている。

一方で、この〝ヤマト政権〟を『魏志倭人伝《ぎしわじんでん》』に登場する女王卑弥呼《ひみこ》の国、〝邪馬台国《やまたいこく》〟であったとする説もある。

〝事件〟の〝現場〟となった大和西大寺駅から徒歩で一五分くらいのところには、奈良時代（七一〇〜七八四年）の都、平城京の跡地の公園もある。

奈良は同時に、神道信仰と仏教の地でもある。

奈良市内には、現在も多くの神社仏閣が残っている。

有名な毘盧遮那仏《びるしゃなぶつ》（奈良の大仏）を本尊とする東大寺や、法相宗《ほっそう》大本山の興福寺、春日《かすが》神社の総本社である春日大社などの八つの資産からなる寺社群は一九九八年にユネスコの世界文化遺産に登録され、近年も日本全国のみならず、世界からもこの地を訪れる者が絶えない。

聖徳太子ゆかりの法隆寺や、豪族蘇我馬子《そがのうまこ》が創建した飛鳥寺《あすかでら》など、名刹古刹を巡るだけでも奈良では悠久の時を感じることができるだろう。

いまこうして奈良の市街地を歩いていても、寺社の境内や公園、何げない街角に、〝神の使い〟といわれる無数の鹿が草を食んでいる。その姿に触れると、ここが〝神々の御国〟であることを再認識させられる。

その神聖なる奈良に異邦の邪教である〝合同教会〟が土足で踏み入ったことは、日本古来の神仏に対する冒瀆ではなかったのか——。

夕刻、一ノ瀬は古都奈良の街を歩きながら、足の向くままに興福寺を訪れてみた。

境内を歩き、奈良のシンボルでもある五重塔を仰ぎ、国宝館に入った。

ここに一ノ瀬の最も好きな仏像、阿修羅《あしゅら》像が安置されている。

一ノ瀬は他の観光客と共に館内をゆっくりと回り、阿修羅像の前に立った。

高校二年生の修学旅行の時以来、およそ三〇年振りの再会だった。

〝阿修羅〟は仏法を守護する天龍八部衆、もしくは千手観音二十八部衆に眷属《けんぞく》（同属）する仏教の守護神である。衆生《しゅじょう》が輪廻転生《りんねてんしょう》する六道の内の修羅道に属する鬼のひとつで、別名〝修羅〟ともいう。古代インド神話のアスラより発生し、のちに仏教に取り入れられるようになったとされている。

その三面六臂《さんめんろっぴ》（三つの顔に六つの腕）の姿は時を忘れて見惚《みと》れるほどに美しく、凛《りん》として気高い。正面の表情は正に修羅の世界を見据えるがごとく恐ろしく、こうして目の前に立っているだけで、ともすれば足がすくむ。

一ノ瀬は、阿修羅像を見つめながら、思う。

なぜ、〝奈良〟だったのか……。

〝事件〟が起きた当初から、一ノ瀬はそのことが心に引っ掛かっていた。

舞台が〝奈良〟であったことは、偶然ではないのではないか……。

改めてこの奈良の地を歩いてみて〝何か〟が見えたような気がした。

〝合同協会〟が、この地に進出したことを快く思わない〝何者か〟がいたのではなかったのか……。

だが、一ノ瀬は自分の直感の中に、まだ誰も気付いていない〝事件〟の〝本質〟を解く鍵が存在するような気がしてならなかった。
気が付くと、阿修羅像の顔は、御仏のように優しく穏やかな表情に変わっていた。
一ノ瀬は阿修羅像に手を合わせ、深く一礼した。
国宝館を出て境内に戻ると、アイフォーンに未登録の番号から電話が掛かってきた。
「はい、一ノ瀬です……」
電話に出ると、先程の石井という男の嗄《しゃが》れた関西弁が聞こえてきた。
――ああ、石井ですわ。それで、どうや。今夜、行けるか？――。
石井はどうやら本気で飲みに行くつもりらしい。
「行きましょう。どうしましょうか？」
話をしながら腕の時計を見ると、午後四時を過ぎたところだった。
――そしたら六時に、近鉄奈良駅前の行基広場で待ち合わせよか――。
それならばホテルにチェックインし、シャワーを浴びてから出ればちょうどいい。
「だいじょうぶです。行けます」
――そしたら、後でな――。
電話を切った。
一ノ瀬は興福寺の境内を出て、三条通りへと向かった。
参道の日陰には何頭もの鹿が涼みながら、観光客にせんべいをねだっていた。

7

六時ちょうどに近鉄奈良駅の駅前広場に着いた。

石井はもう、行基像が立つ噴水の手すりに寄り掛かって待っていた。

雑踏の中に一ノ瀬の姿を見つけると、軽く手を上げ、手すりから立った。

「ほしたら、行こか。前に来た時に、ええ店見つけたんや。居酒屋やけどな。そこでええか？」

「はい、どこでも……」

「こっちや。ついて来てや……」

石井は昼間の白いワイシャツ姿とは違い、いまはそれほど派手ではないが、アロハシャツのようなものを着ていた。

実年齢よりも、かなり若く見える。

口調はぞんざいだが、前を歩く後ろ姿はどこか楽しそうだ。

石井が案内した店は、何の変哲もない居酒屋だった。

観光客も足を向けやすい手頃な店で、料理も串焼きからお造り、季節の天ぷらと何でも揃っていた。

まだ時間が早かったこともあり、奥まった落ち着けるテーブルに席も取れた。どうも仕切り屋の癖があるらしく、石井がメニューを見てさっさと料理を見繕う。

「飲みもんは生でええか?」

石井が一ノ瀬に訊いたのは、それだけだった。

「ええ、それで……」

注文を取った店員が、すぐに生ビールを二つとお通しの丹波の黒枝豆を持ってきた。

改めて軽くジョッキを合わせ、お互いにひと口、飲んだ。

「それで……何やったかな。あ、そやった。〝赤報隊事件〟やったな……」

石井がそういいながら、枝豆を口に放り込む。

「そうです。〝赤報隊事件〟です。今回の〝事件〟と三五年前の〝赤報隊事件〟は、〝同じ〟だとか……」

「それや。飲みながら、全部教えたるって、おれがいったんやったな」

「はい……」

「少し、長くなるで……」

石井がそういって生ビールで喉を潤し、長い話が始まった。

一九八七年五月三日——。

その日、石井継男はゴールデンウィーク中の当番勤務で、朝八時三〇分の定刻から兵庫県警西宮警察署の刑事課に詰めていた。

この時、石井は三〇歳。〝刑事〟としてはまだ駆け出しだった。通常は一七時三〇分までの勤務だが、この日は〝当番〟——〝当直〟——だったので、一時間ほどの休息の後に数人の仲間と共に〝夜勤〟に入っていた。

二〇時一五分、〝事件〟発生――。

西宮署に一一〇番通報が入ったのは、そのおよそ一分後だった。

――朝日新聞阪神支局において、銃撃事件発生。銃を持った男に編集部が襲われ、記者二人が撃たれて負傷した模様――。

〝銃撃〟と聞いて、刑事課内に動揺が疾った。阪神支局には四月ごろから無言電話が続いていると報告を受けていたことから、所轄でも警戒を強めようという話になっていた矢先だった。

石井はその場にいた数人の〝当番〟と鑑識を伴い、朝日新聞阪神支局の〝現場〟に急行した。

二〇時二八分、〝現着〟。ほぼ同時に、二台の救急車も着いた。

〝現場〟は、目も当てられない惨状だった。

特に記者が撃たれたソファーの周辺には血の海のように血と肉片が飛び散り、断末魔の呻き声が響いていた。

石井の目の前で、撃たれた二人の記者が担架に乗せられて運び出された。

一人は助からないだろう……。

そう思った。

〝事件〟当時、〝現場〟の編集部にいた記者は三人。そのうちの二人が銃撃を受け、一人は無傷だった。

なぜ、二人しか撃たれなかったのか――。

その理由は、すぐに判明した。

犯行に使用された銃は12番口径の散弾銃、おそらく上下二連銃の銃身を切り詰めたもので、最初から弾が二発しか入っていなかった。だから、三発目を〝撃てなかった〟のだ。

銃撃された一人の記者は至近距離から撃たれたために、直径二ミリの散弾が四〇〇粒入ったカップワッズが腹部を直撃。懸命の治療の甲斐もなく、翌四日午前一時一〇分に亡くなった。

もう一人の記者は腹部や右手、左腕などに約二〇〇粒の散弾を受け、右手の指二本を失ったが、幸い一命は取り留めた。

「つまり、二つの〝事件〟のひとつ目の〝共通点〟というのは、そこや。どちらの〝事件〟も、自作かホンマモンかは別として、銃身を切り詰めた〝二連発の散弾銃〟を使ったっちゅうところや……」

「なるほど……。しかしそれは、〝偶然〟ではないんですか?」

「かもしれへん。しかし、殺人者の〝習性〟というのは何度〝事件〟を踏んでも変わらんもんなんや。ナイフで人を刺した者は、次もナイフを使う。毒殺で味をしめれば、次も毒を使う。同じことや。一度、散弾銃で〝殺し〟をやったもんは、次の〝事件〟も散弾銃を使うもんなんや……」

石井のいいたいことはわかるが、少し筋が通らないような気もした。

「しかし石井さん。二つの〝事件〟の犯人が同じだという可能性はありませんよね。田布施元首相を銃撃した上沼容疑者は、〝赤報隊事件〟が起きた一九八七年当時、まだ六歳か七歳の少年だった……」

「そういう意味とちゃうわ。二つの〝事件〟の、背後関係の話や。〝赤報隊事件〟の犯人も、今回の〝田布施元首相銃撃事件〟の犯人も、もし誰かに操られてたんやとしたら、背後にいたのは同じ奴やったんやないかっちゅう話や……」

なるほど、そういう意味ならば、頷ける。

石井が、話を続けた。

〝赤報隊事件〟の当日、朝日新聞阪神支局の編集部に残っていた当番記者は、三人だった。ちょうど記事を書き終えてファックスで本社に送り、テレビを観ながらの夕食の途中で襲撃を受けた。

生き残った二人の記者の証言によると、犯人の男は身長一六五センチから一七〇センチくらい。黒の上下の服にゴム長靴を履き、こげ茶色の目出し帽を被っていた。顔が見えないために詳しい年齢はわからなかったが、その身ごなしからして「若い男のような印象を受けた……」という。

男はいつの間にか編集部に入ってきて、躊躇せずに一人を撃った。さらに三人がいたソファーに歩み寄り、至近距離から二発目を撃った。だが、三発目を撃たずに、黙って編集部を出ていった。

そのあたりの動きも、〝田布施元首相銃撃事件〟の容疑者の上沼卓也と奇妙なほどよく似ている。

翌日、西宮警察署は『朝日新聞阪神支局襲撃事件捜査本部』を開設――。

石井も〝事件〟の初日に〝現場〟に急行したメンバーの一人であったことから、以後は〝捜査本部〟の専任となったという。

捜査に決定的な進展があったのは〝事件〟から三日後の五月六日だった。

この日、時事通信社と共同通信社の両社に犯人からの犯行声明が届き、捜査本部とマスコミは騒然となった。

犯行声明文は〈われわれは　ほかの心ある日本人とおなじように　この日本の国土　文化伝統を愛する――〉で始まり、〈――すべての朝日社員に死刑を言いわたす。きょうの関西での動きはてはじめである――〉と続き、最後は〈――二六四七年　五月三日　赤報隊　一同――〉で終わっていた。

日付に皇紀が使われているところからしても、民族派の右翼関係者の関与をにおわせる文面だった。

〝赤報隊〟による犯行は、その後も続いた。

同年九月二四日には、朝日新聞名古屋本社の社員寮を銃撃――。

翌一九八八年三月一一日、朝日新聞静岡支局に時限爆弾が仕掛けられた、爆破未遂事件が発覚――。

同日、〈――靖国参拝や教科書問題で日本民族を裏切った――〉として中曽根康弘前首相を〈――処刑する――〉と脅迫――。

さらに同日、〈――靖国参拝をしなかったら、わが隊の処刑リストに名前をのせる――〉と竹下登《のぼる》首相を脅迫――。

同年八月一〇日、〈――赤い朝日に何回も広告をだして　金をわたした――〉として、江副浩正元リクルート会長の自宅に散弾銃を一発発砲――。

一九九〇年五月一七日、名古屋の愛知韓国人会館放火事件が発生――。

こうした新たな〝事件〟を起こす度に、〝赤報隊〟はマスコミに犯行声明を送りつけてきた。そして一九九〇年の愛知韓国人会館放火事件を最後に、〝赤報隊〟によるテロはぷっつりと止んだ。

のちに、これら一連の犯行は総称して、『赤報隊事件』と呼ばれるようになった。

だが、こうした〝右翼犯行説〟の裏で、捜査方針を根底から覆すような出来事があった。

〝阪神支局襲撃事件〟が起きた三日後の五月六日午前、朝日新聞社東京本社に、〝赤報隊〟とはまったく別の組織からも脅迫状が届いていたのだ。

封筒にはルーズリーフが一枚入っていて、ワープロではなく赤い判子を押したような文字で、たった一行こう書かれていた。

〈――×××きょうかいの　わるくちをいうやつは　みなごろしだ――〉

酒はいつの間にか、ビールからレモンハイとハイボールに変わっていた。

石井はそこまで話すとレモンハイを飲み、ひと息ついた。

「〝きょうかい〟って、例の〝世界合同基督教教会〟のことですね……」

一ノ瀬もそういって、ハイボールを飲んだ。

「そうや。その〝合同教会〟や。それだけやったら、ただの悪戯やろうですんだんやけどな。その封筒の中に、奇妙なもんが入ってたんや……」

「奇妙なもんて、何です？」

「散弾の空ケースが二個……。それも犯行に使われたものと同じ、レミントン・ピータース社製の七・五号散弾のものやった……」

この時点で〝事件〟にレミントン・ピータース社製の七・五号散弾が使われたことを警察は発表していなかった。当然マスコミも、報道していなかった。

つまり、この脅迫状を送ってきた者は、真犯人しか知り得ない事実を把握していたことになる。

捜査は、混乱した。

そもそも時事通信や共同通信に犯行声明を送ってきた〝赤報隊〟というのは、実在しない団体だった。その犯行声明の中に〈――この日本を否定するものを許さない――〉という右翼的な思想に基づく曖昧な動機を書いてきていたが、具体性に欠け、説得力がない。

これに対して〝合同教会〟というのは、実在する新興宗教団体だった。しかも〝合同教会〟には、朝日新聞社を襲撃する確たる〝動機〟が存在した。

ひとつは朝日新聞社の週刊誌『朝日ジャーナル』が、教団が莫大な寄付を集めて韓国に送金する〝霊感商法〟の悪質な手口を糾弾し、被害者の救済に取りくむ社会的な運動を継続していたことだ。そのために〝合同教会〟は壺や多宝塔、念珠などの売り上げが激減していた。

さらに朝日新聞は、本紙でも〝合同教会〟の下部組織――〝世界共倒連盟〟――が当時の政権と組んで立法を目論む〝国家秘密法〟――〝特定秘密保護法〟――に関して「言論の自由への脅威になる」として強く反対していた。その一連の記事の中で朝日新聞は〝国家秘密法制定促進国民会議〟の黒幕が〝合同教会〟であることを暴露。これに対して〝合同教会〟は朝日新聞東京本社前に連日のように街宣車を繰り出し、抗議活動を続けていた。

その結果、〝国家秘密法案〟は審議未了のまま、一九八五年一二月に廃案。〝朝日新聞阪神支局襲撃事件〟は、正にその一年半後に起きた〝事件〟だった。

「すると石井さんは、〝赤報隊事件〟は〝右翼〟ではなく〝教団〟がやったと考えている訳ですね？」

一ノ瀬が訊いた。

「まあな……。そやけど、〝右翼〟か〝教団〟かっちゅう括りはおかしいやろ。そう思わんか」

「どうしてですか？」

「だって、そやないか。〝合同教会〟かて〝世界共倒連盟〟とか〝国家秘密法〟とかいって街宣車まで出すんやから、〝右翼〟やろう。違うか？」

「確かに、そうですね……」

以来、兵庫県警と西宮警察署の捜査本部は、〝赤報隊〟と〝合同教会〟の二つの線で捜査を続けた。石井は、〝合同教会〟犯行説の捜査班に配属され、教団関連の情報を追った。

だが、〝赤報隊事件〟は二〇〇三年にすべての〝事件〟が公訴時効――。

現在に至るまで、〝未解決事件〟となっている。

「何度も〝犯人〟を追い詰めたんや……。しかし、その度に〝上〟から待ったがかかってな……。〝時効〟の後も細々と捜査は続けとったんやが、ついに〝犯人〟には手が届かんかった……」

石井がそういって、レモンハイを空けた。

「その〝上〟っていうのは、誰のことですか？」

一ノ瀬には、そのあたりのことの方が興味がある。

「〝上〟ってのは、県警の上層部のことや……。その県警にもさらに〝上〟から政治的な圧力が掛かっとったんやろうけど、下っ端のおれたちにはわからん……。別に、警察では珍しいことやないしな……」

やはり、そうか。

今回の〝田布施元首相銃撃事件〟に関しての警察の捜査を見ていても、〝上〟からの何らかの圧力が掛かっていることはありありとわかる。

「すると石井さんは、今回の田布施の件の黒幕も〝合同教会〟だと考えているわけですか？」

一ノ瀬が訊いた。

「そうや。それが〝赤報隊事件〟と奈良の〝事件〟との、二番目の共通点や。どっちの〝事件〟も、〝合同教会〟ならやれたはずや……」

石井は、その理由をこう説明する。

〝赤報隊事件〟が起きた一九八七年当時、〝合同教会〟は日本全国で三〇店舗以上の銃砲店を経営していた。犯行に使用した上下二連の散弾銃を用意するのは簡単だったし、レミントン・ピータース社の七・五号散弾も在庫があったはずだ。

さらに、〝田布施元首相銃撃事件〟だ。あの〝事件〟の影のスナイパーが〝鋭和3B〟を使ったのだとすれば、それを準備できるのは〝合同教会〟の残党だけだ。

〝合同教会〟は、配下の〝世界共倒連盟〟の下に軍隊の〝特殊部隊〟のような組織を持っていた。その部隊は、韓国陸軍の下で軍事訓練を受けていた。石井たち捜査班はその〝特殊部隊〟を内偵したところで、〝上〟から捜査を潰された。

石井が続ける。

「おれはその〝合同教会〟の〝特殊部隊〟の兵隊が、〝赤報隊事件〟をやったと思ってる……。田布施博之を〝殺った〟のも、その残党やろう……。二つの〝事件〟をやれるのは、奴らしかいないんや……」

「奈良の〝事件〟も黒幕が〝合同教会〟だとしたら、〝動機〟は何だったんでしょうね……」

「わからん……。おそらく、田布施博之と〝合同教会〟の間に、何らかの決定的なトラブルがあったんやろう……」

石井がそういって、溜息をつく。

だが、両者の間に決定的なトラブルがあったとしたら、どのようなことだったのだろう。そのような情報は、いまのところ噂にすらなっていない。

「しかし、〝奈良の件〟も黒幕が〝合同教会〟だとしたら、矛盾が生じますよね……」

一ノ瀬がいった。

「矛盾って、何でや……？」

石井が首を傾げる。

「だって、そうじゃないですか。今回の〝田布施元首相銃撃事件〟で、一番損をしたのは〝合同教会〟だった。それに、もしかしたら〝赤報隊事件〟に関してもそうです……」

もし〝赤報隊〟が〝合同教会〟だったとしたら……。

例の〝国家秘密法〟成立のために〝世界共倒連盟〟と連帯していた中曽根前首相や、当時の竹下首相を脅迫などする訳がない。

二人は、田布施と同じように〝合同教会〟とは昵懇の仲だったはずだ。

「それは、あんたの思い違いやな」

「どうしてですか？」

「〝阪神支局襲撃事件〟で内部から脅迫状が送られたと知った時、〝合同教会〟は火消しに躍起になったんや。広報が、〝教会を犯人に仕立てるための策略だ〟とかコメントを出したしな。銀行や渋谷駅なんかに〝合同教会〟の名前で〝五億円振り込まなかったら爆破する〟とか脅迫状を送って〝事件〟を捏造したりな。まあ、〝自作自演〟っていうやっちゃな。〝教団〟と連帯する中曽根や竹下が〝赤報隊〟から脅迫されても、誰も〝合同教会〟がやったとは思わんやろう。愛知の韓国人会館放火事件かてそうや。そしたら、〝阪神支局襲撃事件〟も、〝合同教会〟の仕業やないちゅうことになる。朝日以外を狙った他の〝事件〟は、全部カムフラージュやろう……」

「それならば、奈良の一件は……」

「あれも同じや。〝合同教会〟は〝教団〟も被害者になれば、自分たちは疑われないと思うたんやろ。しかし、世論の反応が予想以上に強すぎた。そのあたりは、想定外だったんやろう……」

「もしくは、〝合同教会〟でも分派の〝世界神域教会〟の方が絡んでいるのか……」

「そやな。おれもその〝リザーブ教会〟だか何だかは怪しいと思ってるんや。その教団の朴天進とかいうガンマニアの教祖がちょうど日本に来とったんやろう」

「そうですね。参院選公示日の六月二二日から、選挙が終わった後の七月一三日まで日本に滞在していたようです……」

「そんなのが偶然のわけないやないか。例の選挙中に田布施が〝殺られる〟のを知ってて、日本に高みの見物に来とったに決まっとるわ」

「まあ、それなら理解できます……」

一ノ瀬も、〝世界神域教会〟の方は怪しいと思っていた。

だいたい、〝事件〟の翌日に早々と「〝世界神域教会〟は無関係……」と主張するコメントを出したことも、異常な反応だった。

「とにかく〝赤報隊事件〟も、〝田布施元首相暗殺〟も、両方とも黒幕は〝合同教会〟や。それしかありえないんや……」

石井がいった。

8

そのころ高村美恵は、銀座の『蛇の目寿司』にいた。

四人用のこぢんまりとした座敷で、〝日本民主研究所〟所長の田村賢仁と差し向かいで飲んでいた。

田村はすでに六〇歳を超えているはずなのに、見た目は驚くほど若い。おそらく、誰が見ても、四十代の後半か五〇歳そこそこだと思うだろう。

ブランド物のポロシャツを着た体は引き締まり、袖から出た二の腕はボディービルダーのように太い。噂では武道の有段者だともいわれるが、逆に箸を持つ手は繊細だ。

彫りの深い顔は表情こそ穏やかだが、双眸は鋭い。その目で見据えられた者は、足がすくむことだろう。

だがそれでも田村は、機嫌が好かった。

ガラスの酒器に美恵が差し出す酒を受け、おっとりとそれを空ける。気が向けば今度は自分が徳利を手にして、美恵の酒器に差し返す。

美恵は不思議だった。

なぜこの人は、自分のことをこんなに気に入ってくれているのだろう……。

田村が「おそらく二年以内には確実に起きるだろう……」という中国による台湾侵攻の話を中心に、東アジア情勢に関する雑談で、時間が過ぎていった。

それはそれで興味深く、田村から得る情報と解説は新鮮だったのだが、一方で美恵はどこで本題を切り出そうかとタイミングを見計らっていた。そう思っていたところに、田村の方から訊いてくれた。

「ところで美恵、何かおれに訊きたいことがあったんじゃないのか?」

「はい、実は、ちょっと……」

そうはいっても、いざとなると話を切り出しにくい……。

「何でも訊いていいぞ。答えられないことは答えない。問題のないことなら、教えてやる」

田村がそういって、美恵の酒器に酒を差した。

美恵は礼をいい、心を決めて切り出した。

「この前の、田布施元首相の〝銃撃事件〟のことです。あの件に関して、田村さんの周囲では何か〝噂〟はありませんか……?」

だが、田村は首を傾げた。

「〝噂〟とは?」

「例えば……。あの〝事件〟は上沼容疑者の単独犯行じゃなくて、誰かが仕組んだ〝暗殺〟だったとか……」

美恵がいうと、田村は一笑に伏した。

「お前、そんな〝陰謀論〟を信じてるのか。田布施さんが台湾行きを取りやめなかったんで、ＣＩＡに消されたとかいうアレだろう。そんなバカなこと、ある訳ないだろう」

「別にＣＩＡだという訳じゃないんですけど、あの〝事件〟は絶対に裏があると思ってて……」

「それじゃあ美恵は、誰が〝殺った〟と思っているんだ？」

田村が、意外なことを訊いた。

美恵は少し調子に乗って、ここで田村の顔色を探ってみる気になった。

「例えば戦後のＧＨＱ統治時代の〝下山事件〟とか、一九六〇年の〝浅沼稲次《あさぬまいねじ》郎《ろう》日本社会党委員長刺殺事件〟とか、二〇〇二年に起きた民主党の〝石井《いしい》紘基《こうき》衆議院議員暗殺事件〟とか、過去に日本で起きた政府要人暗殺事件はほとんどが〝右翼絡み〟ですよね……」

これは美恵が田村と会うために、前もって用意してきた〝突っ込み〟だった。

田村は特に顔色を変えることなく、酒を口に含む。

「するとお前は、今度の田布施さんの件も裏に右翼が絡んでいると考えているのか？」

「もしかしたら……」

美恵がいうと、田村が笑った。

だが、目は真剣だ。

「そんな訳がないだろう。あれは、上沼という男の単独犯行だ。警察も、そう発表しているだろう」

「田村さん……その答えで、私が納得すると思いますか……？」

田村が酒を口に含む。

しばらくして、首を横に振った。

「納得はしないだろう。しかし、この件に関しては何も答えられない。忘れてくれ。他のことなら、何でも教えてやる……」

田村がいった。

だが、それは結果的に、知っているといる認めたのと同じことだ。

「それなら、別のことを訊きますね……」

「ああ、何でもいってくれ」

美恵は、もうひとつ事前に用意してきた〝突っ込み〟をダメ元でぶつけてみることにした。

「田布施さんと、同じ〝自憲党〟の豊田敏雄さんは、なぜあんなに仲が悪かったんですか。昔からいろいろあったようですが、この一～二年で確執が深まった印象があるんですが……」

豊田敏雄は、田村が主宰する〝日本民主研究所〟の顧問の一人だ。田布施と豊田の間に〝何か〟あったのだとしたら、田村が事情を知らない訳がない。

「知りたければ、教えてやってもいい」

意外な言葉が返ってきた。

「本当ですか……」

美恵は、自分の声が少し震えていることに気付いていた。

「もし教えたら、美恵はおれに何をしてくれる……？」

田村に見据えられて、戸惑った。

美恵は気が付くと、魅入られたようにとんでもないことを口走っていた。

「私を……好きにしていいです……。明日の朝まで、お供します……」

なぜそんなことをいったのか、自分でもわからなかった。

だが、田村は笑っている。

「わかった。教えてやろう。田布施派と豊田派が、ここ数年パーティ券の売り上げで派生した裏金で資金集めを競っていることは知っているだろう」

「それは、知ってます。まだ報道はされてませんけど……」

田布施が首相を降りた後の原芳正政権になっても、次の木田邦男政権の時にも、田布施派と豊田派の政治資金集め争いは続いていた。

「そこにもうひとつ問題が起きた。〝オリンピック〟だよ」

「オリンピック……ですか……？」

美恵には、何のことだかわからなかった。

「そうだ。去年の夏の、東京オリンピックだよ。あのオリンピックは、すべての利権を田布施の派閥、さらに配下の代理店や企業が仕切ったんだ。その額、二〇〇〇億円……。豊田敏雄は、その〝利権〟の枠からほぼ外された形になった。もっともほぼ独占したのは田布施の〝上〟の自憲党のドンといわれる男だけどね……」

美恵は田村の話を聞きながら、それまでの霧が晴れるように引いていくのを感じていた。

そうか、〝オリンピック〟だったのか……。

確かに豊田は、自憲党内では数少ないオリンピック反対派の議員だった。

田村が続けた。

「そのことで、豊田はかんかんに怒っていた。誰が〝殺った〟かは別として、田布施が死んで一番笑ったのは、豊田なんじゃないか」

「そういえば先月……八月一七日に東京オリンピックの大会組織委員会の元理事が東京地検に逮捕されましたね……。もしかして、あれは……」

「そういうことだ。東京地検のバックで動いているのは、豊田だろう。田布施が死んだことで、〝豊田派〟が一気に攻勢に出てきたということだ」

「なるほど……」

「〝利権〟に群がっていた連中は、戦々恐々としているだろうな。これから来年にかけて、あのオリンピックの組織委員や代理店の幹部、スポンサー企業や大手人材派遣会社の社長連中が芋づる式に次々逮捕されることになる。日本中、大騒ぎになるだろう」

田村がそういって、おかしそうに笑った。

「これで、あの〝事件〟が何だったのか、少しわかったような気がします……」

美恵がいった。

「まあ、どう解釈しようがお前の自由だ。しかし、このことはあまり他言しない方がいい。下手をすると、命取りになるぞ」

「わかってます……」

田村がそういうのだから、本当なのだろう。

「もしお前を好きにしていいのなら、ひとつ頼みたいことがある」

「何でしょう……」

「お前が仕事をしている週刊誌で、一本記事を書いてもらいたい。できるか？」

「はい、そのくらいのことなら……」

「美恵は、神道の世界でいう〝禁厭〟という言葉を知っているか？」

田村が、淡々と記事の内容を説明した。


美恵は慌ててトイレに駆け込んだ。

急いでスカートをめくり、下着を下ろし、便座に座った。

間に合った……。

用を足しながら、ハンドバッグからアイフォーンを出した。ラインではなく、メールで、一ノ瀬に連絡を入れた。

〈――田布施と豊田敏雄の確執の理由がわかりました。

ここ数年、田布施派と豊田派はパーティ券の売り上げで派生した裏金の資金集めで、競っていた。

そこにもうひとつ、問題が起きた。オリンピックです――〉

一ノ瀬は美恵からのメールを、二軒目のバーで受け取った。

東京オリンピックの利権――。

なるほど、そういうことだったのか……。

これで、複雑なジグソーパズルのピースは、ほとんど埋まったことになる。

残るピースは、あとひとつ……。

横を見ると、酔い潰れた石井がカウンターの上に突っ伏して眠っていた。

9

令和四年九月二七日――。

田布施博之元総理大臣の国葬儀は、各方面からの賛否が割れる中、東京の日本武道館にて行なわれた。

参列者は国内から三五〇〇名、海外から二一八の国と地域の代表者およそ七〇〇名の計四二〇〇名。会場の外には献花に訪れたおよそ二万三〇〇〇人の列ができた。

午後二時――。

田布施元首相の遺骨が安置された祭壇を前に、民放の著名な女性アナウンサーの司会によって国葬が開式した。

最初に葬儀委員長を務める木田邦男首相が、追悼の辞を読んだ。

――七月八日、選挙戦が最終盤を迎える中、あなたはいつもどおりこの国の進むべき道を聴衆の前で熱く語りかけておられた……。

そして突然、それは暴力によって遮られた……。

あってはならないことが、起きてしまった……。

あなたは日本と世界の行く末を示す羅針盤として、この先一〇年……いや、二〇年力を尽くしてくださるものと確信しておりました……。しかしそれは、もはや叶うことはない。残念でなりません――。

次に、党内の盟友代表として、原芳正前首相が弔辞を読んだ。

――天はなぜよりによってこのような悲劇を現実にし、命を失ってはならない人から生命を召し上げてしまったのか。悔しくてなりません……。

私は悲しみと怒りを交互に感じながら、今日のこの日を迎えました……。

日本国は、あなたという歴史上かけがえのないリーダーをいただいたからこそ、〝特定秘密保護法〟、一連の平和安全法制、改正組織犯罪処罰法など難しかった法案を全て成立させることができました――。

一ノ瀬正隆は、この田布施元首相の〝国葬〟を東京都杉並区の自宅マンションのテレビで観ていた。

日本国民の一人として、何とも納得のいかない映像だった。

それにしても、この期に及んで、原前首相が弔辞にまで〝特定秘密保護法〟を持ち出すとは……。

田布施が首相だった時代の二〇一四年一二月一〇日に施行された『特定秘密の保護に関する法律』は、一九八五年一二月に事実上の〝廃案〟となった〝国家秘密法案〟とほとんど同じ内容だ。

〝赤報隊事件〟によって死者まで出した法案を田布施が強引に復活させたと見る者もいた。それをこの国葬の弔辞で、原前首相がダメを押すように礼讃するとは……。

一ノ瀬はやはり、田布施の国葬は執り行なうべきではなかったと思う。

前例があるとかないとか、法的な根拠があるとかないとか、葬儀費用が一六億六〇〇〇万円かかるとかの話ではない。

問題は、国葬を行なう〝理由〟だ。

もし田布施元首相の国葬の根底に〝暗殺〟されたことがあるとしたら、暴力が歴史の転換点となる決定的な前例を作ってしまうことになるからだ。

それはすなわち、暴力の肯定につながりかねない深刻な問題を提起したことになる。

今回の国葬にはアメリカのハリス副大統領、インドのモディ首相、オーストラリアのアルバニージー首相、ベトナムのフック国家主席らおよそ五〇名の首脳級の要人が参列した。

だが、一方で、当の日本の天皇皇后両陛下は出席を見合わせた。

皇族から参列されたのは秋篠宮ご夫妻など七人のみで、天皇皇后両陛下と上皇上皇后両陛下は侍従を送り、拝礼しただけだった。

宮内庁は「過去の総理経験者の公葬にならって検討し、決めた……」と説明する。確かに前回、一九六七年に吉田茂元首相の国葬が行なわれた時にも、当時の天皇は葬儀に参列しなかった。

だが、本当に理由はそれだけなのか？

一ノ瀬は、思う。

元来、〝国葬〟とは、他国の国家元首にまで参列の案内を送るものだ。事実、今回の田布施元首相の国葬にも、複数の国家元首が海外から参列していた。

にもかかわらず、自国民の象徴——日本の天皇陛下——が参列を見合わせる〝国葬〟などというものが、あり得るのか……。

考えれば、それ自体が異常だ。

何か、他に、本当の〝理由〟があるのではないか……。

それは、小さな疑問だった。

だが、それが胸の奥に引っ掛かり、まるでウイルスが増殖するように不安が全身に広がりはじめた。

そういえば美恵が意味深なことをいっていた。田村から、田布施元首相暗殺の本当の理由のヒントをもらったと。その記事が、今週号の『週刊サブジェクト』に載るはずだった。

まさか……。

一ノ瀬はテレビの音に堪えられなくなり、スイッチを切った。

自宅を出て高円寺駅から中央線に乗った。

四ツ谷で総武線に乗り換え、水道橋でおりて神田神保町にある『週刊サブジェクト』の編集部まで歩いた。

その間も、ずっと考えていた。

いったい、〝何が〟あったんだ……。

出版社のビルに着き、エレベーターで四階の編集部に上がった。

この時間は、ほとんどの記者が取材で出払っている。だが、明日発売の『週刊サブジェクト』の〝早刷り〟は、今日の午後には上がってきているはずだ。

思ったとおり、編集部の入口に束を解かれたばかりの『週刊サブジェクト』最新号が山積みになっていた。

一ノ瀬はその一冊を手に取り、ミーティングスペースのソファーに座った。

まだインクのにおいがする本誌を開く。

目次にいきなり、とんでもない見出しが目に飛び込んできた。

〈――天皇陛下が田布施元首相の国葬に出ない本当の理由――〉

何だって……。

しかもタイトルの下に、〝本誌・高村美恵〟と名前が入っていた。

美恵の、署名記事じゃないか……。

一ノ瀬はページを捲《めく》るのももどかしく記事を開き、目で活字を追った。

〈――天皇陛下が田布施元首相の国葬に出ない本当の理由

本誌・高村美恵

（前略）実は田布施元首相と宮内庁の間には、以前から対立があった。

その大きな理由のひとつは、２００５年の「皇室典範に関する有識者会議」に端を発する皇位継承問題だった。

この会議では「皇位継承者は男女を問わず第一子を優先し、女性天皇ならびに女系天皇を認める」という結論に達し、その報告書を政府に提出していた。皇室も、基本的には賛意を示していた。

ところが、これに真っ向から反対したのが、当時官房長官だった田布施博之だった。

田布施はこの二月に秋篠宮紀子さまの懐妊を踏まえ、「改正議決は凍結する」として、報告書の女性宮家創設案を白紙に戻してしまった。

これに困惑したのが宮内庁だった。せっかく決着が見えた継承問題に、なぜ田布施は水を差したのか。

当時の天皇陛下、いまの上皇さまは、この時のストレスが原因で体調を崩されたという話もあった。

（中略）

皇室と田布施元首相の確執をさらに深めたのが、2016年7月13日に突然「天皇陛下が生前退位の意向――」という衝撃的なニュースが流れたことだった。

実は第二次田布施政権が発足した直後の2013年春ごろから、陛下は体力の限界を理由に宮内庁を通じて、「生前退位の意向」を官邸に内密に伝えていた。だが、田布施元首相は陛下のご意向をまったく無視。「公務が無理なら摂政を置けばいい」と宮内庁に通達していた。

田布施政権が存続する限り、皇位継承問題は解決する見込みはない。ところがその直前の7月10日の参議院選で、自憲党は圧勝。田布施政権の基盤はさらに強固なものとなっていた。陛下にしてみれば、堪え難きを堪えきれなくなった上での生前退位という決断であったと思われる。

宮内庁は当初このニュースを否定したが、翌日の新聞各紙が一斉に報道。その後、各メディアもこれに追従し、陛下の生前退位の意向は一気に既成事実化してしまった。さらにニュースはネット上での言論合戦にまで発展。この事態を収束させるために8月8日、陛下自身が国民に向けたビデオメッセージを発表するなど、前代未聞の騒ぎとなった。

(中略)

さらなる確執の要因は、上皇さまの生前退位の希望が叶った後の「譲位」の過程で起きた。田布施元首相はここでも、皇室と宮内庁の意向を退ける決定を下した。

新たな年号を、「令和」と決めたことである――〉

何だって?

〝令和〟だって?

一ノ瀬は、食い入るように活字を追った。

記事を読み進むうちに、体が震えてきた。

この記事は、論理が一方的すぎる。〝何者か〟の政治的な作為を感じる。危険だ……。

「ああ、一ノ瀬さん。来てたんですか。例の奈良の件の取材費のことだけど……」

見上げると、担当デスクの増田が立っていた。

一ノ瀬も、ソファーから立った。

「おい、増田。この記事、お前が美恵に書かせたのか?」

そういって、美恵が書いた記事を指さした。

「ああ、それ、そうですよ。もちろん編集長の森本さんも承諾しましたけど。面白い記事でしよう？」

「馬鹿野郎。こんな記事を書かせたら美恵が……。美恵は、どこにいる！」

「さあ……。何だか一本仕上げたんで旅行に行くとかで、今週は休みを取ってますけど……」

「もういい！」

一ノ瀬は増田を突き飛ばして、編集部を飛び出した。

歩きながらアイフォーンを出し、美恵に電話を入れた。

だが、繋がらない。

仕方なく、ラインを入れた。

〈――例の記事を読んだ。そのことで話がある――〉

〈――今どこにいるんだ？　すぐそこに行く。連絡をくれ――〉

だが、いくらラインを入れても、返信はなかった。

10

そのころ高村美恵は、渋谷駅の二番線のホームにいた。

これから品川駅に向かい、新幹線に乗る。

今夜は神戸まで行って、学生時代の女友達の由美子《ゆみこ》と合流。神戸で一泊して、明日はまた新幹線に乗って由美子と九州に向かい、夜は博多で遊ぶ。明後日は博多から〝特急ゆふいんの森〟に乗って大分県の由布院《ゆふいん》へ。さらに翌日は別府《べっぷ》温泉へ……。

長いことアメリカに住んでいた由美子の帰国に合わせて、かなり前から計画していた旅行だった。

本当は二年前に行くはずだったのに、コロナの影響で由美子が帰国できなかった。

今回こそは、たっぷりと楽しまないと……。

そんなことを思っていた時に、手にしていたアイフォーンにラインが着信した。

一ノ瀬からだった。

〈——今どこにいるんだ？　すぐそこに行く。連絡をくれ——〉

〝すぐそこに行く〟っていわれたって……。

返信だけ打とうと思ったら、ちょうど内回りの山手線がホームに入ってきた。

品川駅に着いてからでいいや……。

美恵はアイフォーンをハンドバッグに仕舞い、キャリーケースを引いて一歩前に出た。

その時、後ろから、誰かに〝どん〟と押された。

あっ！

ホームから体が飛んだ。

11

翌、九月二八日――。

法務省外局『公安調査庁』調査第一部〝テロ情報課〟課長の篠山宗太は、いつもどおり八時四五分の定刻に千代田区霞が関一丁目の中央合同庁舎6号館A棟のオフィスに登庁した。

そしていつものように自分のデスクでこの日の朝刊を広げ、官給品の安いコーヒーを飲みながら内容をチェックした。

各紙とも、一面はやはり田布施元首相の国葬の記事だった。

〈――田布施元首相、国葬――〉

〈――田布施元首相国葬に4200人――〉

〈――賛否の中、田布施氏国葬――〉

〈――賛否交錯のなか田布施元首相国葬――〉

さすがに今回は銃撃事件の翌日のように、大手各紙が見出しを揃えるということはなかったようだ。

そんなことを繰り返せばメディアは国民からアイデンティティを疑われ、さらに新聞離れが加速するだろう。

記事の切り口も、各紙が保守、革新の持ち味を出して二つに割れた。だが、その内容は、一様に退屈だった。

だが、五大紙のひとつの社会面を捲った時に、興味深い記事を見つけた。

〈――27日午後、週刊誌（週刊サブジェクト）の記者だった高村美恵さん（38歳）がＪＲ渋谷駅で山手線の内回り列車にひかれて死亡した。高村さんはこの日に発売された週刊誌に載った自分の記事の反響を気に病んでおり、警察は飛び込み自殺をはかったものとして調べている――〉

いや、これは自殺じゃないな……。

篠山は記事を読んだ瞬間にそう思った。

席を立ち、課内の新聞や雑誌をストックしてあるコーナーに向かった。

〝週刊サブジェクト〟の最新号を手に取った。

その場で、ページを捲る。

目次に、こんな見出しがあった。

〈――天皇陛下が田布施元首相の国葬に出ない本当の理由　　本誌・高村美恵――〉

新聞に出ていた〝自殺した〟女性記者と同じ名前だ。

なるほど、この記事か……。

篠山は週刊誌を自分のデスクに持ち帰り、記事を開いて読みはじめた。

〈――（前略）実は田布施元首相と宮内庁の間には、以前から対立があった。その大きな理由のひとつは、２００５年の「皇室典範に関する有識者会議」に端を発する皇位継承問題だった――〉

篠山は冷めたコーヒーを飲みながら、記事の本文を読んだ。

前半は特に目新しい事実は書かれていなかった。

ただ読んでいて、本当にこれが三八歳の女性記者が書いた記事なのか……という違和感を覚えた。どこか、民族派〝右翼〟の思想家に操られて〝書かされた〟感があったからだ。

もし、この記事をこの女性記者に〝書かせた〟としたら、誰なのか……。

確かにこの国のデリケートな問題に切り込んでいるが、だからといって〈——自分の記事の反響を気に病んで——〉というほどの内容とも思えない。

だが、記事の後半になって、活字を追う篠山の目が止まった。

何だ、これは……。

〈——これは皇室とは直接関係はないが、田布施元首相が現在の元号を「令和」と決めたことについて、一部の皇道派の民族主義者の間で怒りの声が上がり、「禁厭」が発令されたという噂もある。
「禁厭」とは「まじない」ともいい、日本古来の呪術のことだ。神道では大国主神《おおくにぬしのかみ》と少彦名神《すくなびこなのかみ》を禁厭の祖神とし、『日本書紀』にもその記述がある。田布施元首相の暗殺も含めて、今回の一連の出来事はすべてこの「禁厭」の発令にあると証言する政治団体関係者もいる——〉

篠山はこの部分を、何度も読み返した。

文中では〝皇道派〟などというすでに消滅した旧日本陸軍内に存在した派閥などを引き合いに出して矛先を逸らしてはいるが、一方で〝令和〟のひと言で事実関係の核心を突いている。

そもそもこの高村美恵という女性記者は、なぜ〝禁厭〟のことを知っていたんだ……？

やはり、民族派の右翼の何者かに吹き込まれたということか。

いま日本の週刊誌にこんな記事を書けば、消されるのも当然だ。

それにしても、誰がこんな記事を仕組んだのか……。

記事の〝目的〟は、ある程度は推理できる。おそらく民族主義の政治団体間の、覇権争いの一環だろう。このニュースが流れることにより、必ず失脚する者がいる。

誰が書かせたのかに関しても、おそらくいま篠山の頭の中に名前が浮かぶ数人の中の一人だろう。

いずれにしても、その中枢にいるのは、『日本皇道会』の高野晃紀だということだ。

この件は、迅速に対処する必要がある。

もし〝田布施元首相銃撃事件〟の〝真相〟が暴露でもされれば、いまの内閣は確実に瓦解することになるだろう――。

12

あれから、二週間が過ぎた――。

一ノ瀬正隆は、今日も自宅マンションの部屋に籠もり、いくらあがいても絶対に出口の見えない自問自答を繰り返していた。

美恵を殺したのは、自分ではないのか……。

もし自分が田布施の件に引き込まなければ、美恵は死ななくてすんだのではないか……。

そして次に殺されるのは、自分ではないのか……。

一ノ瀬は美恵が殺されたことで、疑心暗鬼に陥っていた。

警察は美恵の死を、簡単に〝自殺〟で片付けてしまった。友人との旅行を楽しみにしていた美恵が死ぬ訳がないといくら周囲の人間が証言しても、まったく耳を貸さなかった。駅のホームに設置してある防犯カメラさえ、満足に確認もしなかった。

その〝自殺〟という結論ありきの作為的かつ強引な捜査は、見ていて痛ましさを感じるほどだった。

それが、日本という国の現実だ……。

考えてみれば過去の〝事件〟の時もそうだった。

郵政民営化の批判記事を書いた読売新聞政治部記者の石井誠《いしいまこと》が後ろ手に手錠を掛けられ口に靴下を詰め込まれて〝殺された〟時にも、警察はなりふりかまわずに「事件性はない」として〝事故〟で押し切った。

そもそも〝田布施元首相銃撃事件〟がそうだ。警察は検視結果を捏造してまで上沼容疑者の〝単独犯行〟で決着させようとしている。

いまの日本で高村美恵のような週刊誌の記者があのような記事を書けば、殺されても〝自殺〟で片付けられるのはむしろ当然だ。

一ノ瀬は正直、恐ろしかった。

次は、自分の番かもしれない……。

手に取った。ディスプレイに〝石井継男〟の名前が表示された。

あの〝元刑事〟か……。

一ノ瀬はちょっと考えた末に、電話に出た。

「はい、一ノ瀬です……」

――ああ、おれや。石井や。やっと電話が繋がったわ――。

聞き馴れた関西弁が耳についた。

こうして電話で話すとわかりやすいが、石井の関西弁はどことなく不自然に聞こえる。

「今度は、何があったんですか……?」

一ノ瀬は正直なところ、いまはあまり石井とは話したくなかった。あの〝事件〟のことは、もう忘れたかった。

――ついに突き止めたんや。〝証拠〟と、〝犯人〟がわかったんや――。

「何ですって……。〝証拠〟と〝犯人〟って、どういうことですか……?」

――例の〝鋭和3B〟の出処がわかった。静岡県御殿場市にある〝神和銃砲〟という〝合同教会〟系の銃砲店や――。

一ノ瀬は長年の習性で、テーブルの上のメモ用紙を引き寄せてメモを取っていた。

「それで、〝犯人〟というのは……田布施を狙撃した〝真犯人〟ということですか……?」

一ノ瀬が訊いた。

――そうや。〝真犯人〟や。やはり、〝教団〟の〝特殊部隊〟の残党やった。本名はまだわからんが、裏社会で〝影の男〟と呼ばれてる奴や。潜伏先もわかった。いまからその男に会いに行くんや――。

いまから〝真犯人〟に会いに行くだって？

「私も同行させてください。どこに行けばいいですか？」

――それやったらな――。

一ノ瀬は石井が指定した場所と時間をメモし、電話を切った。

13

一ノ瀬は東京駅から一四時二七分発の新幹線〝こだま733号〟に飛び乗った。

ドアが閉まると同時に、発車した。

席に着き、取材用のショルダーバッグを隣の椅子に放り、やっとひと息ついた。

一ノ瀬はアイフォーンをポケットから出し、石井のスマホの番号にショートメールを入れた。

〈――いま新幹線に乗車。15時20分に三島駅に着きます――〉

すぐに返信が来た。

〈――南口改札前で待つ――〉

内容を確認し、アイフォーンをポケットに仕舞った。

それにしても、どこか不自然だ――。

石井はなぜ、それほど一ノ瀬に執着するのだろう……。

一ノ瀬と石井は、たまたま〝現場〟で取材中に出会った仲にすぎない。話してみると〝事件〟に対する読みが一致している部分もあり、一緒に酒を飲んだ。飲みに誘ったのも、石井の方からだった。

その後は何となく、連絡を取り合ってはいた。だが、今後も〝事件〟の取材――もしくは捜査――で協力しようなどとは、一度も約束した覚えはなかった。

それなのに、なぜ石井は一ノ瀬に重要な情報を報告してくるのか。

石井は、〝元刑事〟だった。

〝鋭和ＢＢＢ〟の出処を摑んだり、〝真犯人〟を追い詰めたのであれば、一ノ瀬よりもまず警察関係者に話を持ち掛けるはずではないのか……。

新幹線が品川駅に着き、発車した。窓の外を見馴れた風景が流れていく。

待てよ……。

一ノ瀬はもう一度アイフォーンを出し、グーグルに〝石井継男　ニュース〟というキーワードを入れて検索した。

すると、意外な情報がヒットした。

まさか……。

あの〝石井〟という男、いったい何者なんだ……。

まあ、いいだろう。

間もなく、すべてが明らかになる——。


新幹線は定刻に三島駅に着いた。

南口改札を出ると、茶のジャケットを着た石井が待っていた。

珍しく、石井は鳥打ち帽のようなグレーの帽子を被っていた。

「車はこっちや」

石井にいわれるままに、後についていった。

車は、駅前ロータリーの左手の公共駐車場に置いてあった。車種は、シルバーの旧型カローラだった。

元〝刑事〟が乗るには、手頃な車だ。

「助手席に乗ってや。その荷物は、後ろに放っておいたらええ」

石井がいった。

「いや、だいじょうぶです。大事な取材資料ですから、自分で持ってます」

一ノ瀬は助手席に乗り、ショルダーバッグを膝の上に抱いてシートベルトを締めた。

車は駐車場を出て三島の市街地を抜け、ＪＲ御殿場線の線路を越えて、新東名高速道路のインターへと向かう。

一ノ瀬が、途中で訊いた。

「石井さん、この車、なぜ〝静岡ナンバー〟なんですか？」

もし石井が神戸に住んでいるのだとしたら、車は〝神戸ナンバー〟のはずだ。

「ああ、この車か。死んだ女房の兄貴が静岡に住んどってな。そこで、借りてきたんや……」

石井が、さりげなくいった。

やはり、石井の関西弁が鼻につく。

車は長泉沼津インターから新東名高速道路に入り、新御殿場インターまで一五分もかからなかった。

高速を降りて、御殿場の市街地を走る。

石井はナビを確認しながら、それでいて土地鑑のある道を走るように淡々と目的地に向かっていく。

「どうやって、その銃砲店を見つけたんですか？」

一ノ瀬が、それとなしに訊いた。

「おれが以前、〝赤報隊事件〟の捜査班にいたっていったやろう。例の〝朝日新聞阪神支局襲撃事件〟の時の〝教団〟の担当やったってな……」

石井が運転しながら応じる。

「それは覚えてます……」

「その時に目を付けた〝吉田《よしだ》〟という男がいたんや。その〝吉田〟は〝合同教会〟の信者で、おれが〝情報屋〟として使っててな。その〝吉田〟の居所を、二〇年振りに突き止めたんや……」

「それじゃあ、その〝吉田〟から聞いたんですね」

「そうや。いまでも〝鋭和3B〟を持ってる銃砲店を知らんかと叩いたら、〝神和銃砲〟のことを吐いた。その〝吉田〟という男は、当時〝合同教会〟が経営していた銃砲輸入代行会社の社員やったんや……」

なるほど、いかにもありそうな話だ。

「その銃砲店のことは、奈良県警には話したんですか？」

「話したけど、無駄やな。もしその〝神和銃砲〟という銃砲店が、〝鋭和3B〟という違法なエアライフルを持ってるんやったら、それは所轄の御殿場署の生活安全課の担当やとさ。何もわかっとらん……」

以前、石井は、奈良県警が〝鋭和3B〟を探していたといっていたはずだ。話の内容が矛盾している。

車は御殿場の市街地を抜け、また郊外に出ると、街道沿いの駐車場のある小さな店舗の前で停まった。

「ここや……」

石井がカローラを駐車場に入れ、エンジンを切った。

時計を見ると、午後四時半になっていた。

二人で、車を降りた。古い店の前に立つ。

見上げると、汚れた白い看板に黒いペンキで〈――神和銃砲――〉という店名と、電話番号が書いてあった。

だが、店はシャッターが閉まっていた。人のいる気配はない。

「ここの店主は、勝又《かつまた》という男やったそうや。しかし、あの〝事件〟の後の七月半ばごろから店を閉めてて、いまは連絡が取れんようになっとる……」

「この〝神和銃砲〟に〝鋭和BBB〟があったことは確かなんですか？」

「それは確かや。例の〝吉田〟が一年ほど前にこの店に来た時に、店主の勝又が〝鋭和3B〟をまだ持ってるといって見せてくれたらしい」

「それなら、その銃が……」

「その銃を、ある男に売ったんや。消える銃弾、〝ガリウム弾〟の製造も頼まれた。買ったのは〝教団〟の元〝特殊部隊〟の男で、そいつが田布施元首相を狙撃した〝真犯人〟や……」

〝ガリウム弾〟では今回の犯行は不可能だ。大津が否定していた。

「その〝ある男〟というのは、いったい誰なんですか？」

「いまからその男のところへ行く。車に乗ってや」

「はい……」

一ノ瀬はアイフォーンで〝神和銃砲〟の店の写真を何枚か撮り、カローラの助手席に乗った。

車は御殿場から国道246号に入ると、それをひたすら南下した。

裾野《すその》市から三島に抜け、伊豆縦貫自動車道に乗った。それをさらに南下する。

時刻はすでに午後五時を回り、前方を走る車列のテールランプが赤く灯りはじめていた。

「いったい、どこに向かっているんですか……？」

一ノ瀬が訊いた。

「伊東市の〝伊豆高原〟や……。その男はいま、伊豆高原の周辺の別荘地の中に潜伏してるらしいんや……」

伊豆高原の別荘地——。

田布施元首相を狙撃した〝暗殺犯〟と、〝別荘地〟という平和な響きが、どことなく似つかわしくないような気がした。

「その〝男〟の名前、わかりますか？」

一ノ瀬が訊く。

「一応、〝田中道夫〟ということにはなってる。韓国では、〝安道允〟やったかな。年齢は、六四歳。しかし、どっちも偽名やろ。日本人か韓国人かもわからん……。おれたち〝捜査本部〟の〝刑事〟は、そいつを〝影の男〟とか〝シャドウ〟と呼んでたんや……」

〝影の男〟……。

〝シャドウ〟……。

「石井さん、その男のことについてずいぶん詳しいですね……」

一ノ瀬がいった。

「当り前や。おれは〝赤報隊事件〟の捜査班にいた〝刑事〟やぞ。そのシャドウという奴は、事件当時、おれたちの捜査線上に上がってきた男や。あの〝事件〟の後に韓国に高飛びして〝合同教会〟の教団施設に潜伏し、二年前に日本に戻ってきてたんや……」

石井が、平然と話す。

だが、まさかそんなことが……。

「それじゃあ、その〝シャドウ〟という男は……」

「そうや……。あの〝赤報隊事件〟も、田布施元首相を〝暗殺〟したのも、同じ〝シャドウ〟という男や……」

一ノ瀬は石井の話を聞きながら、頭の中で目まぐるしく計算した。

〝朝日新聞阪神支局襲撃事件〟が起きたのは、一九八七年五月三日だった……。

目撃者の証言によると、その目出し帽を被った〝犯人〟の年齢は二〇歳から三〇歳くらい……。

もし〝犯人〟が事件当時二五歳だとすれば、現在ちょうど六〇歳になっているはずだ……。

車はすでに伊豆縦貫道を出て、大仁《おおひと》の市街地を抜け、天城《あまぎ》に向かう山道に差し掛かっていいた。


た。

一〇月のこの時期は、日が暮れるのも早い。周囲の山々は、すでに黄昏《たそがれ》の中に沈みはじめていた。

いま、どのあたりを走っているのだろう。

何げなくインパネのナビを見ると、暗い夜の画面に切り替わった左前方に、広い水辺らしきものが見えた。水辺には、〝奥野ダム〟と書いてある。

間もなく車は山道の分岐点を左に曲がり、トンネルに入る。

一ノ瀬は、ナビとメーターの暗い光の中に浮かぶ石井の横顔を見つめた。

「石井さん……」

「ん？　何や？」

石井が応じる。

車がトンネルを抜けた。

「いまの話、全部〝噓〟ですよね？」

一ノ瀬がいった。

「〝噓〟って……何でや？」

石井が、一ノ瀬を見た。

表情から、顔色が消えた。

「だから、いまの話ですよ。あの〝神和銃砲〟の〝鋭和BBB〟のことも、これから会いに行く〝シャドウ〟という男のことも、全部作り話だ……」

「作り話って……あんた何をいってるんや？」

道は、急勾配の下り坂だ。

車の速度が上がった。旧型のカローラは連続するカーブでタイヤを鳴らしながら、遥か前方に見える奥野ダムの暗い水辺に向かって下っていく。

一ノ瀬は助手席のアシストグリップに摑まり、振られる体を支えた。

「……石井さん……。そもそもあなたは、〝何者〟なんですか……？」

「〝何者〟とは、どういう意味だ？」

男の声が低くなり、口調から関西弁も消えた。

「調べたんですよ……。兵庫県警の西宮警察署の刑事第一課には、確かに石井継男という警部が存在していました。でもその人は二〇一七年に定年退職して、二年後の二〇一九年に兵庫県内で交通事故に巻き込まれて、亡くなっているんだ……」

「ほう……よく調べたな。その事故のことは、ちっとも知らなかったよ……」

男がさらに、カローラの速度を上げた。

コーナーで、タイヤが悲鳴を上げた。

「石井さん……あなたは一体、誰なんですか……？」

旧型のカローラは、猛然と坂を下っていく。

右側のガードレールの向こうは、断崖絶壁が続く。その下は、ダム湖だ……。

「誰だと思う？」

タイヤが悲鳴を上げ、車体が軋んだ。

「石井さん……本当はあなたが、〝シャドウ〟ですね……？」

石井は〝赤報隊事件〟と〝田布施元首相銃撃事件〟、二つの〝事件〟について知りすぎている。もし本物の石井という刑事が二〇一九年に事故で死んでいるとすれば、いまこの車を運転している男は誰なのか。

考えられる可能性は、この男が二つの〝事件〟の〝真犯人〟であるということだ。

男が、笑い出した。

「よくわかったな……」

男がコーナーを曲がりながらシートから体を浮かせ、上着の背中のあたりから左手で銃を抜いた。

その銃を無造作に一ノ瀬に向け、引き鉄を引いた。

轟音！

一ノ瀬は咄嗟に膝の上のショルダーバッグを抱き、体を庇《かば》った。だが、銃弾はバッグを貫通し、胸に激痛が疾った。

男は車を走らせながら、左手に持った銃を一ノ瀬の頭に向けた。

一ノ瀬は必死に、その腕を摑んだ。

轟音！

逸れた銃弾が、助手席の窓を粉々に砕いた。
それでも男は、車を走らせ続ける。
カローラはセンターラインを越えて対向車を掠め、大きく蛇行した。
男は再度、銃を一ノ瀬に向けた。
「死ね……！」
一ノ瀬はその手を摑み、腕をねじ上げた。
「……やめ……ろ……！」
轟音！
銃弾がシートのヘッドレストに当たり、中綿が飛び散った。
一ノ瀬が、男の銃を持つ手に嚙み付いた。
「ぎゃ……！」
タイヤが悲鳴を上げた。
車がコントロールを失い、ヘッドライトの光が回転した。
ガードレールに突進し、激突した。
カローラは湖畔の樹木の壁を突き破り、夕闇に舞い上がった。
二人同時に、叫んだ。
二人を乗せた車は空中で回転し、失速した。
暗い湖に吸い込まれるように落下し、水面に屋根から叩きつけられた。

冷たい闇の中に沈んでいく。
それが一ノ瀬の、最後の記憶だった。

エピローグ　追憶

二〇二三年一月三一日——。

『公安調査庁』調査第一部〝テロ情報課〟課長の篠山宗太は、自分のデスクでパソコンのディスプレイを眺めながら溜息をついた。

ついに庁内で憂慮していた〝問題〟が現実となった……。

かねてから〈——田布施元首相射殺の真犯人は上沼卓也ではない——〉と庁内の職員に発信し続けてきた〝経済安全保障特別調査室〟の有田剛史主任調査官のメールが、ついに外部に〝流出〟してしまったのだ——。

今日発売の『週刊サブジェクト』二月一五日号に、こんな記事が載った。

〈——公安調査庁より機密メール流出！

「7月8日に奈良県で起きた田布施元総理銃撃の真犯人は上沼卓也ではない。現場には別のスナイパーがいて、それを証明する物証や動画などがあるのに、警察やマスコミはそれを無視している。このままでは真相を解明できない——」

年が明けて間もなく、公安調査庁のベテラン調査員のメールが外部に流出し、大騒ぎになっている。

〝公調〟（PSIA）といえば、破防法などに基づき公共の安全を目的として設置された法務省の外局である。内閣情報会議と合同情報会議などに情報提供する日本の情報機関のひとつでもある。

メールの内容は典型的な〝陰謀論〟だが、テロを調査監視する政府機関である〝公調〟からこのような情報が流出したとなると、話は別だ。

〝公調〟の担当者がいう。

「メールは〝事件〟の直後から庁内の複数の部署に出回っていたもので、発信者は本庁経済安全保障特別調査室のA調査官です。AさんはディープステートやQアノンの存在を信じる少し問題のある職員で、以前にもよくメールやSNSを通じて〝陰謀論〟を職員あてに発信していた。しかし、Aさんは内閣官房の経済安全保障推進会議のメンバーでもあり、庁内の上層部も火消しに躍起になっています……」

経済安全保障特別調査室は、海外からのサイバー攻撃に対応するために木田総理の肝煎りで昨年の4月に〝公調〟に設置されたばかりの部署だ。単なる〝陰謀論〟で済めばいいが、このままだと政権そのものを危機に追いやることになりかねない――〉

篠山は、何回か記事を読み返した。

そして、口元に笑みを浮かべた。

文中の〝公調の担当者〟というのも、そもそもこのメールを流出させたのも篠山だった。記者は篠山のいうとおり有田を〝A氏〟とし、「ディープステートやQアノンを信じる変わり者……」というように書いてくれているので助かった。有田の主張を〝陰謀論〟とばっさり切り捨てているところも、篠山のいうとおりになっている。

これなら、だいじょうぶだろう……。

日本人は、物事を忘れやすい。

週刊誌はどうせ一過性のものだし、ネットの記事も近い将来には削除されるだろう……。

この面倒な案件を上手く片付けることができれば、篠山は今年の春には調査第一部の部長に昇進する約束になっている。

そして年内には、自分は内閣官房付の〝経済安全保障推進会議〟の正式なメンバーに推挙されることになるだろう。

篠山は口元にかすかな笑みを浮かべ、パソコンを閉じた。


二〇二三年二月八日——。

年が明けて、一ノ瀬正隆は仕事に復帰した。

この日も午前中の遅い時刻に高円寺のマンションを出て、ＪＲ総武線で水道橋に向かい、いまはいつものように『週刊サブジェクト』の編集部でデスクに向かっている。

体はまだ、本調子ではない。歩くのには杖が必要だし、頭も霧が掛かったようにはっきりしない。

だが、いまはこうして生きて仕事ができるだけでも好運だったのだと、そう思うしかなかった。


いまから四カ月前、昨年の一〇月のあの日、一ノ瀬は〝石井継男〟と名告る男と共に車で伊豆山中の奥野ダムに落ちた。

記憶はそこでぷっつりと途絶え、その後の二週間のことは何も覚えていない。

後に伊東警察署の担当者に聞いたところによると、一ノ瀬は左胸を38口径の拳銃で撃たれ車の助手席に座ったまま湖水に沈んでいたそうだ。

さらに左足と骨盤、肋骨三本、頭蓋骨を骨折。状況からすると、乗っていた車は時速八〇キロ以上は出ていただろうという。

運が良かったのはその時、ダムを周回する遊歩道にたまたま人がいたことだった。

その人は伊東市の消防士で、この日の午後は非番だった。

松川湖ダムの湖畔で犬の散歩中に、頭上の道路で車の激突音を聞いた。

驚いて見上げると、高さ一〇メートルほどの上空を一台の車が飛び越え、錐揉みしながら樹木の壁を突き抜けて、その向こうの暗い湖水に水柱を上げて落下した。

目撃した消防士――名前はわからない――は、連れていた柴犬を遊歩道の手すりに繋ぎ、冷たい湖水に入り、車が沈んだ場所に向かった。この時に消防士は、夜の犬の散歩の時にいつも持ち歩く釣り用のＬＥＤヘッドライトを頭に付けていた。

さらに好運だったのは、車はヘッドライトを点灯したまま助手席側を湖面に向けて沈んでいたことだ。しかもその助手席の窓は、〝石井〟が二発目に撃った銃弾で粉々に割れていた。湖水は浅く、消防士が水面から一メートルほどのところに沈んでいる一ノ瀬を発見するのにそれほど時間は掛からなかった。

消防士は割れた助手席の窓から車内に入り、シートベルトを外し、一ノ瀬の体を水面に浮上させ、何とか湖岸まで運んで倒木に引き上げた。そこで人工呼吸を行ないながら携帯で救急車を呼んだ。車内には運転席側にもう一人沈んでいるのが見えたが、助けることはできなかったという。

一ノ瀬は救急車で峠をひとつ越えた伊豆の国市の順天堂大学病院に搬送され、緊急手術を受けた。手術後、ＩＣＵに入り、一命を取り留めた。

それでも意識が戻るまでに二週間かかり、話ができるようになるのにさらに一週間を必要とした。

一ノ瀬は時折、パソコンを打つ手を止めて、未だ鉛のように重い体を伸ばす。体をゆっくりと回して、振り返る。すると必ず、遠くに誰もいないデスクと椅子が目に入る。

昨年の九月二七日、あの田布施元首相の国葬の日に死んだ高村美恵のデスクだ。

あれから四カ月以上になるが、美恵のデスクはそのままになっている。

一ノ瀬に反して〝石井〟は不運だった。

激突の衝撃で運転席側のドアが開いたのか、車外に飛び出した上半身が樹木に当り、潰れた頭部が千切れてなくなっていた。車は湖水から引き上げられたが、車内に残っていたのは首から下の胴体だけだった。

〝石井〟は何者だったのか——。

それは、いまも謎だ。

唯一の手掛かりは、遺体の持ち物だった。

ポケットの中から〝田中道夫〟名義の運転免許証と、同じ名義で契約された韓国製のスマートフォンが見つかった。車の名義も、〝田中道夫〟だった。

免許証によると、田中道夫は昭和三三年六月四日生まれの六四歳。静岡県静岡市に在住。警察が住所を調べてみたが、すでに生活の痕跡は何もなくなっていた。

一ノ瀬は、あの日〝石井〟が奇妙なことをいっていたのを思い出す。

——あの〝赤報隊事件〟も、田布施元首相を〝暗殺〟したのも、同じ〝シャドウ〟という男や——。

もしあの男が〝石井〟が〝シャドウ〟だとしたら……。

そしてあの時、真実を話していたのだとしたら……。

パソコンを打つ手を休めて考え事をしていると、デスクの上の内線電話が鳴った。

受話器を取る。受付からだった。

――一ノ瀬さんに、お客様が見えてます。警視庁の蓮見さんという方ですが――。

時計を見た。

午後二時五〇分――。

約束の時間より一〇分ほど早い。

「空いている会議室に通してくれ。小さな部屋でいい」

一ノ瀬は電話を切り、杖を手にして椅子から立った。

指定された階下の会議室に行くと、警視庁警備部の蓮見忠志と、部下の松村《まつむら》という男が待っていた。

二人がソファーから立ち、頭を下げる。この二人と会うのは今回が三度目だが、話すのはもっぱら蓮見という男の方で、松村はただ座っているだけだ。

「わざわざご苦労様です……」

一ノ瀬は二人の向かいの席に腰を下ろし、皮肉まじりにいった。

「お体の加減はいかがですか?」

蓮見が社交辞令のように訊いた。

「まあ、あれだけの事故だったのだから、すぐには元に戻らないでしょう。しばらくはこの杖を手離せませんよ」

一ノ瀬が蓮見と初めて会ったのは、昨年の一一月の中旬ごろだった。あの伊豆での事故の治療のためにまだ順天堂大学病院に入院していた一ノ瀬の下に、蓮見が突然、部下の松村と共に訪ねてきた。

まだ霧が掛かったような頭の中で、一ノ瀬は〝おかしい〟と思った。本来、あのような交通事故の事情聴取ならば、担当は所轄の伊東警察署になるはずだ。

話をするうちに、その事情が呑み込めた。蓮見は、あの事故で死んだ〝石井継男〟という男のことを調べていたのだ。

つまり、警視庁の警備部は、あの〝石井〟という男が昨年七月に起きた〝田布施元首相銃撃事件〟に何らかの関連があるという情報を握っているということだろう。

二度目に蓮見と会ったのは、昨年の年末ごろだった。退院して自宅マンションに戻った一ノ瀬の下に、蓮見と松村が訪ねてきた。

その時に蓮見の口から、〝石井〟が「〝田中道夫〟名義の運転免許証とスマートフォンを持っていた……」ことを聞いた。

「今日は例の〝石井継男〟と名告っていた男について、もう少し詳しくお訊きしたいと思いまして」

蓮見がいった。

やはり松村という男の方は、何も話さない。

「それよりも、高村美恵の件はどうなりましたか。何かわかりましたか」

一ノ瀬が訊いた。

美恵は絶対に自殺ではない。殺されたのだ。

これも前回、蓮見に話したことだ。

つまり〝田布施元首相銃撃事件〟の真相は、美恵が命がけで書いたあの記事が核心を突いていたということだろう。

「例の〝禁厭〟というお話でしたね。私もあの記事は何度も読みましたが、それが原因で高村さんが殺されたといわれましても……。あの〝事故〟に関しても所轄の原宿署に確認しましたが、いまのところ事件性のようなものは何も出てきていませんね……」

一ノ瀬は、蓮見の説明を聞いて力が抜けた。

そうだろう。警視庁が、美恵の死を〝殺人〟だと認めるわけがない。

「それで、〝石井継男〟でしたか。そちらの方は何かわかったんですか」

一ノ瀬は諦めて、話を戻した。

「わかったというよりも、あれからさらに疑問点が出てきましてね……」

蓮見が首を傾げる。

「どんなことです？」

「はい……。一ノ瀬さんは前回、あの〝石井〟と名告る男が田布施元首相を暗殺した実行犯ではないか……。さらに一九八七年五月に起きた〝朝日新聞阪神支局襲撃事件〟の真犯人の可能性もある……。そうおっしゃってましたね……」

「はい、確かにそういいました」

だが蓮見は首を傾げ、溜息をつく。

「しかし、あれからいろいろと調べてはみたんですが、何も浮かんでこないんです……」

「何も浮かんでこない?」

「そうです……。二つの〝事件〟の関連性が、まったく引っ掛かってこないんです……」

「しかしあの〝石井〟と名告る男は、二つの〝事件〟について犯人しか知り得ないようなことまで知っていた……」

「そういわれましても……」

蓮見がまた、溜息をつく。

「〝石井〟に関する疑問点というのは、そこですか……」

「そうです。そこで今回は、ひとつ一ノ瀬さんに見ていただきたいものがありまして。写真なんですが……」

「写真?」

今度は一ノ瀬が、首を傾げた。

「前回、あの事故を起こした車の中から〝田中道夫〟名義の免許証が出てきたことはいいましたね」

「はい、聞きました」

「その免許証に添付されていた顔写真を確認してもらいたいんです。その男が本当に〝田中道夫〟……いや、一ノ瀬さんのいう〝石井継男〟だったのかどうか……」

蓮見が目くばせをすると、部下の松村が手にしていたタブレットを操作した。ディスプレイに写真を出し、その画面を一ノ瀬に向けた。

一ノ瀬が画面に見入る。

どこにでもいそうな、初老の男の証明写真を拡大したような画像だった。

これは、石井ではない……。

「これが〝田中道夫〟の免許証の写真です。一ノ瀬さんに〝石井継男〟と名告っていた男と同一人物ですか?」

蓮見が訊いた。

「いえ、別人です……」

確かに写真の人物は、〝石井継男〟と同世代の男だった。頭が白髪で、どことなく雰囲気も似ている。

だが、〝顔つき〟がまったく違った。

どちらかといえば〝凡庸〟だった〝石井〟に対し、この男の顔はむしろ〝異色〟だ。細い双眸は目つきが鋭く、頰の肉が削げ、どことなく〝危険〟な空気を感じる。いうなれば、〝精悍〟ですらある。

「この〝田中道夫〟とあの〝事故〟で死んだ〝石井継男〟と名告る男が、本当に同一人物なのかどうかと思ったものですから。やはり〝別人〟でしたか……」

「つまりどういうことなんでしょう?」

一ノ瀬が訊いた。

「いや、我々にもわかりません。そもそも、〝田中道夫〟という男の実態そのものが、まったく存在しないんですよ……」

蓮見がそういって、また溜息をついた。

それならばあの〝石井継男〟という男は一体何者だったのか……。


二〇二三年二月一三日――。

午後四時、羽田空港第一ターミナルの出発ロビーはコロナウイルスの流行以前と変わらぬほど人が多かった。

ロビーの至る所に各国のツアー客のグループが集まり、ベンチや椅子で休み、便によっては手荷物カウンターに列ができていた。

いまも東アジア系の初老の男が一人、第一ターミナルの前でタクシーを降り、エスカレーターで出発ロビーに上がってきた。

中肉中背だが、肩が広く、歩幅が大きい。

男はサムソナイトのそれほど大きくないトランクケースをひとつ引き、人混みの中を軽やかに歩く。そして一七時ちょうど発のＪＬ０１６便ロサンゼルス行きのビジネスクラスの手荷物カウンターの前に立ち、トランクを預けてチェックインをすませ、小さなショルダーバッグひとつを肩に掛けて搭乗ゲートに向かった。

保安検査場でポケットの中をすべて出し、ジャケットを脱ぎ、ショルダーバッグと共にトレーに載せてX線検査機に通す。そして自分もボディスキャナーのゲートを潜った。

イミグレーションは混んでいなかった。

男は韓国政府発行の〝安道允〟名義のパスポートを顔認証の機械にかざし、出国の自動ゲートを通過した。

その時、何かの気配に気付いたかのように、ゲートの上に設置された防犯カメラを見上げた。

カメラに写った顔は、確かに〝シャドウ〟だった。

シャドウは上着の内ポケットにパスポートを入れ、ＪＬ０１６便のターミナルゲートに向かった。

※追記

二〇二三年二月一三日――。

奈良県警は田布施博之元首相銃撃事件で殺人などの罪で起訴された上沼卓也容疑者（42）を、銃の自作や試し撃ち、選挙妨害など新たに五つの容疑で追送検したことを発表した。県警によると、今回の銃撃事件で浮上した容疑はすべて送検を終えたという。

これにより、田布施元首相銃撃事件の警察の捜査はすべて終了。〝事件〟は「上沼卓也の単独犯行――」という結論で決着したことになる。

さらに同年一〇月一三日――。

文部科学省は『世界平和合同家族教会』――旧・世界合同基督教教会――の解散命令を、東京地裁に請求した。これにより日本の〝合同教会〟の解散は事実上決定したことになる。

《参考文献》

『改訂新版 統一教会とは何か』有田芳生 著（大月書店）
『記者襲撃 赤報隊事件30年目の真実』樋田毅 著（岩波書店）

その他、『朝日新聞』『讀賣新聞』『日本経済新聞』『毎日新聞』『産經新聞』『週刊文春』『週刊ポスト』『週刊新潮』『週刊プレイボーイ』など、多くの記事を参考にさせていただきました。

ここに謹んでお礼を申し上げます。

――著者

本書は書き下ろしです。

本作には実在の人物・団体・文章等が一部登場しますが、あくまで創作の材とするものであり、実際の事件・社会問題等とは関係ありません。

装幀　泉沢光雄
写真　gettyimages

〈著者紹介〉
柴田哲孝（しばた・てつたか）
1957年東京都武蔵野市生まれ。日本大学芸術学部中退。2006年『下山事件　最後の証言』で日本推理作家協会賞（評論その他の部門）と日本冒険小説協会大賞（実録賞）、07年『TENGU』で大藪春彦賞を受賞する。著書に『下山事件　暗殺者たちの夏』『GEQ 大地震』『リベンジ』『蒼い水の女』『ブレイクスルー』『殺し屋商会』などがある。

暗殺
2024年6月20日　第1刷発行
2024年7月5日　第3刷発行

著　者　柴田哲孝
発行人　見城 徹
編集人　石原正康
編集者　武田勇美

GENTOSHA

発行所　株式会社 幻冬舎
〒151-0051 東京都渋谷区千駄ヶ谷4-9-7
電話：03(5411)6211(編集)
03(5411)6222(営業)
公式HP：https://www.gentosha.co.jp/

印刷・製本所　中央精版印刷株式会社

検印廃止

Printed in Japan
ISBN978-4-344-04306-0 C0093

この本に関するご意見・ご感想は、
下記アンケートフォームからお寄せください。
https://www.gentosha.co.jp/e/